U0070801

憐香 2

藍嵐 著

目錄

第十五章

幾日後，懷王一家先到京，在梓宮前痛哭一場。

「上回來，皇上身體還算健壯，怎麼就……」懷王哽咽。「早知如此，我該多陪大哥幾日，如今竟是陰陽兩隔。」

皇太后嘆了口氣道：「天有不測風雲，總是意料不到的，我原也想讓你早些來見見皇上，結果還是晚了。不過現今佑樘要守孝，不便處理國事，你既來了，便留在京城，代為處理。」

懷王一驚。「這如何是好？只怕文武百官……」

「又有什麼？這景國本就是趙家的，你也是趙家的子孫，他們若有異議，儘管來與我說！」

皇太后也是煩透了這一幫大臣，總是揪著皇家的家事。

懷王妃在旁勸道：「皇上駕崩，對殿下也是不小的打擊，你作為三叔，就當是幫幫佑樘，等半年過了，咱們就回華津去。」

皇太后點點頭。「是這個理兒，再過段時間，你二哥也應該到京了。」

懷王愣了一下，但隨即又感慨道：「我與二哥已經有十幾年未曾見面了，倒不知道他現在如何？」

皇太后唏噓，她何嘗不是？只不過她這二兒子，個性不似懷王這般柔和，年少時就有些肆無忌憚，也就先帝喜歡他，說他率真豪爽，勇猛威武。

皇太后嘆了口氣，這些年未見，也不知脾氣變好了沒有？但到底是她的親生兒子，歲月把好些不快都抹去了，剩下更多的則是思念，她也有些急切地想見到這個兒子了。

與此同時，肅王正在路上日夜奔波，已經走完了一大半路程。

身邊心腹戚令淞打馬上來，輕聲道：「殿下此行，一定要慎重。」

肅王一聲大笑。「本王怕什麼，那小兒還能抓了我不成？本王在鞏昌府待了這些年，也該出來透透氣了。」

戚令淞道：「不是說懷王也在嗎？」

肅王又是大笑。「正是他在，本王才要去！十幾年未見，正是要敘敘兄弟情，只可惜我這大哥命短，竟然這會兒就沒了。」

戚令淞抽了下嘴角，真是擔心萬分。這天不怕地不怕、在鞏昌府稱王稱霸的肅王，到了京城到底會激起多少風浪，萬一……他不敢想下去。

現在唯一慶幸的是，肅王沒有說帶齊兵馬，這次入京，只帶了十幾車的特產還有一百個近衛。

車隊快速往前，捲起了陣陣煙浪。

幾日後，懷王開始早朝，雖然百官都有不滿，可現在乃非常時期，太子確實要守孝，皇太后又親自下令，一時倒不好太過反對。

楊大人走出金鑾殿時，便與禮部尚書張大人商議。「等再過上一個月，該給殿下上〈勸進儀注〉了。」

這〈勸進儀注〉，意思是勸太子早日登基，歷來老皇帝駕崩，一般都是要走這個流程，通常都是大臣們勸，然後太子表示還要守孝，大臣們繼續勸，來回幾次，太子勉為其難登基，這便算是合宜了。

張大人道：「一個月是不是短了點兒？」

楊大人咳嗽幾聲，皺眉道：「此一時，彼一時，殿下還是早日登基的好。」

上頭有皇太后，旁邊又有皇叔，現肅王還來京了，怎麼看都不是好事，作為大臣，原本的職責也是讓景國安穩，天下太平，他們可不希望起什麼紛爭，更何況，這太子也是他們齊力才得以立下來的。

張大人沈吟片刻，點點頭。「就聽您的。」

到九月底，肅王終於抵達京城，他一來就去了乾清宮。

趙佑樘見到他，微微一怔。當年肅王回京，他還年幼，一點兒也記不得肅王的樣子，今日一見，讓他大大吃驚，實在是與懷王大不相像。懷王儒雅溫和，讓人覺得如沐春風，這肅王卻是凶神惡煞，渾身透著煞氣。

趙佑樘心想，難怪沙場上得意，像是天生如此。

肅王瞧他一眼，挑眉笑道：「當日小兒，竟長那麼大了！」他湊近看看，驚訝。「竟是像我父皇！」

他對父皇格外敬重，也格外依戀，一下對趙佑樘就有了幾分喜愛。

嚴正跟黃益三卻是白了臉色。他們這主子可是太子啊！是將來的帝王啊！結果肅王一來，竟然稱呼他為小兒，說話如此隨意，實在教他們驚恐。

趙佑樘神色淡淡，不以為意。「早聽聞二叔神武，今日一見，比侄兒想像中更甚。二叔，」他手一拱。「請見過父皇。」

肅王頓足，朝梓宮看了一眼。原本他來乾清宮，一開始便應該如懷王一樣，哭泣一番，可肅王並沒有，他神色自若，內心想什麼，臉上便是什麼。

趙佑樘看著他，心裡卻有幾分佩服。世人有幾人能做到如此？雖狂妄，卻很真實，原來他的二叔是這樣的人。

肅王沈默一會兒，朝梓宮跪下，叩拜後站起來，朝趙佑樘看一眼，見他仍是很平靜，沒有害怕，也沒有不喜，不由挑了挑眉道：「你不像你父皇。」

他這大哥從小就害怕他，一直生活在父親、母親的羽翼之下，不似他，年紀輕輕就已經立下戰功，為景國四處征戰。捫心自問，他的大哥坐上皇帝的位置，他並不服氣。

肅王伸手拍拍趙佑樘的肩膀。「我這就去見母后，稍後咱們叔侄再好好說話。」

趙佑樘點點頭，肅王大步離去。

此時的壽康宮，懷王也在。

肅王一進去就笑道：「母后，三弟，真是久違了！」

皇太后聽到他這聲音，眼睛就是一紅。「煥兒！」

懷王上前幾步，握住肅王的手。「二哥，確實是好久未見了，二哥別來無恙？」

兩個人不過相差五年，肅王卻比懷王顯得年老多了，懷王看起來還是很年輕，頂多三十幾。

肅王道：「看來華津府比鞏昌府還是好多了。」

懷王一怔，慢慢鬆開手。

肅王看看他，一撩袍子，坐下道：「母后，皇上到底怎麼駕崩的？我這身體都好得很，皇上養尊處優的，如何突然就沒了？」

皇太后微微皺眉。「還能如何，人的生死，誰能想得到，皇上原本身體也弱一些。」

肅王嗯了一聲。「現在是三弟在暫代皇上？」

他說話從來都是單刀直入。

「你現來了，便與我一起，本來母后叫你來，也是這個意思。」

肅王嘴角挑了挑。「也好。」

看著他這笑容，懷王不知為何，忽然產生了一種很不好的預感。

果然不出所料，隔日朝堂上，這肅王一來，文武百官又是一陣不滿。

一個不夠，還來一個，皇太后到底在想什麼？

不過他們都沒有輕舉妄動。在先帝執掌景國這數十年來，政治清明，國泰民安，與這些大臣是脫不了關係的，他們當然也懂得審時度勢，太子一個月後即將登基，在這段期間，誰也不想出任何意外，就先看看兩個藩王會做出什麼。

一眾大臣都很有默契，誰知道肅王當日一上早朝，就在龍椅上坐下，底下百官心頭俱震，就連懷王都嚇一跳，趕緊示意肅王下來。

肅王摸了摸把柄才起身。果然龍椅的滋味不錯，難怪為此，歷代的皇家子弟為爭這一個位置，都不擇手段，骨肉相殘。

肅王看懷王一眼，眼眸瞇了瞇。

懷王被他看得心驚肉跳，很快他就發現肅王要做什麼了。

臣子們的建議，但凡他同意的，肅王就不同意；但凡他不同意的，肅王都同意，弄得朝堂上雞飛狗跳。

懷王一向重視臉面，當即就宣佈退朝，他覺得再這樣下去，恐怕他們兄弟兩個會淪為笑柄，還如何替代太子處理國事？

可一旦從金鑾殿出來，懷王這臉就沈了。

「不知二哥此舉為何？」懷王斥道。「關乎社稷大事，不是兒戲，二哥豈能跟孩兒般，只為與我作對？」

肅王挑眉道：「既是社稷重要，那麼三弟，我既然來了，你還是回你的華津府吧！」

懷王面色頓變，他勉強穩住沒有發作。「二哥此話何意？」

「一山不容二虎，別無他意！」肅王倨傲地道。「你今日就收拾下回華津。」

懷王氣得笑了，淡淡道：「原是母后要見我，二哥說這話未免可笑，二哥不妨去與母后說。」

肅王不屑。「沒想到三弟你真沒長進，幾歲的人了，還依仗母親！你當自己仍是吃奶的娃兒不成？」

懷王一張臉通紅，拂袖而去。

肅王看著他背影，冷冷笑了笑。

嚴正把這事稟告趙佑樘。

趙佑樘神色古怪。他早就對這兄弟二人的關係頗為好奇，不，嚴格些來說，是那母子三人，只因懷王常來京城，而肅王從不曾來，雖說鞏昌府是遠了一些，可要見一面，並不是難事。如今看來，其中必有蹊蹺。

他想了一想，跟嚴正道：「你派人與余石說，叫他去找王大人，朝堂之事不可拖延，總要有個決議，一切都聽肅王的。」

嚴正忙就去了。

且說懷王被肅王氣得不輕，本是想與皇太后去訴苦，結果一想到肅王說他是吃奶的，這心裡就過不去。

懷王妃安慰他道：「二哥是個粗人，你何必與他計較？只把該做的做好便是，總歸不能白來一趟。」

懷王想了想，點點頭。

結果第二日去朝堂，肅王仍是這麼幹，不只肅王，底下重臣也一般，只要出了爭議，一概都支持肅王，懷王這臉丟得不輕。

好不容易挨到退朝，懷王就去收拾行李。

皇太后得知，召他相見。

懷王道：「有二哥在就行了，兒子實在幫不上什麼。」

皇太后最疼他，這回叫他回京，也是想藉此機會，讓懷王留在京城，誰想到肅王一來，兄弟兩個竟然會鬧起來。

「我去與煥兒說說。」

「不必了，母后，若不是您的意思，孩兒原本也不想來，如今見母后身體安康，孩兒也心滿意足。」

皇太后挽留。「再怎麼說，也得等到皇上下葬吧？你再等幾日。」

懷王這次沒有拒絕。

皇太后又去找肅王說話，肅王仍是我行我素，皇太后氣得恨不得趕他回去。

熬到皇帝下葬之日，一眾人去送靈，聲勢浩大，跟去的宮人黃門都不少，一下子宮中空蕩蕩了許多。

絳雲閣。

馮憐容很久不見太子，也難免擔心他，便讓鍾嬤嬤叫大李來。

「奴才去看過了，殿下就是瘦了一些，人還是很精神的。」

馮憐容問：「肅王還在嗎？」

「在，奴才瞧見就立在殿下右側。」

馮憐容鬆了口氣。前世懷王監國，太子一直臥病在床，還差點中毒，幸好他謹慎，身邊的人都是心腹，才沒有讓別人有機可乘。當年沒找到幕後主凶，甚至是下毒之人也沒見到臉，什麼蛛絲馬跡都沒有。

皇太后震怒，進而懷疑到懷王身上，懷王只得小心從事，未免束手束腳。

這時候，肅王來了，好像天生跟懷王是對頭一樣，也不知為何，反正他一來就亂了套。

馮憐容想著，瞧瞧鍾嬤嬤，問道：「嬤嬤可知道肅王的事情？」

鍾嬤嬤跟肅王的年紀差不多，她很小就被選入宮，也是經歷過兩朝的人，只不過當時實在太年輕，她想了好一會兒才說道：「肅王好似是為哪件事惹得先帝不快，才被封到鞏昌府的。」

鞏昌府比起華津府，那是差多了。

「是哪件事？」馮憐容問。

鍾嬤嬤搖頭。「奴婢真不知。」

其實這事兒也是她聽別人說的，而別人對來龍去脈也一樣不清楚。

馮憐容心知也問不出來，只得作罷。

等皇帝梓宮一入皇陵，哭靈便不必了，只不過太子還得守孝，每日粗茶淡飯；至於懷王，雖有皇太后挽留，可臉面下不來，他不似肅王，什麼都不管不顧的，沒過兩日，就回了華津府。

現在是肅王監國，這肅王非同常人，他原本覺得做皇帝應該挺有意思的，號令天下莫有不從，結果假皇帝做了幾日，甩手不幹了。

「痛快是痛快，可實在麻煩，還不如在鞏昌府呢，這些大臣每日在耳邊囉嗦，老子恨不得把他們嘴巴給封了！」肅王做慣了土大王，這裡卻一應講規矩。

戚令淞嘴角直抽，忙勸道：「可殿下把懷王趕走了，不得好好接手？」

肅王想了想，前往東宮正殿去看趙佑樘。

趙佑樘一身素白夾袍，正在看書，見到他來，起身相迎。

肅王上下打量他，點點頭道：「坐罷，不必拘束。」

嚴正嘴角一抽。到底誰該拘束啊？竟然跟未來的帝王這麼說話！

趙佑樘道：「聽聞二叔做事很是直爽。」

肅王哈哈笑起來。「啊，是不是那些臣子罵過本王了？」

趙佑樘默認，但很誠懇地道：「侄兒很感激二叔能在此刻前來。」

「哦？」肅王看著他，嘴角挑了挑道。「聽母后說，原本就是你的建議，我說呢，她何時會想到本王這個兒子了。」

趙佑樘聽得出裡面的怨念，想一想道：「不知二叔可願留在京城？侄兒還年輕，很多事情需要二叔的輔佐。」

肅王一怔。想當初，不管是先帝，還是皇太后、皇上，都對他很是忌憚，恨不得他永不回京城，沒想到這個侄兒的想法與眾不同。「你可知你皇祖母的想法？」

「侄兒知道。」

「那你還留我？」

趙佑樘緩緩道：「二叔只要願意，過去這些年隨時都可以回來，可是二叔沒有。如今侄兒相邀，二叔也不願嗎？」

肅王默然。京城是他的傷心地，當年被父皇冤枉，被兄弟陷害，使得他遠離京城，要說這帝王之位，當年他也垂涎過，可事過境遷，他早已不在意了，不然以他的脾氣，謀反不過是瞬間的事情。

趙佑樘這段時間，已召見過宮中舊人瞭解實情，對肅王算是有個認識，這才大膽一試。結果如他所料，肅王不是貪圖權勢之人，即便是在監國時，他亦沒有耐心，也沒有野心。

看來當年皇祖父的眼光還是對的，他這二叔並不適合做皇帝，他在遠方的藩地反而會更加好一些，也能發揮他的特長。

肅王嘆口氣。「此次來一趟京城，也算故地重遊，可要留在這兒，我並不喜歡。」他拍拍趙佑樘的肩膀。「我看你還是早日登基吧，這勞什子守孝也夠了，那些麻煩事還得你自個兒來處理，我擇日就回鞏昌府。」

他說完，轉身就走了。

趙佑樘看著他的背影，微微一笑。

肅王一走，各路大臣紛紛上勸進表，叫太子登基。

皇太后這會兒也是頭疼，兩個兒子急匆匆來了，又急匆匆走了，國不可無君，皇太后對太子守孝期短的事情，也是睜一隻眼閉一隻眼，這麼兩、三回之後，太子終於答應登基。

這時候，也到十月底了。欽天監已經選出吉日，在十月二十八，太子趙佑樘舉行了隆重的登基典禮，他派出三位官員前往南北郊、太廟，設稷壇祭告，其中一位就是永嘉公主的駙馬，韓國公世子周少君。

祭告受命後，趙佑樘換上袞冕祇奉天地以及列祖列宗，一應大禮完畢。

他登上奉天殿，在一片山呼萬歲以及朝樂中，接受百官朝拜，並昭告天下，明年為天紀元年。

那一刻，他俯瞰眾生，像是站在高山之巔。

他趙佑樘的時代，終於來臨了。

根據慣例，皇帝登基，便入住乾清宮。

趙佑樘此刻已是乾清宮的主人，在登基那日，他便大赦天下。這幾日，為解決早前守孝時堆積下來的事情，他夜以繼日地召見大臣，直到半個月之後，才算輕鬆一些。

十一月二十日，他尊奉皇太后陳氏為太皇太后，皇后江氏為皇太后。

太皇太后見他孝順，笑著道：「你母妃也該追封一下了，你母后不是心胸狹隘之人，不然當年也不會讓你常見她。」

趙佑樘領情，太皇太后又道：「那立后，你打算挑在哪一日？」

「欽天監已經擇日，在二十六。」

太皇太后很滿意。「你樣樣都不用我操心，如今做了皇上，哀家這心裡也欣慰，景國必將會更加強盛。」

趙佑樘笑一笑。「也多謝皇祖母這些年的扶持。」

太皇太后點點頭，見她這孫兒當上皇帝仍是一如過往，既不傲慢，也不卑微，她原也是看中他這一點，才一直沒有動搖。

她又囑咐幾句，這才告辭離去。

這日，趙佑樘抽空去絳雲閣，距離他上回見到馮憐容，已經有兩個多月。

除了守孝，每回他想去的時候，總有事情阻擋，一下子竟耽擱那麼久，其間，馮憐容一點消息都沒有，要不是他常派黃益三問問大李，真當她要消失了。

對此，趙佑樘的心情也挺複雜的，若是換作別的受寵的良娣，他現在當了皇帝，怎麼樣也得抓緊，她倒是好，像是全無關係。

當趙佑樘大步走入殿內時，馮憐容正抱著趙承衍玩，現在趙承衍快有十個月大了，可好玩呢，放在床上，自己能翻來翻去的。

上回給他一面小銅鏡，他拿著玩，啪的一下甩在鍾嬤嬤的臉上，第二日，鍾嬤嬤的眼睛烏青烏青的，後來她就再也不敢給他拿稍重的東西。

「叫爹爹啊。」馮憐容又在逗他。

趙承衍笑嘻嘻道：「爹，爹！」

馮憐容哈哈笑起來。「叫娘。」

「娘。」

「叫祖母。」

「祖，祖……」

趙承衍說不清楚了，他說相同的字很順溜，但兩個不一樣的字就有點兒難，像「祖母」、「曾祖母」，她教了好久，還是沒學全。

「叫爹。」馮憐容又道。

結果趙承衍還沒開口，趙佑樘在門外喝道：「妳當是訓八哥呢！」

門外立刻跪了一地。

馮憐容聽到這聲音，心頭一震，本想走過去瞧瞧他，可是卻怎麼也邁不動，好像雙腿灌了鉛似的。

趙佑樘一步跨入，看著對面的馮憐容，她抱著孩兒傻乎乎地立著，竟然都忘了向他行禮，便皺了皺眉。

馮憐容的眼睛瞅著他，一時酸甜苦辣全部湧上來，她的眼淚忍不住就嘩啦嘩啦地往下掉。這些日子，她恨不得跑出去見見他，可是，她沒有。趙佑樘不是太子，他是皇帝了，還會是那個對她親切、寵愛她的人嗎？

馮憐容很怕，她只敢在這裡等，等他來見她。現在，他終於來了，她哭得更凶。

趙佑樘本想斥責她幾句，哪裡有人像她這麼失態，見到皇帝只知道哭，什麼都忘記了，可是，他的心卻軟成了一團。因為她是想他的，所以她才會失態，裡面並沒有一分假。

他嘆一聲，上去把她跟孩兒摟在懷裡道：「妳怎麼還是這麼傻，以後要做貴妃了，成什麼樣子？」

馮憐容也聽不到什麼貴妃，只知道埋在他懷裡哭，聞著他身上特有的味道，好像失去的東西又重新回來了一樣。

原來他是真的對自己好，不管是做太子，還是做皇帝。

屋裡眾人都歡喜地露出笑容。自家主子要做貴妃了！

趙承衍給擠在中間，憋氣得要死，兩隻小胖手忽然就伸出來，拍在趙佑樘的臉上。

趙佑樘放開她，看著自己的兒子。「好久不見，你一來就打爹爹？」

馮憐容嚇一跳，連忙抓住趙承衍的手。「小羊，快叫爹爹，這回爹爹真來了，你看看。」

趙承衍歪著腦袋打量自己的父親，嘻嘻一笑，道：「爹、爹。」

趙佑樘驚嘆，真聽話！

「妳叫他喊什麼，他就喊什麼？」他問。

「嗯，除了祖母、曾祖母這種不太好說的詞，他學不全。」馮憐容得意。「早說咱們一家都是聰明人了。」

她臉上還滿是眼淚呢，這會兒又笑，趙佑樘看不下去，抽出綢巾給她擦了擦。「都是做娘的人了，一驚一乍的。」

馮憐容抬起眼瞧他，他秀眉挺鼻，一雙眼睛光華閃耀，仍是俊美得不可方物，比起以往更多了一些自信，但是，卻沒有印象中的冷厲，他看著自己的時候，是溫柔的。馮憐容越看越是高興，臉蛋往他手上蹭。

趙佑樘眉頭一皺，把綢巾塞她手裡。「自己擦！」

還是沒臉沒皮的樣子，上回搽個藥膏也是，真當自己喜歡給她擦？

趙佑樘坐下來，叫眾人起身。

馮憐容才發現自己沒有請安，她想了想，可現在跪下好像又很突然。算了，不跪了，下回再說。

趙佑樘看她一眼。「妳也坐吧。」

馮憐容見他像是有話交代，便叫鍾嬤嬤抱走趙承衍，坐在他右下側。

趙佑樘道：「過幾日立后，妳這該冊封的也冊封了，以後住哪兒，想過沒有？」

馮憐容發怔，有點兒聽不懂。她不是好好地住絳雲閣，怎麼還要問住哪兒？

鍾嬤嬤在旁邊聽著，心花怒放，又急得差點踹馮憐容一腳，她大著膽子道：「主子，皇上是問主子晉封為貴妃之後住哪兒。」

「貴妃？」馮憐容眨巴著眼睛，驚訝道。「皇上，妾身要做貴妃了啊？」

敢情剛才他第一句，她完全沒聽清？趙佑樘氣得，恨不得還是讓她當良娣，反正看她當個良娣很自在，一點兒沒想過別的。

看趙佑樘這表情，馮憐容忙道：「妾身錯了，只是，妾身也不知道，妾身沒想這麼多，這宮裡好多殿……」

趙佑樘拿手捏了捏眉心。「那妳好好想一想。」

見他站起來，馮憐容也跟著站起來。「皇上，您這就要走了？」

趙佑樘嗯了一聲。

馮憐容著急，好不容易見到他一面，怎麼就抱了一下，別的什麼都沒有，剛才還覺得他對自己不錯，原來都是假的。看來他不喜歡自己了……

馮憐容想到這兒，又覺得傷心，躬身道：「妾身送皇上。」

趙佑樘嘴角抽了抽。沒得救了，他這良娣，挽留一下自己會死嗎？

他立直身子，板著臉道：「把孩兒抱來給我看看。」

臨走時，再看一下孩子，也是人之常情。

鍾嬤嬤把孩子抱來，馮憐容站在旁邊。

趙佑樘卻只看她，她也看著趙佑樘，眼睛裡有委屈，有傷心，也有留戀，可她就是什麼都不說。

趙佑樘恨得，一低頭就咬住了她的嘴唇。

馮憐容一聲輕呼，鍾嬤嬤見狀趕緊抱孩子走了。

他這突然的襲擊，讓馮憐容渾身都軟了，好在趙佑樘伸手托住她後背，她才沒有一路滑下去。他吻得很重，也有點兒野蠻，他啃咬著她的嘴唇，吸著她的舌，好像就要把她就此吞噬了一般。她的心跳得亂七八糟，有種要暈眩的感覺，卻又覺得好幸福，心想，哪怕就被他這樣親死了，也是值得的。

她踮起腳，緊緊抱住他的脖子，他後來放開了，她自個兒又送進去，整個人就跟膏藥似地貼在他身上。

趙佑樘手一伸，就把她橫抱起來，走進裡間，把她往床上一扔。

因是暖閣，屋裡一點也不冷，馮憐容腦袋摔在被子上，還沒回過神，趙佑樘也上來了，把她整個壓在身下。

馮憐容的身子微顫，有些興奮，也有些顧慮，可是她沒法想太多，她太渴望他了，他既然來了，也沒打算走，她自然不會推開他。她頭一抬，主動親上了他的嘴唇，兩隻手也沒閒著，給他解腰帶。

趙佑樘抓住她的手，聲音微啞地道：「剛才不是還要送朕走？」

馮憐容頭一次那麼近聽他說「朕」這個字，她的小心肝又撲通跳起來，覺得他自稱朕的時候好讓人心動。

她眨了眨眼睛。「那時以為皇上真的要走呢。」

趙佑樘冷哼一聲。「朕說走，妳就讓朕走？」

馮憐容心想，奇怪了，難道他走，她還有膽子攔著不給？她算什麼呀。

趙佑樘看她一臉疑惑的表情，也是不太明白她的想法，平時與他在一起明明挺膽大的，怎麼在他來不來、走不走的事情上面那麼拘泥，非得要他主動。

他伸手抬起她的下頷。「朕若不記得妳了，看妳以後如何？」

馮憐容一怔，她的心就像被細小的針尖刺了一般疼痛。

看她臉色發白，趙佑樘眸色也暗沈下來，可他沒有撒手，還是捏著她下頷，眼睛緊緊盯著她。

馮憐容嫣紅的嘴唇微張，有些透不過氣。

那六年的回憶正如潮水般湧過來，淹沒她。那六年，她是沒有得寵的，其間如何過來，她記得太清楚了，正因為愛著他，她才痛苦，所以這一世，她不想再走那條老路，可偏偏他又看上她了。

這兩年寵著她，她像是飛上了天。然而，她心裡清楚，這種愛是不能到頭的，誰讓他注定是皇帝呢。只是她沒料到，不得寵，她傷心難過；得寵了，好似也不會讓她多痛快，她只是不去想它，把這些事情深深埋在心裡，不去解開它，結果，他非要說這一句。

馮憐容的眼睛慢慢起了水霧，輕聲道：「皇上記得妾身，妾身自是高興，皇上若不記得，妾身也挺滿足的，妾身就跟園子裡的花兒一樣，開過，亦結過果實了。」

遺憾是有，可也就這樣了。她這輩子，被他喜歡過，生了他的孩子，似乎也不該再多求什麼。

趙佑樘的手慢慢鬆開。他原本只是逗她的，誰想到她竟說這些，不免惱火，訓斥道：「朕就算不記得妳，還有孩兒呢，妳當這兒光有妳？妳腦袋怎麼長的？」

還說什麼不記得她，她就跟園子裡的花一樣，她是花嗎？她可是人，還是他孩子的娘！

馮憐容掏心掏肺的一句話，反而遭來平白無故的斥責，她委屈地道：「妾身說的是真的，將來皇上還有三宮六院，就算不記得……」

趙佑樘見她還要胡說八道，索性就把她的嘴給堵上了。

這一回合，兩人好久沒說成話。

等到天漆黑，快要戌時了，趙佑樘才放過她。

馮憐容渾身上下幾乎沒個白淨的地方，她躲在被子裡，氣憤地道：「你給我弄這麼多紅印子，我怎麼好去洗澡了。」

趙佑樘冷笑，關他什麼事，誰叫她瞎說！

等到他衣服都穿好了，馮憐容還是不出來。

趙佑樘吩咐鍾嬤嬤。「給妳們主子洗一洗。」

鍾嬤嬤哄道：「這會兒不洗，一會兒更冷，再說啊，主子，今兒不洗，這明兒也得洗吧？」

馮憐容想想這瘀紅幾天也消不掉，只得爬起來。

這頓澡洗了半天，她回來一看，趙佑樘還在，正坐在桌邊，這桌上已經擺好菜，看來得在這兒吃。

馮憐容頭髮未乾，披在身上，由於剛洗浴過，臉蛋清清爽爽的，唯獨看到趙佑樘時，神色很複雜；有點兒害羞，有點兒生氣，有點兒無奈。

趙佑樘打量她一眼。「過來用膳。」

馮憐容慢吞吞地坐過去，挾了一筷子往嘴裡塞，結果就發出嘶的一聲。

她的嘴剛才破了，這會兒正好碰到傷口。

趙佑樘側頭看她一眼，她嘴唇微腫，顏色特別好看，怪不得自己挺喜歡親她的，如今她嘴唇的樣子看起來就好像花瓣一樣柔美。

他拿調羹給她，道：「用這個，吃些軟的。」

馮憐容接過來，只見這調羹格外精美，不只是銀的，把柄還包了金，上頭一圈龍紋，她好奇地道：「這是皇上的啊，不是妾身這兒的，難怪樣子都不一樣。」

趙佑樘看她又笑嘻嘻地吃了。原先看她是傷心來得快，高興也來得快，可是今日一番話，倒讓他有些改觀。她也並非真的那麼無憂無慮，只不過，那些憂愁卻是他帶給她的。

馮憐容吃完，把調羹給他。

趙佑樘淡淡地道：「就放這兒，看妳用著挺喜歡的。」

他又叫俞氏把趙承衍抱來給他看看，等到趙承衍喊了幾聲爹爹，這才起身。

馮憐容送他到門口。

夜色裡，趙佑樘看著她，想到了好些他與她的事情，他忍不住伸手摸摸她的臉，她光滑柔嫩的皮膚很是讓人舒服。

馮憐容順著他的掌心蹭了又蹭，趙佑樘看她跟小貓似地依戀自己，不由得又想到她之前說的話。說什麼滿足，騙誰呢，也就騙騙她自己。

「住哪處宮殿，妳這兩日盡快選好了。」畢竟選定了，還得四處修葺一番，也是需要時間的。

趙佑樘叮囑完，轉身走了。

馮憐容立在門口，好一會兒才回去。

過得幾日，馮憐容仔細考慮選了一處宮殿，鍾嬤嬤叫大李去與趙佑樘身邊的黃門說。「咱們主子選了玉翠宮。」

嚴正眉頭皺起來。「怎麼是玉翠宮？比起其他宮，有點兒偏不說，太陽也不太好，好幾年沒人住了，恐怕一股霉味。」

大李嘆口氣。「這也沒法子不是？咱們主子馬上就要成貴妃了。」
他在宮裡也幾年了，哪裡不知道其中的厲害。
嚴正想想也是，等到趙佑樘得空，他就去告知。
果不其然，趙佑樘一聽說馮憐容選了玉翠宮，臉色就有點兒陰。
專門讓她自己選，就是想讓她挑個喜歡的、大的、瞧著順眼的地方，以後得一直住在那裡，結果她倒好，專挑不好的地方！
趙佑樘道：「去派人把延祺宮收拾收拾。」
這延祺宮可是一處好宮殿，往常也是諸位貴妃住過的地方，僅次於長春宮，不過既然馮良娣馬上要晉封貴妃了，住那兒也算合宜。
見嚴正要走，趙佑樘叫住他。「殿裡有什麼，你回頭列個單子給朕。」
嚴正應聲而走。
到二十六日，方嫣被冊立為皇后，移居坤寧宮。
當日，趙佑樘攜著方嫣去太皇太后、皇太后處拜見，方嫣此後正式以皇后的身分掌管後宮。
下午，趙佑樘與她商量冊封良娣的事情。
聽說馮憐容要被晉封為貴妃，方嫣臉色頓變。這一下跳了多少級啊！
方嫣很不高興，原來傳言是真的，皺眉道：「皇上，這是不是太過高了？馮良娣雖說一早就跟了皇上，但也不過在宮中兩年罷了。」
「她給朕生了兒子。」趙佑樘早就決定的事情，並不想多言。「孫良娣晉封為婕妤，朕已叫禮部辦理，過兩日冊封。」

他低頭看看方嫣的肚子，又柔聲道：「過一個多月，咱們的孩兒也該出生了，妳要小心些，切莫為些小事動了胎氣。」

方嫣聽他提起孩子，果然也不敢生氣，只到底心有不甘。「不知太皇太后那兒，可曾同意？」

趙佑樘道：「皇祖母只關心立后一事，這些妳我商量便是。」

方嫣咬了咬嘴唇。什麼商量，明明就是他說了算！

「皇上，您莫要忘了胡貴妃的事情，自古帝王偏寵妃嬪，常禍起蕭牆，亡國也不是沒有。皇上，馮良娣絕當不得貴妃，還請皇上三思！」方嫣不想退讓。

趙佑樘眸光閃動。「妳覺得朕是為一個貴妃要亡國的皇帝？」

他聲音裡的寒意逼人，讓方嫣不敢回了。

李嬤嬤嚇得滿頭大汗。以前趙佑樘是太子也就罷了，他現在可是皇帝，如何能這樣說話，說句難聽的，皇后後面是有太皇太后在撐腰，可這太皇太后年紀也不小了，將來一撒手，哪護得住皇后？

其實趙佑樘也知道方嫣是在氣頭上，故而不會真的追究，只道：「皇祖母、母后那裡，我自會去說，妳好好養胎。」又頓一頓。「馮良娣再如何，也越不過妳這個皇后。將來孩兒生下來，也必是太子。」

聽到這一句，方嫣怔了怔，知曉他這是在承諾她，便沒有再出聲。

等到趙佑樘走了，她問：「嬤嬤，您說皇祖母會同意這件事嗎？」

李嬤嬤忙道：「娘娘啊，不管同不同意，娘娘也莫要管，這馮良娣即使是貴妃，也是在娘娘之下，見到娘娘不得不低頭的。如今節骨眼上，娘娘就忍一忍，就當是為了孩子，這宮裡妃嬪還能少嗎？可娘娘只有一個。」

方嫣嘆口氣。「嬤嬤，我何嘗不明白，可不知為何，就是嚥不下這口氣！」

「做娘娘的哪個不是如此？娘娘啊，以後可不只有馮良娣呢，娘娘也該學著放寬些了。」

方嫣聽了未免悲涼，低頭撫摸自己的肚子。她在此刻已然明白趙佑樘的心，他確實很喜歡馮憐容，她是無法比得上的。只是，嬤嬤叫她心寬一些，她如何能做得到？為了孩子，她能嗎？

但不管如何，今日她還是忍住了，為了趙佑樘承諾的太子。

且說趙佑樘見到太皇太后和皇太后之後便開門見山地說明來意。

太皇太后吃了一驚，並沒有立刻反對，她向來就不是衝動的人，只問為何。「馮良娣晉封為貴妃？」

趙佑樘直言道：「她替朕生了兒子，朕也喜歡她。」

太皇太后一怔。這麼簡單的理由倒讓她不知道說什麼。

趙佑樘又道：「就算現在不晉封貴妃，只是妃子，朕以後還是要晉封她，又何必多此一舉？她再如何，也不會是皇后。」

太皇太后嚴肅道：「那哀家問皇上，阿嫣若也生了兒子，那又如何？」

「阿嫣的兒子定是太子。」趙佑樘沒有猶豫，在這一點上，他絕不會學他的父皇。

太皇太后臉色緩和一些，看皇太后一眼。「妳說呢？」

皇太后淡淡道：「有何好說，皇上喜歡，晉封便是，只別忘了皇后，她該得的不能少，貴妃不該有的，也不該得。」

這些年，她也是悟出了一些，感情這東西，無法強求。就算馮良娣不是貴妃，她這兒子就不寵她了？一下子做了貴妃，倒是更容易看清楚這馮良娣到底是什麼品性。

太皇太后嘆口氣，現在趙佑樘剛剛登基，她著實不想與他有什麼衝突，歷代帝王寵幾個女人，其實算不得什麼，只要別忘了朝政、長幼嫡庶。

「既然你已經決定，哀家也無甚反對，只皇上須得記住今日說的話。」

趙佑樘道：「多謝皇祖母，母后諒解。」

這樁事便算定下了。

十二月二日，趙佑樘冊封馮憐容為貴妃，孫秀為婕妤。

這日，嚴正領著十個人來了。

馮憐容出去一瞧，只見有四個宮人，兩個黃門，還有四個守衛。

「皇上吩咐奴才送來，以後都歸娘娘管。」嚴正對她行禮。

馮憐容仔細看看，忽然叫道：「這不是黃公公嘛。」

黃益三笑嘻嘻地道：「奴才見過娘娘。」

「可你不是跟著皇上的？」

黃益三心想，皇上還不是怕妳這兒少人嘛，也怕別的，所以別大驚小怪了。就是可惜他這等人才，大材小用，竟然要來伺候一個娘娘！嚴正這小子可好了，跟著皇上，將來做個執筆太監怕是都有可能，倒是他不知道怎麼辦，不曉得以後能不能在十二監混個少監。想到這兒，他又有些惱火。

當黃益三這麼想的時候，大李也在生氣呢！本來在這兒，他最得用，突然來了一個黃益三，還是皇上身邊慣用的，那再怎麼樣，好事兒都得歸他了。

鍾嬤嬤忙請嚴正坐。「這四個守衛又是哪兒的，禁軍還是錦衣衛？」

「禁軍裡頭的，尋常就在外面，現在主子可是貴妃娘娘了，不同尋常，別的殿裡也都有，只不過這四個是皇上選的。」嚴正笑道。「要有什麼事兒，說一聲便是。」

鍾嬤嬤自然道好，並給他們安排差事。

馮憐容瞧多了十個人，心想，哪裡有這麼多事情給他們做，都是閒著罷了。

嚴正又與馮憐容道：「娘娘，您有什麼話，今年可寫封書信回去，皇上說了，以後每年，妃嬪都能與家人通信，捎些東西、銀錢也可以，唯不能把宮裡御賜的首飾等物帶出去。」

馮憐容高興地笑了，連忙謝過。

皇上就是好人啊，他前世登基也是這般體恤宮裡妃嬪。說起來，好些人都很可憐，家裡人對她們一無所知，死了就死了。

她人也不耽擱，當即就叫珠蘭磨墨，自己提筆給家裡寫信。待寫完了，又把那青銅盒子拿出來，把金錠和銀錠數了五百兩，聽說上回趙佑樘也賞給馮家二百兩，應該勉強能換座院子。

現在馮家這院子，位置偏且小，將來哥哥娶了妻子是不夠住的，別說還要生孩子呢！就是不知道哥哥這輩子會娶誰？

她連忙在信上面又添了一句，寫好了，交給黃益三，讓黃益三出城送去馮家。

第十六章

趙佑樘批閱完奏疏，長長吐出一口氣，抬起頭看看窗外，竟然已是傍晚。明日開始，就要迎春節了，所有的文武百官也都是如此。

他放下御筆站起來，走到屋外。

嚴正給他拿來狐裘披上，一邊道：「剛才奴才已經領了人去貴妃娘娘那兒，也說了寫家書的事情。」

他們這些黃門，任務完成了也不是立時就回稟的，還得看主子是否有空，像這種小事，皇帝集中心思批奏疏時就不能被打擾，閒暇時才合適。

趙佑樘點點頭，慢慢向外走去。嚴正幾個人跟在他後面，就見他往景琦殿去了。

景琦殿是三皇子與四皇子住的地方。去年發生了太多的事，自從胡貴妃去世後，趙佑樘便沒有與兩個弟弟說多少話，後來先帝駕崩，又是守孝，更是沒有什麼心思，他今日忽然就想到他們。

守門的黃門看見皇帝來了，連忙跪下請安。

趙佑樘大踏步走進去。這景琦殿他許久不來，往常每回來的時候，這裡像是春意滿園，總能聽到兄弟二人的說笑聲，此刻卻是分外冷清，再看看角落裡的炭盆，一點炭都沒有，他才發覺身上的寒意。

「怎麼回事？」趙佑樘看向伺候兄弟倆的黃門。
黃門一開始都不知道什麼意思。
嚴正道：「是問你炭的事情，怎麼屋裡都沒有燒？光是熱了暖閣哪行，兩位主子就不出來了？」
四個黃門的臉立時白了，其中一個顫聲道：「皇上，也不、不關奴才們的事情，是……」
他的聲音挺大，三皇子趙佑楨、四皇子趙佑梧聽見，連忙跑出來。
「皇上。」趙佑楨見到他立刻就跪下。
趙佑梧則有些呆，趙佑楨伸出手拽自己的弟弟，一邊輕聲催道：「四弟，快跪下來。」
趙佑樘看見這幕情形，心裡頭不是滋味。想當初，他們一起在春暉閣唸書，趙佑楨雖然敬重他，可是從來也不會有這種驚懼的表情。他抓住趙佑梧的手，對趙佑楨道：「你起來。」
趙佑楨一怔，慢慢站直。
趙佑樘看向那黃門。「繼續說。」
「回皇上，今年惜薪司給的炭不好，有些根本也燒不起來，所以早早就用完了，奴才去惜薪司講理，他們也不管，也不給補上，主子，」那黃門說著眼睛都紅了。「不讓奴才告訴皇上。」
趙佑楨忙道：「皇上，這也沒什麼，咱們待在暖閣不冷的。」
「豈有此理！」趙佑樘一手捶下，震得桌上茶碟跳了兩跳。「嚴正，你去傳朕旨意，命夏伯玉徹查惜薪司，哪個負責炭薪，又是哪個配給景琦殿的，叫他給朕查得清清楚楚！」
嚴正應一聲。

黃門見皇上肯為主子作主，大著膽子又道：「不只炭薪，就是膳食比起以往，也……」

趙佑楨看他多話，忍不住喝斥道：「倪寬！」

倪寬立時不敢說了。

趙佑樘沒想到兩個弟弟現在竟是這種處境。雖然因胡貴妃的關係，他們曾經是自己的敵人，可事實上，趙佑楨本性單純，趙佑梧年紀還小，根本也沒有與他衝突過。

現在自己當了皇帝，那些黃門敢下狠手，給他戴上一頂薄情無義的帽子！再怎麼說，他們都是他的弟弟，一個父親生的。膽大包天的東西！

趙佑樘吩咐道：「十二監，八局，四司一個個都徹查，包括女官的六局一司！任何殿宇該有的分例，缺少遺漏的，都不得放過。」

嚴正看他臉色，便知道他是動了真怒，連忙應一聲跑了。

趙佑樘吩咐其餘人等下去，這才看向兩個弟弟。

趙佑楨輕聲道：「皇上，也不是什麼大事。」

母妃去世，父皇身亡，對趙佑楨的打擊甚大，他只想自己與弟弟能平平安安的，故而吃些虧也認了，並不敢與太皇太后說。因為他知道，太皇太后也是厭惡透了自己的母妃。

趙佑樘嘆口氣。「三弟，你們受此待遇，非朕所願，今日朕既然知道了，不可能視而不見。」他伸手按在趙佑楨的肩膀上，沈聲道：「不管如何，你們都是皇家子弟，如何能受這等人欺負？朕知你心中悲痛，可男兒立於世上，志不可無！你與四弟如今還在守孝，等孝期過了，朕自會再請講官教導你們。」

趙佑楨沒想到他會說這些，眼睛不由一紅。他曾經想過，他與弟弟這樣，趙佑樘再也不會理會他們，可今日，他看得出來，趙佑樘還是自己的大哥，便哽咽道：「皇上的恩情，臣弟與四弟銘記在心。」他拉著趙佑梧謝恩。

趙佑樘忙叫他們起來，輕鬆道：「等四弟大一些，以後咱們再去圍場玩。」

趙佑楨連連點頭。

從景琦殿出來，趙佑樘的心情很不好。

世間人情冷暖，不過如此，想當初他沒有被封為太子時，即便有皇太后的保護，也不是沒有受過小人的氣，所以他對宮人、黃門一向都沒有多少好感，都是些見利忘義、捧高踩低的東西！

見皇上轉個方向，往絳雲閣去了，身後的唐季亮、李安等人鬆了口氣。

皇上鮮少發怒，可他們作為黃門，最怕的就是皇上生氣，那他們做什麼事，可能都會遭殃。如今皇上去見馮貴妃了，想必會好一些。

絳雲閣裡，大李幾個看到皇上來了，笑容滿面地過來請安。

趙佑樘示意他們別去通報，直接就進去了。

馮憐容這會兒正在床上，趙佑樘進去時，她還不知，靠著個大迎枕，手裡拿卷書，給另一頭亂爬的趙承衍唸《千家詩》聽，正當唸道：「寶劍值千金，分手脫相贈……」

趙佑樘接道：「平生一片心。」

他聲音清朗，帶有一些些的低沈，別有一種韻味。

馮憐容放下書，驚喜道：「皇上來了！」

見她要相迎，趙佑樘道：「衣服都沒穿好，下來幹什麼。」

馮憐容低頭一看，果然自己只穿著小襖，又想到因蓋著被子，下面只著下裳，忙把被子往上提一提。

趙佑樘走過來坐在床頭，拿過她的書，一看果然是《千家詩》。

馮憐容自己就說起來。「妾身小時候，哥哥就唸這個給妾身聽，妾身老早就會背了，所以想給小羊也唸這個，他學說話興許會快一些。」

趙佑樘轉頭看看趙承衍，小傢伙正爬得歡，旁邊放了布老虎、波浪鼓、小泥人，好些小玩意兒，他拿起來就扔，扔了又拿，一點兒不累。

趙佑樘看著好笑。「學說話不急，不過妳這樣挺好的，正好自己學學。」

馮憐容心想她都這麼大人了，還學這個？

趙佑樘看她不服氣。「看妳寫信都寫些什麼，作首詩都不會。」

馮憐容暗想他也沒寫過詩給她，為什麼要她寫呀？她探出身子去抱趙承衍。

這時黃益三回來了，帶著馮家寫的家書。

「妳看吧。」趙佑樘替她把信拆了，放她手裡。

馮憐容挪到趙佑樘懷裡，喜孜孜地看起來。背後有皇帝當迎枕，想想都高興。

看她合不攏嘴的，趙佑樘心道，他成枕頭了，也不能閒著啊，這手就不老實起來，這裡揉揉，那裡捏捏。

馮憐容看個信，臉越來越紅。不過看到最後，她輕聲道：「只拿了一百兩銀子，剩下都還回來了，那怎麼辦？宅子也買不成呢。」
「妳娘家要置辦宅院？」
「是啊，哥哥這年紀也得成親了。」她往下看，又一聲嘆氣。「娘還沒看上合心意的，說有好幾位人選，不知道挑哪個，家裡父親也都是做官的。」
「有沒有寫哪些人家？」趙佑樘忽然來了興趣。
馮憐容點頭。「寫了幾個。」
趙佑樘道：「唸。」
「有順天府知府齊大人家的三女兒，有大理寺左寺丞吳大人的女兒，戶部給事中湯大人家的，還有通政司，左參……」
「左參政金大人？」趙佑樘替她說了。「還有嗎？」
馮憐容搖搖頭。「沒了，娘後來說，給我說了也沒用，好像還有幾家呢。」
「妳哥哥變成香餑餑了啊。」趙佑樘好笑。「是不是因妳做了貴妃？」
「誰說的。」馮憐容皺眉。「我哥哥本來就很好，不只長得英俊，還聰明，世上有幾個人這麼年輕就是進士呢，哥哥性子還通達，書院裡的夫子、同窗都很喜歡他。」說起馮孟安，她總是滿臉的驕傲。
趙佑樘聽著莫名有些不高興，冷笑道：「朕要不是身在皇家，指不定考學還是狀元。」
馮憐容沒弄明白他為何突然來這一句，怔了怔，才迎合一句道：「嗯，皇上也很聰明的。」
看她這表情，趙佑樘又覺得自己犯傻了，他跟她哥哥比什麼？她哥哥再如何，還不是要對他俯首稱臣。

他咳嗽一聲。「順天府齊大人的女兒就算了。」

馮憐容歪頭看看他，忽然恍然大悟道：「對啊，皇上對這些官員都很瞭解，那齊大人的女兒不要了，還有呢？」

「給事中也算了。」

那湯大人一天到晚地上奏疏，彈劾這個、彈劾那個，就為博個名聲，實際上沒什麼能耐，真要叫他做點實事，扛不住大樑。

馮憐容道：「那就只剩兩個了。」

趙佑樘想了想道：「左寺丞家的吧。」

馮憐容點點頭，不過很快又道：「不知道他們家姑娘如何？」

「吳家算是書香門第，吳老太爺曾是翰林院大學士，家風嚴謹。」趙佑樘覺得挺好。「娶妻娶賢，當不會錯。」

可馮憐容不太同意。「那也得哥哥喜歡。」

趙佑樘奇怪。「父母之命，媒妁之言，妳哥哥還能自己擇妻不成？」

「總要看一眼再說，要是哥哥不喜歡，想必爹跟娘也不會強迫他，我爹娶我娘親，也是看過的，第一眼就喜歡了！」

趙佑樘垂下眼簾不說話。他做太子時可不能自己選擇妻子，當初皇太后、皇后說什麼就是什麼，他娶方嫣時，對她絲毫不瞭解。

馮憐容自顧自地道：「不管怎麼樣，皇上說好，那人肯定不錯……」她想著，伸手扯扯趙佑樘的袖子。「那妾身能寫回信嗎？」

「行，寫吧。」

馮憐容想到以前的事情，又問：「皇上，吏部郎中秦大人家如何？」

「秦大人？誰說吏部郎中是秦大人？」趙佑樘挑眉。

馮憐容一想，壞了，看來現在好多事情都改變了，難怪這信裡沒有提到秦家，原來秦大人都不是吏部郎中了。那哥哥的姻緣也要變了嗎？

「那是妾身記錯了，好像記得在家裡聽到過一回的。」

她忙起身穿衣服，又叫珠蘭給她磨墨，寫到一半，卻是長嘆一口氣。「哥哥以後娶妻了，怎麼住呢？生個孩子，家裡還要擠。」

趙佑樘立在旁邊看她寫信，見她煩惱，微微一笑道：「傳朕旨意就是了。朕命馮大人接受這筆銀錢，責令在半年內換個住處，妳說好不好？」

真是個好主意，馮憐容拍手道：「好、好，太好了，這回他們肯定不會把銀子還回來了。」她歡喜地站起來，往趙佑樘臉上如蜻蜓點水般一親。「謝謝皇上了。」

趙佑樘還是第一次被她這麼親，側頭見她笑顏如花，櫻唇微微張著，露出雪白的貝齒，不知怎的，臉上竟然一熱。

馮憐容連忙叫寶蘭把銀錢拿來。「就是這些。」

趙佑樘看一眼。「這點錢在京城能買什麼宅院，算了，妳別操心這事兒。」

馮憐容睜大眼睛。「皇上要拿錢出來，那怎麼行，那是我爹娘住的地方，怎麼也該我給啊。怎麼能要皇上的錢，被別人知道了，不好。」

趙佑樘不屑。「又不是國庫裡出的。」

馮憐容還是搖頭。「那也不行，無功不受祿，我的銀錢還好，可若是皇上給的，我爹就是拿了心裡也不舒服。要是買座很大的宅院，不說別的，光是別人猜來猜去都不好，指不定以為是我爹貪墨得的錢，那不是壞了我爹的名聲？」

趙佑樘靜默片刻，心裡清楚她說得是對的，卻還故意問道：「妳爹拿朕的錢，怎麼就不舒服了？」

馮憐容道：「當然不舒服了，這有點兒像，像……」她囁嚅。「賣女什麼的。」

趙佑樘哈哈笑了。「賣女求榮？」他挑一挑眉。「哦，那朕升妳爹做大官，也不行了？」

「不行。」馮憐容把頭搖得波浪鼓似的。「要是因為妾身，那肯定不行，爹會生氣的！」說著猛地拉住他的袖子，竟有些哀求之意。「皇上，您千萬別突然升我爹的官啊！」

趙佑樘無言。沒見過這樣的傻瓜，還求著不升官的。但他也不是昏君，不會真因為她，就給她家裡人升官。

其實他不知道，馮憐容有這麼大的反應全是因為太瞭解她父親，但凡涉及到裙帶關係，她爹都是極為鄙夷的。當初她被選中，在家裡最後住那兩日，就有人說起以後她要是得寵，馮澄也能跟著飛黃騰達，結果馮澄大發雷霆。到現在，她都記得她爹的表情。那是奇恥大辱！

「別擔心了，朕不給妳爹升官。」趙佑樘安慰她一句，吩咐黃益三。「你再去馮家一趟，說是朕的意思，命他們收了貴妃的錢，再買處宅院。」

黃益三暗地裡抽了抽嘴角，還是第一次聽到這種旨意，不過這馮貴妃可真厲害，皇上為她，也算是花心思了。他心裡也高興得很，馮貴妃越是得寵，那他以後的前途就越是廣大。

馮憐容又把寫好的信給他，黃益三拿著就走了。

馮家。

馮澄看了信，又聽了旨意，人都有些傻。這都什麼跟什麼啊！皇上竟然還管這個？

唐容倒是笑得合不攏嘴，拉著馮澄道：「相公，相公，可見咱們容容多得皇上喜歡，肯定是因為容容煩惱咱們不要這錢，皇上才下令的。算了，那也是她一片心意，再說，孟安將來要娶妻子，也得為他多想想。」

馮澄都不知道說什麼。

唐容又道：「你看，容容說是吳家家風不錯，叫咱們考慮考慮。」

馮澄納悶。「她怎麼會知道？」

馮孟安在旁邊道：「還用說嗎？定然是皇上的意思，這都讓咱們家置辦宅院了，再指點下這個也不是沒有可能。」

馮澄夫婦兩個都是一呆。

馮澄道：「那吳家姑娘妳見過沒？」

「挺好的，長得很清秀，其實按咱們家原是高攀不上，還不是吳大人覺得咱們孟安好嘛！」

唐容問馮澄：「要不，找機會兩家見一見，既然皇上都這麼說了，吳家應是不錯的。」

馮澄表示同意，但又很奇怪。「倒不知為何皇上覺得齊家不好？」

他本來在考慮齊知府家的，那齊大人也是素有清名。

馮孟安道：「齊大人太不知變通了，上回順天府那案子，雙方都願意和解，不再追究，齊大人卻不肯，非要分個對錯，結果害得其中一人投水身亡，齊大人還要扣她一頂畏罪的帽子。」

馮澄道：「那是齊大人有原則，世間事，自是有個是非黑白。」

「可世間對錯不是齊大人一個人來決定的。」馮孟安道。「到底是為他名聲，還是真為百姓，可說不準。」

馮澄生氣。「胡說什麼，你少時，他還做過你學官呢！」

馮孟安慢吞吞地道：「爹爹，原工部郎中周大人也做過孩兒的學官。」

那周大人前不久因貪墨案被砍頭了。

見馮澄氣得吹鬍子瞪眼，唐容忙來相勸。

這父子兩個和睦的時候很和睦，可意見不同時，卻是誰也不讓，不過馮澄是真生氣，常句句相逼，馮孟安看似最後承認錯誤，其實在心裡還是堅持己見。說到底，是因二人為人處世的態度不一樣，不過有唐容做和事老，父子沒有隔夜仇，很快又和好如初。

趙佑樘從絳雲閣用完晚飯出來，剛到乾清宮前，夏伯玉急匆匆地來了。

趙佑樘進入御書房，命他說清楚。

夏伯玉道：「屬下本來查得很是順暢，結果到司設監、尚衣監時，那些黃門都不肯開口，怎麼拷問都不說。」

趙佑樘聽出來了，那些黃門在害怕。

「是誰？」他直接問。

夏伯玉呼出一口氣道：「鄭隨。」

鄭隨是新任執筆太監，本來他的身分算不得什麼，難就難在，他是太皇太后身邊的人，伺候太皇太后四十來年了。太皇太后高壽，年輕時隨侍的宮人、黃門盡數離開人世，唯有這鄭隨一直活了下來，可以說，對於太皇太后，那像是她的一個親人。

趙佑樘沈默一會兒道：「暫時到此為止，已經查到的不要留情，該殺的殺，該趕的趕出去。」他頓一頓。「你再派人私下好好查一下鄭隨，別打草驚蛇。」

那是要徹查鄭隨的身家，夏伯玉明白，答應一聲，急匆匆走了。

事情像是不了了之，沒有追根究柢地結束了。

鄭隨仰躺在紅木榻上，喝一盅人奶，那是奶娘府送來的，原本只供給王公貴族，可他因有太皇太后的庇佑，稱是身體虛弱，也有這等待遇。

下頭，兩個小黃門給他捏腿。

其中一人道：「公公當真威風，就連皇上都不敢碰公公一下。」

另一個人附和。「那是，公公看著皇上長大的，皇上在公公面前，也得低一個頭啊！」

鄭隨聽得滿心舒服，口裡卻道：「別胡說，沒得給我招惹麻煩！這裡再捏捏，哎喲，年紀是大了，稍微累一會兒，渾身都疼。」

兩個小黃門使力地揉捏，正當這會兒，太皇太后派人傳他過去，鄭隨連忙爬起來，一刻不耽擱地去了。

此時壽康宮，太皇太后也正歪著，兩個宮人給她捶腿。

鄭隨跪下來道：「奴才見過太皇太后。」

「起來吧，早叫你別跪來跪去的，雖比哀家年輕些，這腿腳也不方便了吧？」太皇太后道。「賜座。」

鄭隨笑一笑。「能給娘娘跪，是奴才的福氣，也是有這福氣，奴才才能活到現在呢，就得伺候娘娘成百歲壽星。」

太皇太后笑起來。「得了吧，還百歲，八十哀家也滿足了。」她問道：「皇上昨兒怎麼回事，查了這些人。」

鄭隨眼睛一轉道：「聽說是為景琦殿的事兒，那些不長眼的沒好好伺候。」

太皇太后皺了皺眉。「那是你沒管好了。」

「確實是奴才的錯。」鄭隨連忙又跪下來。「奴才早叮囑晚叮囑，誰料到他們陽奉陰違呢，見兩位皇子……」

其實現在叫皇子真不太對勁。

太皇太后道：「看來也是該封王了，你繼續。」

鄭隨道：「奴才也不包庇他們，如今被皇上懲治了，也是他們該得的，昨兒奴才就自省到現在了，娘娘請治奴才的罪吧。奴才現是心有餘而力不足，腦袋也不太好了，總是疏漏了太多東西。」

太皇太后看他頗多自責，擺擺手道：「也罷了，你既然清楚，以後小心著些，這宮裡頭人不少，手腳不乾淨的大有人在，這回弄走了不少人？」

「四十來個。」鄭隨小心翼翼地道。「不過皇上也是狠，殺了十幾個，其實有些也就是小偷小摸。」

「敢苛待皇家子弟，還算小事？」太皇太后沈下臉，擺擺手道：「你下去吧。」

鄭隨心裡咯噔一聲，連忙退走。

年前馮憐容又搬家了，因趙佑樘希望她過年在延祺宮，故而那頭趕著修葺好了。

一行人走過去，遠遠就見殿門，這時候，竟然花木繁盛。

鍾嬤嬤笑著，舉手指向一處。「種了臘梅花，難怪開得滿滿的，延祺宮四處就是花多，裡頭還有一處梅園，到年後，又是要開好久。」

「那多好啊，冬天不怕沒花看了。」馮憐容很喜歡。走進去，又見宮門上都貼了春聯，兩邊好大一個福字，她定睛一看，驚訝道：「這是皇上寫的！」

她認識那福字，趙佑樘去年給她寫過，她看了好久，太熟悉了，想到這個，忙跟鍾嬤嬤道：「那幅畫也得帶過來，貼在床對面。」

「他們知道的，還用說。那邊好些都要搬來，這兒肯定都缺呢，畢竟延祺宮也有一陣子沒住人了，那些桌椅啊……」

鍾嬤嬤說著就住嘴了，哪有缺啊，原來都滿當當的了。「全是新的呢！」

馮憐容也有些吃驚，她絳雲閣原先用的器物已經很好，可跟這兒一比，著實差了一截。

堂屋裡因擺了嶄新的家具，感覺都亮堂堂的，裡頭有兩對紅木雙手拐子椅，一對紅木大理石面的花木小桌，其中一個擺著長頸白瓷花瓶，另一個上頭擺著一盆五彩斑斕的玉樹。中間又是一條紅木雕花長條案，靠窗右側有一張偌大的紅木雕花羅漢榻，這些都是她原先沒有的。

兩個人又往左右兩側的裡間看，也是添置了不少東西。

鍾嬤嬤笑得眼睛瞇成一條縫。「也對啊，娘娘，您現在是貴妃了，這用的是該不一樣，皇上想得可真周到。」

馮憐容激動地道：「那是皇上親手挑的？」

「除了皇上，誰敢自作主張給娘娘擺上這些。」要說坤寧宮裡這一位，那是絕對不會如此體貼的。

馮憐容心裡暗自高興，那是皇上疼她，不然哪有心思給她弄這些。她四處看看，興奮地道：「側邊書房還有個小書案、小椅子呢。」

馮憐容捏捏趙承衍的臉。「看你爹爹給你想得多好，寫字唸書的都置辦了，你以後可要乖乖的啊，別讓爹爹失望。」

趙承衍烏黑的眼睛眨了眨，也不知道聽懂沒有。不過他認人很厲害的，每天早上起來，頭一個就要找馮憐容，看見她了才高興。

馮憐容揉揉他腦袋。「走，咱們看花去。」

鍾嬤嬤趕緊給趙承衍戴了個虎頭帽。

嚴正指揮禁軍很快就把東西搬好了，這些人力氣大，搬那大屏風也不似上回的小黃門氣喘吁吁的。鍾嬤嬤賞了他們銀子。

馮憐容抱著趙承衍看臘梅花，給他一朵朵地講顏色。「這是黃的，這是白的，這是花的花蕊呢，聞聞，香不香？」

她把花湊到趙承衍的鼻尖，趙承衍嘴一張就咬上去，她搶都搶不回來。

馮憐容看著他，皺了皺眉，可見趙承衍吃得香噴噴的，又覺得奇怪，難道這臘梅花真能吃？她也摘了一朵往嘴裡放。

趙佑樘過來時，就見娘兒倆在吃花。

「皇上。」馮憐容忙給他請安。

趙佑樘兩步上去，手摸到她嘴唇上，給她把黏著的花瓣拿下來。

「這也能吃？還給孩兒吃，不怕吃壞肚子？」

「不是妾身給的，是他自個兒搶的。」馮憐容說著一笑。「不過真能吃呢，有點兒甜，有點兒苦，要是做成餅，說不定很香。」

趙佑樘抽了下嘴角，真有些擔心了！這孩子給她養，會不會養成個傻瓜啊？

馮憐容又摘了朵臘梅下來。「不知道這白的，會不會比黃的更好吃。」

見她又要吃，趙佑樘一把攔著。「妳幾歲了，別亂吃東西，一會兒大過年的，肚子不好，妳說說怎麼辦？胡鬧！」

見他搶了她手裡的花，馮憐容噘嘴。「有什麼啊，妾身小時候在家裡也吃過花的，那槐花蒸了才好吃呢！白白的花兒裹上一些麵粉，等熟透了，要吃甜的就沾些蜜糖；吃鹹的呢，放些香油，切碎碎的蒜和小香蔥，可好吃呢。」

這會兒是下午，趙佑樘忽然就被她說得餓了。「這東西真好吃？」

「是啊，不過槐花要到四、五月才有，宮裡好像也沒種。」馮憐容遺憾。

趙佑樘叫嚴正來。「讓他們找些大槐樹來種，不過別在附近，種遠一些的地方。」

槐樹不是吉利的樹，故而院子裡從來不種的。

馮憐容一聽，眼睛彎得像月牙似的，拉住他袖子。「那明年就能吃了，到時候皇上過來，妾身跟您一起吃！」

趙佑樘微微一笑。不過是個吃食，也能高興成這樣，上回晉封她為貴妃，也沒見她怎麼興奮。

他拿起手裡的花，放在鼻尖聞一聞，點點頭道：「這花倒是香，要不晚上叫王大廚試試做道菜？」

馮憐容連連點頭。「好！」

趙佑樘就讓兩個小黃門來摘。黃門摘了一大籮筐。

趙承衍在旁邊伸出胖手，搶了好幾朵塞在嘴裡，吃完了咧嘴直樂。

趙佑樘看得一陣頭疼。這孩子該不會以後真像他娘吧？

見他隨手也拿了一枝，馮憐容笑道：「插在花瓶裡正好呢。」

趙佑樘卻抬手道：「別動。」

馮憐容一怔。他已經把花插在了她頭上。

淡黃色的花襯著烏黑的青絲，像是冬日裡最嬌嫩、最讓人覺得溫暖的顏色，她的臉瞬間紅了。

趙佑樘拉住她的手。「走吧，老在外頭，小心孩兒凍著了。」

她被他牽著，只覺這一刻，人世間所有幸福，也不過如此。

到了晚上，王大廚真拿臘梅花做了好幾道菜。

其中一道臘梅蝦糕特別受歡迎，不過趙佑樘吃了一塊就不吃了，說蝦肉是凍過的，鮮味大減。

馮憐容倒是沒怎麼在意，她可不像趙佑樘從小是錦衣玉食，現在在宮裡養了兩年，也沒有那麼挑剔，她一連吃了好幾塊，別的反而沒怎麼吃。

趙佑樘又逗趙承衍叫了幾聲爹爹就走了。

這一年，因為有這一天，即便大年夜他不在她身邊，馮憐容也覺得好滿足，就是總有些冷清，幸好孫秀自個兒來了。

孫秀作為婕妤，搬到了凝香宮的雪舞閣，這跟前世一樣，沒有變動。

看著曾經一起不得寵的人，馮憐容的心思總有些複雜，說實話，她也同情她，可是要她幫一下孫秀，叫皇上去臨幸，她也做不到。故而為這，她頗為尷尬，就從不主動找孫秀，但孫秀來，她總是好好招待，不擺架子。

兩個人說說笑笑過了大年。

到得年初一，身為妃嬪還得去拜年。

鍾嬷嬷給他們母子倆一大早就打扮好了，坐著輦車去壽康宮。作為貴妃，這輦車也是不一樣的，處處鑲金包銀，也就比皇后的鳳駕差上一點，此刻車上都燃著炭，暖烘烘的。

到得壽康宮，馮憐容下來，給趙承衍戴好帽子就進去，跪下來拜年。

太皇太后幾個都給了紅包。

「快把承衍抱來給我瞧瞧。」太皇太后迫不及待。

今兒趙承衍穿了身大紅繡福字的小襖，臉兒胖嘟嘟的，兩隻眼睛又大又圓，真是粉雕玉琢一般，十分討喜。

他一被抱起來，就是格格笑。

「看啊，笑個不停，這孩子是好。」太皇太后點點他鼻子。「會叫曾祖母不？曾祖母？」

趙承衍小嘴一張就道：「祖母。」

「哎呀，真會叫！」太皇太后高興極了。「這孩兒聰明啊，還一週歲不到吧？」

皇太后也笑起來。「是的，不過前頭怎麼沒個曾字呢？」

馮憐容道：「就是這個沒學會，兩個字的都會叫。」

「也是不錯了。」皇太后拿出一串金鈴鐺給趙承衍。「來，祖母送你的，會拿嗎？」

趙承衍的胖手很有力氣，一下子就拿住了，晃來晃去，發出悅耳的鈴聲。

「叫祖母。」皇太后逗他。

「祖母。」趙承衍格格笑。「祖母。」

看自己兒子這麼討人喜歡，趙佑樘朝馮憐容看了看。

馮憐容卻沒在看他，只看著趙承衍，像是略微放鬆，又像是透著一絲的警惕，手交握在一起，微微笑著，梨渦淺淺。

趙佑樘不由自主也笑了笑。

方嫣一直沒有說話，此刻道：「皇祖母，孩兒也給我看看呢。」

方嫣忙著保胎，已經好久沒有見過趙承衍，如今一看，卻見他白白胖胖的，小臉總是帶著笑容，她嘴角挑了挑，伸手摸他一下，問道：「可會叫母后了？」

這話一出，太皇太后跟皇太后互相看了一眼。

馮憐容忙道：「會叫的，妾身教過他。」

「哦？」方嫣挑眉。

李嬤嬤逗趙承衍。「大皇子，叫母后呢。」

趙承衍眨巴了一下眼睛，叫道：「母，后。」

眾人都笑起來。

太皇太后帶著幾分欣慰。想當初，那胡貴妃可不是這等樣子，兩個兒子大了，才知道叫皇后母后，如今這馮貴妃倒是懂規矩。

她派去的人也說，一點兒都不驕狂，就是她這孫兒實在寵她，不過宮裡這些女人，出眾些的常是這樣，前頭一、兩年得寵，後面來了新人，總是要淡一些，倒也算不得什麼。

方嫣聽到趙承衍喊她母后，也是笑了笑，卻是沒興趣看了，叫人抱還給馮憐容，只在心裡希望自己的孩子，將來也一樣健康。

到得一月中，方嫣生了個兒子。

等到穩婆報喜，皇太后面色一緩。

宮裡只要有嫡子，皇后有兒子，就不會亂了秩序，皇太后知道太皇太后一直都是這麼想的，如今也算是圓滿。

李嬤嬤在屋裡也替方嫣高興道：「娘娘，娘娘，真是個兒子。」

方嫣一聽，當即就哭了，側過頭道：「快抱給我看看。」

李嬤嬤抱過來，又嘆一聲。「就是有些瘦了，不過朱太醫說身體還是無礙的，以後養好，便沒什麼。」

方嫣心頭一塊大石頭落了地。她生下了兒子，這兒子就是太子，她要的終於有了！多日來的心結一下子解開，她整個人渾身一鬆，暈了過去。

李嬤嬤心疼地哭起來，她是知道方嫣為這一個孩子付出了多少心血，剛才為生下他，也是使出了渾身力氣。

聽說方嫣暈倒，朱太醫趕緊過來給她把脈。

李嬤嬤抽空就把孩子抱給趙佑樘看。「皇上，孩子是好好的，就是娘娘累得暈了。」

趙佑樘看看兒子，皮膚紅紅的，不過好像瘦了些，他嘆口氣。「辛苦她了，妳好好伺候。」

他伸手碰一碰兒子的臉蛋，微微露出笑容來。

皇上也是喜歡這個孩子的，李嬤嬤心裡想著。

方嫣一直暈迷，直到半夜才醒來，一醒就急著叫李嬤嬤把孩子抱給她，她越看越喜歡，只覺為了他，受什麼苦都值得，一刻也不捨得離了他，餵孩子吃了奶，就放在身邊陪著自己再睡過去。

皇后在坐月子，自然不用馮憐容去請安，皇太后又是個冷性子，尋常也不要她去，她得空就只好抱趙承衍去看看太皇太后。

太皇太后倒是很喜歡趙承衍，可能人年紀大了，特別愛看小孩子，每回去都能得賞，趙承衍的小金錠都有滿滿一盒子了，玉珮也有好幾對。

馮憐容心想，皇家的孩子就是好啊，她小時候去看看外祖母，頂多也就給她包頓餃子吃，要麼在街上買油餅，哪有這些錢給她呢。

「小羊啊，你小小年紀都成大地主了！」她捏捏趙承衍的臉。

趙承衍搖著頭。「一，呀，提……」

馮憐容噗的一聲笑起來，這孩子又在說無人聽得懂的話了。「來，咱們去走走。」

現在趙承衍早就不滿足在床上爬，願意在地上學著走路，她抱起他，領著兩個宮人去外頭晃了幾圈，回來時，又是抱著回來的，小孩子頭擱在她肩膀上睡著了。

俞氏連忙接過來，把趙承衍抱到床上睡。

馮憐容跟鍾嬤嬤道：「上回朱太醫說，孩子大了以後，也不能光吃奶，還要吃些別的，這樣才長得快。我看午膳叫膳房做一小碗米粥來，放些魚肉，有什麼新鮮蔬菜，也可以加進去，就說給孩子吃的。」

鍾嬤嬤點點頭。「是該這麼吃了，膳房知道怎麼弄。」她轉頭就讓銀桂去要。

馮憐容坐下來看書，看得一會兒，跟珠蘭說道：「妳與鍾嬤嬤學了推拿，今日開始教我一些。」

珠蘭驚訝。「娘娘為何要學這個？」

馮憐容不太好意思說，笑道：「妳教就是了。」

她想到趙佑樘每日早朝，又要批閱奏疏，實在是辛苦，她也做不了什麼，剛才忽然想到可以學這個，以後他來，她就可以給他推拿推拿，讓他散些疲勞。

珠蘭自然聽從，進屋就取了一張圖來，全是畫了人體穴位。

鍾嬤嬤聽見，挑眉道：「怎麼娘娘要學這個，讓珠蘭教呢？這可是奴婢家祖傳的東西，想當年，奴婢父親那一手醫術在縣裡也是響噹噹的。」

馮憐容笑道：「還不是怕您累了，再說，我這初學，跟珠蘭學學就是了。」她低頭看看圖，只覺得頭昏眼花。

這得什麼時候記全啊！

珠蘭眼睛一轉。「多半都是揉捏肩膀，要麼是手臂，奴婢就先教這些地方。」

「好、好，妳真聰明，就學這個。」

馮憐容跟珠蘭學了一整天。

這日，太皇太后請趙佑樘過去，商量給趙佑楨、趙佑梧封王的事情，畢竟先帝已不在，那兩個孩子又是趙佑樘的弟弟，用皇子的稱呼太不合適。

「朕也想過，就封三弟為靖王，四弟為寧王。」

「那封地？」太皇太后詢問。「佑楨再過幾年也可以娶妻了，到時候就住到封地去。」

「朕看這事兒不急，畢竟弟弟們還小。」他頓一頓。「皇祖母，雖說他們還要守孝，不過佑楨跟佑梧都在長身體，也是唸書的最佳時段，耽誤了，以後要補上可不容易，朕看這些就不拘了。」

太皇太后沈吟片刻。「便隨皇上吧。」

她說著，抬起眼看看趙佑樘，心裡是滿意的，他對兩個弟弟照顧有加，可見是個有情有義的人。

「承煜很快要滿月了，還請皇上抽個時間出來。」她提醒，希望趙佑樘重視這個嫡長子。

趙佑樘點點頭。「朕那日就不早朝了。」

方嫣的孩子被他賜名為趙承煜，到得二月中便是滿月，宮裡隆重辦了一回滿月酒，皇后的家人和永嘉公主一家都出席了。

永嘉公主來看趙承衍，本想抱著他一起去皇后那兒，結果剛離開延祺宮，趙承衍就哇哇大哭，一邊回頭找馮憐容。
永嘉公主走到半路，還是折回去，把趙承衍還給馮憐容。
在坤寧宮她就說了這件事。
「馮貴妃把承衍養成什麼樣了，都離不得她，以後還得了？」永嘉公主有些不滿。
趙佑樘臉色微沈。
皇太后見此說道：「她日日陪著的，孩兒被妳突然抱走如此也是正常，等稍許大一些就好了，妳小時候還不是黏著我呢，一刻都離不了。」
永嘉公主生氣。「母后怎麼老是幫著她？」
皇太后看一眼趙佑樘，嚴肅道：「婉婉，妳也早已為人母親了，如何還不懂道理？」
永嘉公主還想說，可皇太后的眼神裡有警告之意，她無奈住嘴。
太皇太后看在眼裡，明白皇太后是為永嘉公主著想，看趙佑樘的表情，就知道他已經有些不快。
「好了，咱們去看看承煜。」她當先進去裡間。
趙承煜有方嫣的精心養護，已經長胖了好一些，人精神了，哭聲也響亮。由於方嫣時常都要看他，故而奶娘就搭床睡在她旁邊，她生怕兒子吃不夠，還挑了兩個奶娘來。
一眾人都過去相看，方嫣聽到都是稱讚兒子的話，自然歡喜。
滿月酒過後沒幾日，又迎來趙承衍的週歲生辰。
皇家都講究抓週，故而早上起來，鍾嬤嬤就給趙承衍好好打扮一番，穿一身團雲紋的寶藍棉袍，頭上戴一頂六角帽。

馮憐容揉揉眼睛道：「怎不戴我做的？」

鍾嬤嬤抽了下嘴角。「要去壽康宮呢。」

言下之意別去獻醜了，在自家宮裡穿還行，別人不會取笑，別的就保不定了。

馮憐容氣得哼一聲，打算下回做衣服、帽子要再多下些功夫。

用過早膳後，馮憐容就去太皇太后的壽康宮。

走到半途，竟遇到趙佑樘，馮憐容忙上去請安。

他顯然是才下早朝，頭戴翼善冠，身穿明黃色的四團龍袍，腰繫琥珀黃金帶，威儀四溢，叫人不敢直視。

趙佑樘承她一禮，說道：「來帶小羊抓週？」

「是的，皇上。」馮憐容偷偷看他一眼，見他仍是板著臉，一雙眼睛毫無溫情，說不出的嚇人，她又低下頭去。這會兒他的樣子就跟前世很像了。

看她拘謹，不似往常一樣，趙佑樘微微一笑。「走吧，朕一刻沒歇，就為這個呢。」

聽出他的聲音有變化，馮憐容才又敢看他。他此刻又好像變了一個人似的，說不出的溫柔。

她笑起來，抱著孩子走近他。「小羊會要飯吃了，昨兒餓，摸肚子，說飯飯。」

「是嗎？小羊真聰明。」趙佑樘微傾下身子，伸手碰碰趙承衍的臉蛋。「長得也快，好像又大了一些吧？」

趙承衍看到他，胖乎乎的小手就伸出來。

「他要皇上抱呢，喜歡誰，他就會伸手。」
趙佑樘很高興，並沒有猶豫，就把趙承衍抱了過去。
趙承衍格格笑，拿手摸摸趙佑樘的耳朵，又去摸摸他的頭冠。
馮憐容看著又有些擔心，生怕趙承衍亂戳皇上的臉！她有時候抱他，趙承衍冷不丁就把小手伸過來摸她，他是好奇，可控制不好自己的手，有次戳傷了她的臉。
她越想越害怕，忙又把趙承衍抱回來，解釋道：「他有時候會亂摸的，還不太懂事，怕弄疼皇上，上回就把妾身的臉弄破了。」
趙佑樘立時止步，仔細瞅了瞅她的臉，見她的左側臉上果然有個很小的傷痕，皺眉道：「妳以後也別抱了，那些宮人都閒著作甚？等他大一點懂事了，妳再多陪他。」一邊就喊珠蘭。
珠蘭嚇得臉色發白，連忙把趙承衍抱過去。
馮憐容看他這臉又很凶，也不敢說話，隨他一同進入壽康宮。
太皇太后已經命人在堂屋放下一張大案，上頭什麼都有，筆墨紙硯、錢幣、鮮花、經書、算盤、吃食、小玩意兒、綬帶、簡冊、首飾、胭脂。
見到二人一起進來，太皇太后笑道：「快把承衍放上頭。」
這大案很大，他在上頭翻滾都是夠的，眾人一時都盯著他。
這會兒趙佑樘忽然在馮憐容耳邊道：「妳猜他會抓什麼？」
馮憐容苦著臉。「花吧，上回吃臘梅花上癮了，見著花就往嘴裡塞。」
這孩子的抓週要毀了！

趙佑樘忍住笑，他也這麼覺得。

果然趙承衍第一眼就看到大案上的幾枝桃花，連滾帶爬上去，胖手一握就抓到了桃花，嘩啦地往嘴裡塞。

太皇太后看得直抽嘴角，這叫什麼事兒？

旁邊宮人連忙去搶下來。

趙承衍眨巴著眼睛，咯咯一笑，還當別人跟他玩兒，他嚥下嘴裡的桃花，坐在大案上，又四處看看，胖手一按，抓了右側的胭脂盒子。

馮憐容腦袋一昏。孩兒啊，你這是要徹底毀了自己啊，一手桃花，一手胭脂，以後是要往胭脂堆裡鑽的意思嗎？

趙佑樘卻是嘴角上彎，輕輕發笑。

太皇太后嘆一聲，搖搖頭。「撤了吧。」

皇太后笑道：「小孩兒懂什麼，總是看到好看的就要去抓。」

太皇太后道：「誰說的，先帝那會兒就只抓了綬帶，還有經書，不過也罷了。」到底不是嫡子，這般興許更好。

馮憐容上去把趙承衍抱回來。小傢伙自然什麼都不知道。

回去的路上，馮憐容就有些心情黯然，不說孩子以後要成器，那也不能跟花、胭脂混成一片不是？她側頭看看趙佑樘，他竟然神態自若，一點兒沒有安慰的意思，真討厭！

馮憐容拿手一會兒捏趙承衍的鼻子，一會兒捏他的臉蛋，嘴裡念念有詞，大意是叫他千萬不要長歪了，不然到時候打他屁股。

她神神叨叨說了半路，趙佑樘突然停下來看她。「孩兒都要被妳捏哭了，有這麼做娘的嗎？」

「慈母多敗兒。」馮憐容氣哼哼道。「以後我要對他凶狠一點！」

趙佑樘笑了。「還在為剛才的事情不高興？」

「皇上難道高興？」

趙佑樘雙手背在身後。「不過是圖個熱鬧罷了，當不得真。」可作為父親，難道不該對兒子的資質有點兒期望嗎？就算她疼愛趙承衍，可見他抓了這兩樣東西，還是忍不住有點兒失望。那像趙佑樘這樣沒有一處不優秀的父親，怎麼可能會無動於衷？

馮憐容盯著他看了又看，忽然問道：「皇上抓週拿了什麼？」

「嗯？」趙佑樘冷不丁被她問起這個，把手放在唇邊咳嗽一聲道：「妳用不著知道。」

「妾身這不是好奇嗎？」她歪頭看他，眸中閃著狡黠之色。「莫不是也跟小羊一樣，抓了胭脂？」

趙佑樘傲然道：「朕拿了簡冊的！」

馮憐容撇嘴。「那另外一隻手呢？」

趙佑樘沈默片刻，很鎮定地道：「胭脂。」

發現自己猜中了，馮憐容樂不可支，一邊笑一邊對趙承衍道：「小羊啊，你像你爹呢，不對、不對，至少有一半像你爹，看來抓胭脂也不是太壞的事情。」

趙佑樘淡淡道：「事在人為，小兒抓樣東西如何能定終身？」

馮憐容只看著他笑。

趙佑樘挑眉。「又在想什麼了？」

「妾身在想，當時皇上為何會抓了胭脂，另外一隻手卻是拿了簡冊。」抓週或許如他所說，並不代表什麼，可馮憐容心想，也許那胭脂，是他心底始終都存有的幾分溫柔。

她絲毫不遮攔地看著他，像是並不在意旁邊有些誰，趙佑樘微微一笑，調侃道：「朕愛美人也愛江山，如此，可說得過去？」

馮憐容臉一紅。「妾身跟江山並重，一下子覺得肩膀好沈。」

趙佑樘哈哈笑起來。「誰在說妳呢，沒臉沒皮的！」

馮憐容心想，可現在就她受寵啊，不是她，是誰？

二人正說著，後面追來兩個小黃門，其中一個跟嚴正說了幾句，嚴正連忙上來。「皇上，夏指揮有事稟告，現在乾清宮等候。」

馮憐容一聽，也不用趙佑樘開口就告辭走了。

趙佑樘轉過身，前往乾清宮，直接去了書房，坐下後方才看一眼夏伯玉。「何事？」

夏伯玉躬身道：「皇上，臣有急事回稟，臣發現鄭隨與懷王有書信往來，就在剛才，派了人送信去華津府。」

趙佑樘怔了怔。他倒是沒想到鄭隨原來還是懷王放在宮裡的眼線，不過想想也是，鄭隨跟隨太皇太后那麼多年，懷王算是他看著長大的，兩人建立起感情不是沒有可能。

他忽然就想到之前被刺殺的事情，最後也沒有水落石出，難保鄭隨沒有牽扯在裡面。

他沈思片刻，問道：「陳越與他如何？」

這陳越是錦衣衛指揮使，真論起來，是太皇太后的遠房表侄。

夏伯玉心中一凜，想一想回道：「有些來往。」

「二人可背了人命？」

夏伯玉額頭上出汗了。「宮裡這二、三十年，人命案是數不清的。」

趙佑樘沈聲道：「好好給朕查一查。」

夏伯玉應聲去了。

趙佑樘慢慢往後靠在龍椅上。他不能忘記那天胡貴妃被賜死的事情，雖然因胡貴妃，他在這二十幾年吃了不少苦頭，可是那一天，胡貴妃死了，作為兒子，他為他的父皇感到深深的悲哀。

身為帝王，竟然連自己寵愛的人都護不住，連這小小一座宮城，都不屬於他。他絕不容許自己有這一天！所以，不管是這皇城，還是整個天下，他都要牢牢掌控在自己的手裡！

到得三月中，他昭告天下，封趙佑楨為靖王，趙佑梧為寧王，二人算是正式為王了，每年也有相應的俸祿。

趙佑樘又給他們請了講官，兩兄弟漸漸從失去雙親的悲傷中走出來，景琦殿多了一倍的宮人、黃門，比原先是熱鬧多了。

與此同時，趙承煜也在健健康康地長大，能吃能睡，不到三個月，長胖了一大圈，方嫣也早出月子可以出門，這日抱給太皇太后和皇太后看，兩人都很歡喜。

「看來也不用像朱太醫擔心的，怕養不好。」太皇太后笑道。「瞧瞧多胖呢，不過聽說晚上愛哭？」

「是有些鬧。」方嫣嘆口氣，一晚上被鬧醒幾回，她眼睛下面都發青了，可她見不到兒子，心裡又不安。

皇太后道：「這倒沒什麼，有些孩子就愛哭，皇上幼時也一般。」

方嫣聽見，滿臉笑容地問：「真的？」

太皇太后道：「是啊，給妳母后養的時候，天天都哭，餵奶也不成，叫太醫看又說沒事兒，後來哭得一、兩個月也就好了。」

方嫣本來還為此擔心，這會兒倒是喜笑連天。她這孩兒像趙佑樘，她自然高興。後來每回孩兒哭，她都喜孜孜的，一點兒不急了。

李嬤嬤道：「如今也是快半年過去了，娘娘看看，是不是要這些妃嬪來請安了？」她是怕方嫣總是這樣，沒了皇后的威嚴。畢竟正室還是正室，哪會不要側室立規矩的？以前她是怕方嫣做得太過，現在方嫣一心在孩子身上，什麼都不管，她又是怕方嫣太放鬆了。反正當個嬤嬤，就沒個不操心的時候。

方嫣想想。「那明兒就讓她們來請安吧，不過也別每日都來，如今孩兒正在長，就一月兩回得了。」

李嬤嬤道：「也是可以，不過娘娘也得多見見皇上了，娘娘這……」她是想說自打方嫣生孩子過後，二人就沒有同房，如今月子早過了，也該加深點感情。

方嫣臉有些紅，身為女人不是不想，只不過之前身體還沒有養好，便笑了笑道：「那今兒請皇上過來用晚膳。」

方嫣派人前往乾清宮，沒多久，就聽聞來人回報皇上移駕坤寧宮。

方嫣隆重打扮了一回，身穿杏紅繡牡丹的襦衣，披鏤空白紗，下著蜜合色撒花裙，她原先也挺胖的，不過為這孩子也是盡心盡力，身段恢復得挺快，就是人有些憔悴，看著精神很不好。

趙佑樘進來就看趙承煜，見小臉一下子胖了好多，倒是嚇一跳。「怎麼長那麼快？」他以前看趙承衍，好似沒這樣的。

方嫣笑道：「他奶喝得多，又因以前瘦，故而就顯得快。」

趙佑樘點點頭，這才看看方嫣，關切地道：「妳要多休養休養，聽說晚上還帶著孩兒睡？這孩兒哭，不會吵到？」

方嫣笑道：「不是像皇上嗎？也沒什麼。」

趙佑樘皺了皺眉，他什麼時候愛哭了？

二人坐下用膳，一桌子的美味佳餚，可趙佑樘沈默無聲，方嫣好似一下也找不到話說。見李嬤嬤朝她使眼色，方嫣才開口說：「皇上之前給三弟、四弟封王了，什麼時候讓他們住到封地去？」

趙佑樘放下筷子。「不急這事兒，他們還小呢。」

「三弟也不算小了，這都十四、五歲了。」方嫣是害怕他們想念著胡貴妃，哪一日生出不好的事情，何必要管兩個可能是白眼狼的人？

趙佑樘有些不快。「過兩年再說。」

方嫣瞧出他的不高興，只得換個話題。「承煜現在會發出一些奇怪的聲音，妾身瞧著很快就會說話。」

「那是快要喊人了，不過要說得清楚，還得差不多一年。」趙佑樘說到兒子，又有些興趣。「不知比他哥哥，早些還是晚些。」

方嫣挑眉。「承煜聰明著呢，自然會早一些。」她的兒子不會比不過馮憐容的。

趙佑樘看她一眼。「妳沒給孩兒取個乳名？」

他少不得想到馮憐容說的話，想到小羊，還有醜蛋，表情很有些微妙，不知道他這妻子給兒子取了乳名沒有。

方嫣愣了愣，她可是知道馮憐容叫趙承衍小羊的，她為何要學她，立即冷下臉。「叫什麼乳名，多此一舉，咱們皇家就該有個皇家的樣子，什麼狗啊、貓啊，都能叫嗎？皇上賜的名字挺好，妾身覺得沒什麼必要，非得要個乳名。」明顯就帶了怒氣出來。

而這話也讓趙佑樘尷尬，原本他不過一時好奇發問而已。

趙佑樘自然又沒話說了，用完飯起身道：「朕還有奏疏沒有看完，妳好好歇息吧，朕有空再來。」

他又看一眼趙承煜便走了，方嫣連挽留的機會都沒有。

第十七章

時值入秋，太皇太后這日跟皇太后商量事情。「我看皇上現在就一個貴妃，一個婕妤，著實是太少了，明年我看張羅選幾個人進來，妳覺得如何？」

皇太后沒有立刻答應，想了想道：「那要不問問皇上的意見？」

「皇上日理萬機，聽說最近還常親自去看兵士操練，哪裡有空管這個，咱們皇家就是多子多孫才好。」她頓一頓。「不然，皇上就只寵幸一個貴妃得了？」

皇太后保持沈默。當年她作皇后，可一點兒不想給皇上添人，她原本是天真，想著一生一世一雙人呢，總歸是夢一場。

太皇太后看她一眼。「算了，妳本來就不愛操心這些，到明年我看著辦。」

兩人正說著，宮人景華進來有事稟告。

「皇上把陳大人跟鄭公公都抓了。」

太皇太后一愣，手握住椅把，問：「因為何事抓了？」

「奴婢也不清楚，只聽說，好像已經押去外頭要砍頭了。」

太皇太后猛地站起來。

在一旁的皇太后，面色也是一變。陳越、鄭隨都是宮裡的老人了，倒不知皇帝為何突然要砍頭？她側頭看看太皇太后，眉頭忽然又是一皺。

太皇太后坐不住，跟皇太后道：「走，妳隨我去乾清宮。」

皇太后暗地嘆了口氣，勸道：「母后，這二人定是犯了很多罪狀，不然皇上不會砍他們的頭。」

太皇太后猛地回頭，瞪著皇太后。「妳知道哀家的意思！」

皇太后咬了咬嘴唇，只得跟著她去乾清宮。

聽說太皇太后與皇太后來了，趙佑樘起身站起來，但並沒有離開御案。他仍是穿著龍袍，頭上的金絲翼善冠被左側窗口射入的陽光一照，閃閃發亮。

太皇太后與皇太后走進來，前者立時就道：「皇上，陳越與鄭隨不管犯了何事，你也不能殺了他們！還請皇上收回成命，把他們押回來。」

嚴正一聽，整個人更是立得筆直了。

太皇太后就是太皇太后，竟然敢直接命令皇帝。不過他相信自家主子不是軟柿子，若跟先帝一樣，根本也就不會動那兩個人，如今動了，必不能退縮。

趙佑樘果然無動於衷，語氣淡淡道：「天子犯法尚與庶民同罪，別說這二人了。」復又坐下去。「皇祖母，母后也請坐。」

他顯得很是輕描淡寫。太皇太后心中惱火，身子微晃。

皇太后連忙扶她坐下，問道：「皇上不如說說他們犯了何事，須知這二人，一個護衛皇城多年，一個是伺候母后的，都不同尋常。」

趙佑樘道：「朕也是不得已才殺他們，這二人實在是罪大惡極，死有餘辜。」他指著御案上一疊卷軸，吩咐嚴正。「你來唸。」

嚴正剛要開口，太皇太后一聲斷喝。「就算如此，皇上為何不先行提醒哀家？」

「皇祖母年事已高，朕也是怕打擾您歇息，畢竟這是朕分內之事，如何能要皇祖母操心？」他頓一頓，面色冷峻，恰如這深秋的肅殺。「再者，這二人藉皇祖母的名頭，謀取私利，壞了皇祖母清名不說，也負了皇祖母的信任，朕不殺他們，也難消心頭之恨！」

太皇太后臉色一變。「如何利用哀家？」

「用皇祖母之名，收取眾官員錢財，自稱為升官做疏通，因鄭隨是皇祖母貼身太監，有官員被騙，也不敢告他，光此樁事就有十幾起。」

太皇太后驚訝。「竟有此事！」她一咬牙。「可只騙取錢財，也未必是死罪！」

趙佑樘眼眸微微瞇了瞇。「嚴正，你唸。」

嚴正便拿起卷軸道：「稟太皇太后娘娘，此乃宮人、黃門畫了押的證供；在成泰二十年，鄭隨因劉大元打碎他的茶壺，使人誣陷他偷惠妃的首飾，劉大元被杖斃；成泰二十三年，鄭隨因看中宮人蕭鴛，想與她對食，蕭鴛不肯，鄭隨使人把她推入池塘淹死；成泰二十五年，陳越幫鄭隨處置了黃門張虎、金溪林；成泰二十九年，陳越的侄子被人當街毆打，陳越暗地派人縱火，打人者全家身亡。」

太皇太后聽到這裡，手都抖了起來。

嚴正看到下面，遲疑了一會兒，鼓起勇氣道：「成泰元年，成貴妃被毒殺一案，鄭隨也參與其中……」

太皇太后臉色一下子煞白，喝斥道：「夠了！」

成泰元年，先帝登基，成貴妃與幼子在三月服毒身亡，此為一樁疑案。

屋裡一時安靜得好像此處空無一人。

過得許久，太皇太后才吐出一口氣，緩緩道：「是哀家看錯他們了。」

趙佑樘靜靜地看著太皇太后，目光閃爍。今日這種局面，他原想一輩子都不要發生，然而，卻也不得不發生，只因他做了皇帝，只因他心中有太多的想法想要去實現。

所以這世上，要說他對不住誰，唯有面前此人。他的皇祖母！

趙佑樘抑制住內心翻滾的情緒，柔聲道：「讓皇祖母傷心了，是朕的過錯。」

太皇太后聽到這一句，微微抬頭看向趙佑樘。她親眼看著長大的孫兒，終究是不一樣了。

「皇上處理得很好，是他們不對在先，犯下如此大錯，當斬。」

趙佑樘默然。

皇太后見此，在心中微微嘆氣。

太皇太后又問：「陳越處斬了，何人接替？」

「朕已升夏伯玉為指揮使。」

那是他很早就培養好的心腹，太皇太后嘴角微微一挑，點頭道：「好，很好，想必你什麼都考慮周到了，哀家是年紀大了，能管得了什麼？」

她轉身走了，竟也不要別人攙扶，顯得有些蹣跚。

趙佑樘看著她的背影，鼻子驀地一酸。他想起當年，太皇太后是如何教導他的——

「做事當果斷，不能感情用事。」

「任何決定，當以社稷為重。」

「小不忍則亂大謀。」

……

她說的好些話都在耳邊迴盪。

趙佑樘長嘆一聲，站了起來，可是，他很快又坐了回去，命嚴正把楊大人、王大人叫來。

楊大人歷經三朝不倒，王大人也是兩朝的老人，一聽說皇帝要實行京察，二人都吃了一驚，因京察一般六年實行一次，乃吏部考核官員的制度，這不比尋常的考核，京察是由吏部尚書親自主持，考核範圍遍及全國，以五品以下官員為主，十分嚴格。原本大前年才考核過一次，他們驚訝為何提前。

趙佑樘厲聲道：「朕曾去過山東，正處災旱年，尚且有貪墨之徒，不用說富饒之處，朕不知你們當年是如何考察的！」

天子之怒，楊大人饒是老資格，也得跪下來道：「是臣之過。」

王大人也忙跪下來。

「此次京察，下月實行，王大人你為輔佐，希望不要再讓朕失望！」

兩人連忙應是。

趙佑樘又與二人說了一陣子，兩位老臣才告退。

不知不覺已是傍晚。趙佑樘站起來，立在殿門口停了一會兒，前往延祺宮。

此時，馮憐容正在給趙承衍做帽子。冬天很快就要到了，帽子必不可少，小孩兒的頭髮再好也不濃密，擋不了風，她給兒子做了一頂虎頭帽。

趙承衍在旁邊練習走路，金桂、銀桂在兩頭看著，以防他摔倒。

馮憐容做了一會兒就叫趙承衍過去，往他頭上試戴一下。

一看剛剛好，她笑起來。「小羊的腦袋不小啊，還怕大了呢，小羊，你知道什麼是腦袋嗎？」

趙承衍拿手指指自己的頭。

「真聰明，小羊，這個是帽子，戴在頭上的。」她又給他解釋，只要有機會，她什麼都要給趙承衍說一下。

正當說著，趙承衍忽然一轉頭，說道：「爹爹，來了。」

「什麼？」馮憐容第一次聽他說一句長話，又驚又喜。「你說什麼？小羊，你再說一次。」

「爹爹，來了。」趙承衍說著，朝趙佑樘走過去。

馮憐容這才發現趙佑樘來了，她朝兩邊的小黃門看了看，個個都低下頭。

這些人真是的，經常都不回稟一下，好幾次趙佑樘靜悄悄地進來，她一點不知，這回又是。不過恐怕也是皇上自己吩咐的。

趙佑樘看到兒子過來，蹲下來道：「小羊，你走那麼快了。」

「爹爹，抱。」趙承衍揮舞著胖手。

馮憐容看兒子這樣，一下子又有些挫折感。她日日與趙承衍在一起，結果他看到父親那麼高興，她倒是有一點兒失落，怪不得別人說遠香近臭，瞧他走過去屁顛顛的樣子。

「剛才他會說爹爹來了。」她笑著告訴趙佑樘。

趙佑樘摸摸兒子的頭。「啊，學得真快。」但他面上並沒有多少笑容。

馮憐容與他相處不算短，立時便知道他這是有心事，很快就把趙承衍抱下來，叫俞氏帶著去別處玩。

趙佑樘進去坐在羅漢床上，隨手翻翻她看的書，見到竟然有一本《論語》，也是稀奇。「妳還看這個？」

「多點學問總是好事，不然以後孩子問起來，妾身一竅不通也不好。」

他笑了笑，又不說話了，半躺著。馮憐容見狀很自覺的也不說話，只靠在他身邊。

過得一會兒，就聽趙佑樘問：「妳有個外祖母？」

「是啊。」馮憐容點點頭。

趙佑樘伸手撫摸一下她的頭髮。「那妳小時候可惹過她生氣？」

馮憐容微微怔了怔。看來皇上是惹太皇太后生氣了。

她語氣有些輕快地道：「那可多呢，妾身小時候也不太乖，總是惹外祖母生氣，記得有回淘氣，看外祖母在外頭曬著蘿蔔乾，妾身拿了好多，然後都送給鄰居小孩兒吃了，外祖母氣得追著妾身打。」

趙佑樘聽得笑起來。「可被追到了？」

「追到了，外祖母拿肩上搭著的汗巾狠狠抽了妾身幾下，妾身都哭了。」她爬過來，把臉蛋給趙佑樘看。「這兒都打紅了。」

「哦，記得那麼清楚，還氣妳外祖母嗎？」他拿手輕輕撫摸她的臉蛋，好像那裡真有傷似的。

馮憐容搖頭。「自然不氣了，因為知道是妾身的錯，外祖母只是生氣罷了。外祖母是長輩，自然會知道咱們晚輩小，還不懂事。」

趙佑樘點點頭。「那是還小，大了又如何？」

「大了還是如此啊，妾身的娘那麼大了，還總是與外祖母拌嘴呢，娘嫁給爹爹，外祖母起先也不肯，兩個人鬧了好久。」

「哦？」趙佑樘好奇。「馮大人怎麼不討岳母大人喜歡了？」

「太窮。」馮憐容道。「所以外祖母後來總是送鹹魚來，妾身家裡以前很窮的。」

趙佑樘嘆一聲，摸摸她的頭。「真是個可憐丫頭。」說完又沈默下來。

馮憐容把頭挨在他肩上，有心欲撫慰，但還是忍住了。自家那點小事兒怎麼好與皇家的來比？他心中鬱悶，在她這兒，她能使得他笑一笑，也算滿足了。他這樣聰明的人，真的有什麼想不開，那麼憑她的腦子，也一樣會想不開。

她偷偷伸手，拉起旁邊的被子給趙佑樘輕輕蓋上。

這一歇息就到酉時，兩人起來用了晚膳，趙佑樘也沒有立時走，去書房轉一轉，看到她描紅的字帖，坐下來寫了一幅字。

馮憐容探過去瞧瞧，竟不認識出自哪裡。「像是碑帖？」

趙佑樘笑道：「是前朝余明遠的〈秋月帖〉。」他側頭看她。「來，妳照著寫寫。」

他也非自傲，實在這手字不遜於世間名家。

馮憐容坐下來，拿起他剛剛用過的湖筆。此筆出自湖州，乃是良品，她為貴妃，現今所用之物，自然是上上選。她屏氣凝神，慢慢劃出一筆。

趙佑樘立在旁邊觀看，見到她有寫不好的地方，微微彎腰，握住她的手道：「這裡不要停頓，需一氣呵成。」

結果馮憐容本來很專注的，被他這麼握著，這一橫是越寫越歪。

趙佑樘看看她，見她臉也開始紅了。他裝作不知，手更緊些，與她一同寫後面的字。

他俊美的臉近在咫尺，手指修長有力，那麼認真地教她，可馮憐容卻絲毫無法集中心神，心猿意馬地整個人都要歪倒在他身上。

眼見這字是醜得不能看了，趙佑樘立直之後，斥責道：「朕這般教妳，妳還寫成這樣！」

馮憐容知道是自己錯，慚愧道：「是妾身不對。」

趙佑樘垂眸看她一眼。「起來。」

馮憐容忙站起來，誰料到趙佑樘卻坐下去了，把她抱在腿上，忍住笑道：「寫吧。」

馮憐容臉通紅，這會兒真想把筆扔了，扭著身子嗔道：「哪有這麼寫字的，妾身寫不好。」

趙佑樘嘴角一彎，扳過她的臉問：「為何寫不好？」

馮憐容又不是真傻，正常教字豈會弄成這樣，分明就是他在逗她呢，她也沒回答，湊過去就親在他嘴上，兩隻手使勁摟住他的脖子。

趙佑樘原本也有這個心，自然是來者不拒，二人纏綿一會兒，他看她轉著彆扭，索性一手握住她的腰，一手掰開她兩條腿，讓她面對面坐在自己身上。

這姿勢就有些羞人了。馮憐容臉紅得跟夕陽似的，把頭完全埋在他胸口。

趙佑樘原本興致來了就不拘小節，想到有次在桌上，這回在椅子上，反而更加興奮，當即就脫了她裡衣上下聳動起來。

外頭的人吹著冷風，裡頭卻是熱火朝天，約莫過了半個時辰才沒了聲音。

趙佑樘靠在椅子上微微喘氣，一邊輕輕拍著馮憐容的後背。

她抽抽搭搭的，剛才都說不要，他非是不停，她又不好意思怎麼叫出來，愣是憋著，想咬他一口又不敢咬。

「好了，是朕剛才沒注意，別哭了。」趙佑樘歇息了一會兒才能說話，把她抱起來，不再叫她跨坐著。

馮憐容輕哼一聲，眉頭蹙起來。「好痠，不能動了。」

「麻了？」他手在她腿上捏了幾把。

結果更痠，馮憐容身子縮成一團，啊啊啊的慘叫。

趙佑樘哈哈笑起來，好像找到好玩的物事般，在她腿上又是一陣揉捏，馮憐容叫得上氣不接下氣。

外頭的人也不知裡面在幹什麼，光是聽聲音，幾個宮人是面紅耳赤，旁人也免不得都有些好奇。

嚴正暗自心想，這次皇上可弄狠了，是不是該叮囑膳房明兒熬些大補的湯藥？

趙佑樘捏得一會兒，一拍馮憐容腦袋。「還叫什麼，早不麻了吧？麻了就是要捏捏才好，要不下地走走？」

他剛不捨得放她下來，只好給她捏腿了。

馮憐容這才發現果然好了，不過回味一下剛才他給自己揉腿，也捨不得下來，指指右腿，撒嬌道：「這邊還有點兒麻。」

趙佑樘挑眉。「妳可知道何叫欺君之罪？」他發現她有時就會得寸進尺。

馮憐容聽著又害怕了，肩膀縮一縮，朝他眨巴了兩下眼睛。

瞧著那無辜的小臉，趙佑樘還是給她捏了捏，一邊問：「朕給妳揉，就這麼舒服？」

她點點頭，真心實意道：「沒有比這更舒服的了。」

「哦？」他邪笑了一下。「朕看妳剛才更舒服啊。」

馮憐容的臉又紅了，羞得都不好意思說話。

稍後，趙佑樘便命宮人準備熱水，二人洗了個澡，在她這兒消磨了好久時間，他的心情比原先舒暢得多。

倒是馮憐容想到一件事，問道：「皇上，妾身的哥哥現在成親了沒有？」

因他也參與此事，故而比較關注。「聽說兩家定了，應是不久就要成親，女方正是吳家。」

馮憐容聽了高興，哥哥早日娶了妻子，安定下來總是樁好事，她搖一搖趙佑樘的袖子。「妾身能送份賀禮嗎？」

「妳想送什麼？」

「想送一對金手鐲給大嫂，不過御賜的首飾不能送，不然妾身這兒有好一些。」

趙佑樘回想了一下，好似沒見到她戴什麼光華耀眼的頭面，他道：「妳有些什麼，給朕瞧瞧。」

珠蘭連忙拿過來。馮憐容喜孜孜的一樣一樣拿給他看，她這兒首飾也是琳琅滿目，珠釵、步搖、髮簪、玉鐲都有。

可趙佑樘見過的好東西太多了，在他看來，實在算不得什麼，也就她還當寶。「妳要送手鐲也無妨，朕命人製好送去。」

馮憐容大喜，連忙謝過。

趙佑樘道：「銀錢拿來。」

馮憐容怔了怔，原來還向她要錢啊！

「妳當朕替妳白做？」趙佑樘挑眉。「上回要送個大宅子，不是喊著無功不受祿嗎，這回的也一樣。」

馮憐容心想，這不過是小東西，怎忽然又跟她小氣起來？

她叫寶蘭取來兩個大銀錠，趙佑樘讓嚴正拿著就走了。

到得九月，金鐲子打好了，嚴正送去馮家。

這會兒，正是馮孟安要娶妻的前幾日，聽說是馮憐容送來的，全家自然高興，唐容挽留嚴正坐下喝盅茶，順便就抓緊機會問問馮憐容的情況。

嚴正心想皇上隔三差五臨幸馮憐容，不用說，反正是沒有膩味，他笑道：「貴妃娘娘很得聖心，夫人切莫擔心，大皇子也很健康，已經會走、會說話了。」

送走嚴正後，唐容道：「總算又放了回心，希望容容一直都好好的。」又把金手鐲的盒子打開看，嘖嘖兩聲道：「可比那些鋪子打得好多了。」

宮裡匠人的技藝不用說，都是精工雕琢的，這金手鐲不輕不重，分量剛好，雕著花開並蒂紋，金光燦燦的，她笑道：「兒媳婦肯定喜歡，孟安你也來看看。」

馮孟安遺憾道：「可惜不能當面同妹妹道謝。」

「以後總有機會的。」唐容道。「不是有些貴妃可以回家探親嗎？」

「那是少見的，咱們容容……」馮澄也不想有此期待。「算了，尋常咱們能得些她的消息，已該滿足。」

唐容嘆一口氣說：「現今我只想著兒媳婦也很高興了，瞧著就是個好姑娘，不知道何時咱們能抱孫子。」

馮孟安臉微紅，轉移開話題。「父親，孩兒看今次京察撤了不少江西的官員，看來皇上也看出苗頭。」

馮澄道：「是該這樣，不然早晚弄個江西黨派出來。」他頓一頓。「武將也有變動，好幾位總兵被撤職了。」

說到這兒，父子兩個都沈默了一下。

馮孟安忽然笑道：「父親，孩兒覺得您可能要升職了。」

馮澄瞪眼。「你小子真是，開口就敢渾說。」

馮孟安一笑。「父親何必謙遜，又不是因妹妹的緣故，父親在任上兢兢業業，克己奉公，如今京察，父親這樣的正是楷模，早該升官了。」

唐容也道：「可不是，相公你不升官，天道不公！」

果然如馮孟安所料，就在他成親之後不到半個月，馮澄被調任都察院，升四品左僉都御史。同時，也有好些官員產生了變動，其中武安侯被封為宋國公，崇信伯被封為清平侯，世襲罔替，前者是太皇太后的親弟，後者是皇太后的父親。

太皇太后得知這消息，也不知該高興還是該生氣。上回趙佑樘傷了她的心，除去她在宮中的心腹，如今又大封她陳家，是他對她這皇祖母的道歉。

太皇太后長長嘆了口氣。她是老了，如今景國是趙佑樘的天下，她又管得了什麼？只要他能從始至終地善待陳家，興許她是該老懷安慰。

太皇太后微微閉起眼睛，可她那兩個兒子呢？倒不知他又會如何對待？

趙佑樘剛剛召見了幾位重臣，這會兒歇息的時候，吩咐嚴正道：「把上回各地各國進貢的首飾拿來。」他之前一直不得空，現又想到了。

嚴正便命人去取。

這些首飾全都裝在楠木大箱裡，嚴正與唐季亮小心捧出來，趙佑樘看一眼皺眉道：「找些好的，小件的就別拿了。」
二人只得又去翻找，過得好一會兒，才尋到十二件貴重的頭面。
趙佑樘一眼就看上了其中的一支桃花簪。這簪子並不耀眼，不似別的金釵華光爍爍，而是一整塊黃玉雕刻而成，上有九朵桃花，六朵盛開，三朵為苞，精細非常，就連每一根花蕊都纖毫畢現。他不由想起自己親手給馮憐容戴上的那枝臘梅。
他示意嚴正收起來，又去看別的，先後選了一支白玉響笛簪，一支碧玉梅花雙喜長簪，選完了，他自己看看，忽然就皺起了眉頭，本來覺得馮憐容沒什麼特別亮眼的頭飾，想給她挑兩件，怎麼不知不覺看中的全是些玉簪子。
趙佑樘心想，看來她還是戴這些合適，不過未免太過清淡，他又選了一支紅瑪瑙簪子。
這些玉簪雖然樣式略微簡單，可勝在玉是極品，雕工超凡，故而也是很貴重的，他叫嚴正派人送去延祺宮。
馮憐容得了簪子，看了又看，摸了又摸。
尋常那些都是按例賞的，比如生孩子、晉封貴妃、或者每年的節日……說起來，趙佑樘從來沒親自賞過她首飾，這是頭一回。
見馮憐容高興成那樣，鍾嬤嬤卻是納悶。「怎麼都是玉的？」
「玉的好看。」馮憐容笑嘻嘻，反正只要是皇上送的，她沒有不喜歡的，就算戴著不合適，光是看到，心裡頭也高興，遑論這玉簪子很精緻，一點不輸金製的珠釵。
反正也是隨口一說，作為馮憐容的貼身嬤嬤，只要時刻注意皇上的想法就行，現在很顯然，皇上的心還在這兒的，那就好了。

鍾嬤嬤把玉簪子放下，看了馮憐容一眼，笑咪咪的，一會兒出去找黃益三。「把金大夫請過來。」

黃益三關切道：「娘娘不舒服？」

「不是。」鍾嬤嬤謹慎地道。「就是讓金大夫看看。」

黃益三什麼人，看她掩飾不住的笑意，心頭一動，隨即就笑起來，連忙去請金大夫。

馮憐容正在餵趙承衍吃橘子，就看到鍾嬤嬤領著金大夫進來。「娘娘，快給金大夫把把脈。」

馮憐容怔了怔，很快就明白鍾嬤嬤的意思，她的小日子又推遲了幾天，上回懷趙承衍也是，這次鍾嬤嬤覺得她可能又懷上了。她目光複雜地看一看趙承衍，捫心自問，她真的不太想這會兒有孩子，畢竟趙承衍還小。

金大夫替她把過脈後，笑道：「恭喜娘娘，又有喜了！」

屋裡屋外聽見，全都是一片笑聲。

鍾嬤嬤道：「這兩次有喜，都是您看出來的，金大夫，您也是有福氣的人。」

「也是多謝娘娘照拂。」

馮憐容抬頭看一眼金大夫，微微一笑。她明白金大夫的意思，金大夫原先只能給低位份的妃嬪看病的，可是馮憐容做了貴妃之後，並沒有嫌棄他，仍然會叫他來看。

「金大夫的醫術也有長進了，再過兩年，定然會獨當一面。」

金大夫笑道：「娘娘謬讚。」

鍾嬤嬤送金大夫出去，又親自把消息告知太皇太后、皇太后、皇帝以及皇后。

而趙佑樘聽說馮憐容又有喜，在乾清宮批閱完奏疏，立刻就前往延祺宮。

馮憐容正歪在羅漢床上想心事，一聽說皇帝來了，她慢慢地起身迎接。畢竟生過孩子了，她早已知道什麼該做，什麼不該做，動作還是要慢一些的，不能動到胎氣。

趙佑樘笑著進來，手往她肩膀上一握，滿意道：「妳真的很爭氣啊！」

馮憐容臉一紅，不好意思回應，卻是嘆口氣。「皇上，小羊還小，妾身現在懷了，誰來看顧他？」

趙佑樘拉她坐下。「妳宮裡難道缺人？早晚有宮人、黃門跟著，還怕出事兒？」

「也不是出事，只是小孩子，有爹、娘陪在身邊才好。」

「說得好像妳懷胎十年才生孩子。」趙佑樘捏她的臉蛋。「光會瞎操心，不過十個月，就算坐月子也就兩、三個月，他能長多大啊。」

「可是肚子大了之後，妾身就不能帶他出去玩，妾身也走不太動，容易睏，他正當這會兒學說話呢。」

趙佑樘想一想道：「那朕抽空多看看他，行了吧？好好養胎。」

馮憐容搖頭。「皇上不是忙嗎，這也不太好。」

趙佑樘氣得一彈她腦門。「就這麼定了！」

馮憐容不敢說話了。

趙佑樘又把延祺宮裡的所有人都叫過來，沈聲道：「你們主子跟大皇子有一絲損傷，都小心腦袋！」

眾人嚇得一縮頭，連忙答應。

趙佑樘又叮囑馮憐容幾句，馮憐容忽然問：「皇上，這孩子是男是女？」

上回她是不知道，可趙佑樘卻透露說是男的，後來果然是個男孩。

趙佑樘問：「妳希望是男是女？」

「女的！」馮憐容毫不猶豫就道。一男一女多好，兒女雙全，她就想要個女孩，將來跟她一起睡，跟她穿好看的衣服、戴好看的首飾。

趙佑樘淡淡道：「皇家多子才好。」

馮憐容大失所望。「難道又是兒子？」

「也不一定。」趙佑樘安慰她。「太醫看錯的多得是了，妳好好養胎，指不定能生個女兒出來。」

馮憐容怔了怔，還能這樣的？「妾身會好好養的！」

趙佑樘噗的一聲，又把手放在唇邊，咳嗽了下道：「明兒就不用去請安了，現天也冷，別凍著了。」

「皇上也一樣。」她拉住他的手，在自個兒臉上蹭了蹭。

趙佑樘任由她蹭著，好一會兒她才放開手。

二月初，為充盈後宮，景國大選秀女。

關於選秀，並無定時，有些帝王是三年一選，有些五年，當然，也有愛好美色的帝王，一年一選也不是沒有，不怕沒有，就是苦了百姓，好些人家為不讓女兒入宮，匆匆出嫁的不少。不過景國那麼大的地方，不怕沒有良家女，短短時間便已尋了千人，只上千佳麗仍需過關斬將，才能成為妃嬪。

前不久趙承煜剛剛抓週過，比趙承衍強一些，一手抓了書卷，一手抓了吃食，方嫣雖然也不太滿意，不過好歹有一樣是好的，也算勉強。

這日方嫣問起選秀女的事情，她對此並不排斥，畢竟後宮空虛，馮貴妃獨寵，不是好事，填充新人，對她這個皇后乃是有益無害的。

李嬤嬤道：「已經過了兩關，現只餘三百人。」

方嫣挑眉道：「那陳素華仍在？」

「自然在了。」李嬤嬤點頭。

陳素華姓陳，要說與太皇太后的關係，那是遠得很了，不過總是陳家分支一脈，方嫣心想，當初剛剛選秀女的時候，他們方家也私下送信來，詢問是不是也在她同輩中挑一個，可她已經是最為出色的，其他幾個歪瓜裂棗，進來能壓得過馮憐容？只怕還要讓她更為操心，便立時回絕了。

李嬤嬤道：「那陳素華，奴婢叫人打聽過，好似也並不如何，倒是其中有一人，生得花容月貌，氣質清華，還寫得一手好字。」

方嫣有點興趣。「叫什麼名字？」

「蘇琴。」李嬤嬤道。「是從揚州來的。」

方嫣點點頭，但也沒怎麼放在心上，畢竟以後入宮的新人挺多的，她不會只注意一個，還要看到時候趙佑樘的反應。

「一會兒午膳叫御廚煮碗蝦肉粥，多放點蝦肉，承煜愛吃呢，還有雞蛋葫蘆餅也做一個，做軟些。」再大的事情也沒有兒子大。

李嬤嬤答應一聲，就出去吩咐宮人。

第十八章

選秀女的消息，延祺宮也早早得知。到得五月，經過那些嬤嬤的嚴苛挑選，又有太皇太后、皇太后親自視察，才確定了將來要成為妃嬪的佳人。

太皇太后雖然主持選秀，一是為皇家子嗣，二也為宮裡該有的秩序，可並不希望趙佑樘像某些昏君一樣，成日就貪戀女色，故而到最後，也不過定了三十人，其餘的都充作宮人。

這會兒，馮憐容第二個孩子都有八個多月，那肚子也大得很。最近，她明顯有些心事，只這心事誰也不能說。

趙承衍這會兒進來，手裡提著一個小草籠，挨到馮憐容身邊，笑嘻嘻道：「母妃，看，蛐蛐兒呢！」

「這蛐蛐兒哪兒來的？」她打起精神，笑著替趙承衍把夾襖拉直。

「大黃給的。」

馮憐容聽得忍不住就笑。「他叫黃益三，不叫大黃。」這大黃怎麼聽著跟隻狗似的。

趙承衍撓撓腦袋，有點兒不解。可能老是叫那兩個大李、小李，黃益三的名字對他來說，有些不太好記得，他就自個兒叫成大黃了。

馮憐容跟他說道：「這蛐蛐兒你知道幹什麼的？」

「看著玩。」趙承衍動一動草籠。「會跳的。」

馮憐容笑道：「這蛐蛐兒啊，晚上會蛐蛐蛐的叫，好些人抓了牠們，會把兩隻拿來一起打架。」

趙承衍聽得半懂不懂，但歪著小腦袋，很專注。

「打的時候，都會受傷的，很痛。」

「啊。」趙承衍是知道痛的意思。「牠會痛？」

「是啊，而且關起來也不舒服，要是把小羊關起來，不讓小羊到處跑，小羊也不高興吧？」馮憐容問。

趙承衍想一想，點點頭。

「所以咱們把牠放了，好不好？」馮憐容摸摸他腦袋。「到晚上，母妃陪你出去，咱們安安靜靜地就能聽到牠們躲在草叢裡叫。」

趙承衍有些不捨，他不太明白馮憐容的意思，不過蛐蛐兒會痛，好像也不好，便道：「那放了。」

馮憐容很高興，兩個人一起出去時，在門口遇到趙佑樘。

「爹爹。」趙承衍笑得咧開嘴撲上去。「爹爹，抱！」

趙佑樘說過會多抽時間過來，故而一個月總要來個三、四回，他蹲下來，把趙承衍抱起來，笑道：「小羊又重了呀。」又看看馮憐容。「在跟母妃做什麼？」

趙承衍把草籠給他看。「放蛐蛐兒，母妃說牠痛。」

趙佑樘挑了挑眉，看一眼馮憐容道：「只關著不會痛，要鬥蛐蛐兒了才會痛，小羊要是喜歡，還是收著，不過要記得不能餓著牠。」

這顯然跟馮憐容說的不一樣，趙承衍有些糊塗，看看自己的娘。

馮憐容不太高興，本來都要放了，他怎麼還要兒子養著呢，可她哪裡敢忤逆趙佑樘，只得道：「聽你爹爹的。」

趙佑樘把趙承衍放下來，笑道：「拿著去玩。」

趙承衍嗯一聲，提著草籠又去找黃益三了。馮憐容這才來見過趙佑樘。

「聽說妳連著作噩夢？」他問。

馮憐容搖搖頭，勉強笑道：「不過是些稀奇古怪的夢，懷了孩子是這樣的，皇上不用擔心，妾身沒事。」

趙佑樘垂眸看著她，還說沒事，這臉都沒有上一胎懷的時候大。

他伸手放在她肩膀上，柔聲道：「到底在怕什麼？朱太醫說孩子很好。」

馮憐容聽他這麼問，眼睛一下子就紅了，可是她怎麼好說出來？說自己擔心上一世的事情會發生，擔心他喜歡那個人，不再對自己那麼好了？可明明，她連她到底在不在宮裡都不確定。她沒有勇氣去正視這件事。

趙佑樘鮮少看她如此，沈默一會兒道：「朕陪妳去園子裡走走，難得今日空閒。」

馮憐容又露出笑意。「妾身想去魚樂池，聽說新養了幾對鴛鴦，還有些白鷺。」

「好。」趙佑樘都隨她，吩咐宮人拿些餵魚的吃食來。

趙承衍聽見，本也要跟著去，但趙佑樘這會兒倒只想跟馮憐容兩個人，也讓她清靜一會兒，便叫黃益三領趙承衍去別處看魚。

生怕她路上摔著，他吩咐左右都看看好，走得好一會兒，二人才到魚樂池。

馮憐容驚喜道：「真有鴛鴦呢，長得真好看！」

她站在朱紅色的欄杆前，眼睛目不轉睛地盯著水上悠閒游動的鳥兒。

趙佑樘嘴角微彎。剛才見她還在不高興，這會兒又好了，他把魚食給她。「去餵。」

馮憐容拿了就往水裡撒，水中立時一陣翻湧，好些魚兒都游出來搶食。

趙佑樘尋常不太出來，此時也頗為放鬆，跟她一起看魚觀鳥，還給她講解。「這鴛鴦也就這時候能看，等冷一些，就要關起來，不然會被凍死。」

馮憐容吃驚。「看牠們穿得挺厚啊！」

趙佑樘笑了。「妳冬天還得添衣服呢，牠們怎麼添？」

「那倒是。」馮憐容看著，忽然伸出手數了數。「有八隻呢，那就是四對了，幸好是雙數，不然另外一隻可憐了。」

趙佑樘心想，她的心就是軟，剛才不過是隻蛐蛐兒，還讓兒子放了。

他手滑下來，握住她的。「原本就是成雙成對的放一起，哪有單隻的，養這種鳥兒就是圖個吉利。」

「說是這麼說，可這鴛鴦又不似人這般聰明，竟然也只認原先的伴兒，還是難得的。」馮憐容道。「人還做不到。」

她說完覺得自己的心，酸得厲害。

趙佑樘聽到這話，心頭也是一動，側頭看她一眼。她並沒有在看他，面上似有憂傷，似有忍耐，又有幾分茫然，他一時竟不知說什麼。

馮憐容抬手指著前方道：「皇上，那隻白鷺飛起來了，會不會就不回來了？」

「不會，這些鳥兒早有人馴養過，不然早就都飛走了。」

馮憐容鬆口氣。「幸好，不然下回沒得看了。」她抓著他的手搖了搖。

趙佑樘垂眸又看看她，卻見她恢復了正常，臉上笑咪咪的，一點沒有傷心的樣子，好像剛才他看錯了一般。

兩人又觀賞了一會兒才回去。

馮憐容側頭笑道：「皇上也不用親自送妾身，這麼多人呢。」

「朕送妳還不好？走吧。」觀她今日種種反應，不知為何，趙佑樘很擔心她，有種說不出的感覺，叫他不安。

一行人沿著兩邊花木繁盛的小路回去，走到途中，迎面碰到方嫣。

方嫣上前向趙佑樘行禮，又看了一眼馮憐容。「貴妃就不必多禮了，本宮也是看今日天氣好，叫兩位貴人一起來賞花的。」說罷回頭道：「蘇貴人，陳貴人，妳們來見過皇上。」

馮憐容心頭一震，往前望去，只見蘇貴人踏著蓮步上來，渾身素雅，氣質高華，加之容貌亦出色，竟如天上明月般，讓人忍不住看她。

馮憐容的手不由自主握緊了，微微側頭去觀察趙佑樘。他的面色仍是沈靜，可是目光卻有些許變化，這與他平時裡看方嫣、看孫秀、看她都是不一樣的。

馮憐容的手一下子冰冷。

蘇琴前世在天紀元年九月入宮，不到一年就懷上了孩子，在天紀二年十月生下一子，被封為寧妃；天紀三年再次有喜，生下一子後，隱隱聽聞要被封貴妃，只當時馮憐容已患重病，沒多久就離世了，後來如何，她自是不知。

只這三年多的事情，但凡她見過、聽過的，都無法忘卻。

那時候，宮中無人不羨慕蘇琴，方嫣亦對她恨之入骨，只因有趙佑樘護著，無可奈何，蘇琴又是與世無爭的樣子，她也沒有把柄可拿，當年趙佑樘是真心喜歡她的吧？

命運無處可逃，他提早登基了半年，依然會遇到蘇琴。馮憐容腦袋一陣昏眩，身子微微搖起來。

寶蘭看見，連忙上去扶她。

聽到動靜，趙佑樘側頭一看，只見馮憐容臉色雪白，再握她的手，也是冰涼，他吩咐左右。「扶她回宮，再請朱太醫來！」

到得延祺宮，馮憐容就被鍾嬤嬤扶到床上。

趙佑樘看她這會兒臉色又不白，開始紅了，伸手去探了探，發現熱得很，他又摸摸自己的額頭，並沒有那麼熱，立時大怒道：「朱太醫怎麼還沒到，再去看看！」

馮憐容這時倒好像清醒一點，輕聲道：「皇上，沒事的。」

趙佑樘坐在她床頭。「別說話，什麼沒事的，妳定是病了。額頭那麼燙，該不是剛才著涼了？早知道，朕不該帶妳出去！」

「不關皇上的事情。」她從被子裡伸出手。「是……妾身，妾身不好。」

就因為蘇琴，她一下亂了方寸，原本前幾日也沒歇息好，這就不舒服了，哪裡怪得了他？

趙佑樘嘆一聲，握住她的手，發覺她的手也很燙。

朱太醫很快就來了，走得氣喘吁吁，額頭上都是汗。聽說馮憐容病了，他當時心頭就咯噔一聲，因為馮憐容還懷著孩子，這時候生病最要不得，好些藥都不能用的，但願不是嚴重的病。

趙佑樘站起來，叫他趕緊去看。

朱太醫坐下，仔細把脈，又探頭看看馮憐容的臉，叫她把舌頭也吐出來，沈默一會兒才道：「臣開一副方子先給娘娘試試。」

「試試？」趙佑樘喝道。「什麼叫試試？」

「皇上息怒！」朱太醫忙道。「因娘娘有喜，好些藥不能用，幸好沒有大礙，只因急火入心，加之疲勞，才有些不舒服。」

趙佑樘面色稍緩一些。

朱太醫開了藥，又叮囑幾句，便先告辭走了。

趙佑樘又坐下來，趙承衍這會兒也回來了，見馮憐容躺在床上，吃驚道：「母妃睡了？」

「母妃累了，你別打擾她歇息，等她醒了再來。」趙佑樘叫人把趙承衍領走，他自己仍坐著，看著馮憐容。

剛才朱太醫說什麼急火攻心，她到底怎麼了？他的眉頭緊緊皺了起來。

馮憐容稍後服了藥，見趙佑樘還沒走，她迷迷糊糊道：「妾身沒什麼的，皇上不用守在這兒，皇上不是忙著？」

趙佑樘道：「還在多話，快些睡了！」

馮憐容也確實睏，聽出他在生氣，忙閉起眼睛。

趙佑樘看著她，又是微微一嘆，過得一會兒，才回到乾清宮。

卻說趙佑樘用完晚膳，又派人去看了看。

結果嚴正聽到來人回稟，臉色一變，往前幾步道：「皇上，貴妃娘娘好像病得更重了，朱太醫在……」

「什麼？」趙佑樘一下扔了手裡的御筆，疾步就走了出去。

嚴正連忙跟上，此刻天已經漆黑一片，哪怕是燈籠打在前頭，也照不亮多遠的路。

趙佑樘三步併作兩步，很快就到得延祺宮。

趙承衍還小，不太懂事，鍾嬤嬤怕他受到驚嚇，早讓奶娘哄著去睡了，門也關得緊緊的，不讓他聽到一點聲音。

「怎麼回事？」趙佑樘一進去就質問。

他直接就走到馮憐容床前，藉著燭光一看，只見她的臉比之前更紅了，眉頭也是緊皺著，看起來很是痛苦。

朱太醫看趙佑樘這臉一副山雨欲來的樣子，當先就跪下來。「臣一定會治好娘娘的，皇上切莫著急。」

「治好了，怎麼還這樣？」趙佑樘道。「她現懷著孩子，非同尋常，能這樣耽擱下去？朱太醫，你最好能保住你的腦袋！」

屋裡眾人聽見，都嚇得渾身一抖。看來馮貴妃要是出了什麼事兒，他們也好不到哪兒去。

朱太醫也著急，連忙又請了其他幾位太醫來，幾人看過馮憐容之後，就去裡間商量開什麼藥。

趙佑樘再次坐在馮憐容身邊，只覺心頭被塞了團麻一般，堵得他渾身難受。他原本只當她永遠都會健健康康，傻乎乎地陪在他身邊，再給他生幾個孩子，然而今日，他才發現，世間事總是多變的。

他伸出手摸摸她的臉，發覺都是汗，寶蘭在旁見狀連忙用手巾去擦，趙佑樘拿過來道：「妳下去。」

寶蘭退到後面，由他給馮憐容擦了擦汗。

馮憐容迷糊中好似見床頭一片明黃的顏色，不由從被子裡伸出手道：「皇上？」

趙佑樘握住她的手，只覺她掌心也是濕的，看來出了很多的汗，他把她的手輕輕扳開來，也擦了擦，一邊柔聲道：「太醫在給妳開藥，一會兒吃了藥就會好了。」

馮憐容聽到他的聲音，知道不是在作夢，眼淚忽然就滾落下來，她覺得好難受，這種感覺讓她想到以前臨死的那一刻，她哭道：「皇上，妾身說不定要死了……」

趙佑樘的手不由一顫。像是從腳底傳上來透骨的冰寒，讓他一時都開不了口。

什麼死了，她在胡說什麼？

他猛地甩掉她的手，大喝道：「妳死了試試，看朕怎麼收拾妳！」

一屋子的人都被嚇一跳，馮憐容也被他唬住，不敢出聲。

趙佑樘深呼吸了幾口氣才冷靜下來，可看到馮憐容又覺得無比生氣，好好的說什麼死，她這病離死還早著呢！

幾位太醫很快開好方子，朱太醫又給馮憐容在頭上扎了幾針。

「這回再治不好，可別怪朕！」趙佑樘把一腔怒火都發在太醫身上。

馮憐容又吃了一回藥，見她要睡了，趙佑樘沈聲道：「妳吃了，第二日就得好起來，聽到沒有？」

馮憐容被朱太醫扎針後，精神好些，點頭道：「妾身也想快點好起來的。」

趙佑樘摸摸她的頭。「睡吧。」

馮憐容側過身看著他。「皇上，還陪著妾身嗎？」

趙佑樘嗯了一聲。「朕陪著妳。」

馮憐容眼睛發酸，此時他還是喜歡自己的，所以她生病，他才那樣著急，便忍住眼淚問：「會……會一直陪著妾身嗎？」

「怎麼還問這些，朕說了陪妳，自然會陪著妳。」

馮憐容嘛嘴。「就想問一下才能安心睡。」

趙佑樘沒法子。「朕會一直陪著妳。」

他眼裡滿是柔情，帶著點兒寵溺，馮憐容的心一下子就好像被糖填滿了，成了個蜜罐子，她心滿意足地睡去。

趙佑樘真的陪了她一晚上，直到早上，發現她額頭不熱了，這才去早朝。

馮憐容這一睡到午時才醒，鍾嬤嬤連忙又請朱太醫來看，朱太醫也是一晚上沒合眼，生怕中間出些變故，只在西側間打個盹。

朱太醫把脈完，心頭一塊大石頭落了地，微微笑道：「娘娘已經好了。」

鍾嬤嬤呼出一口氣，昨兒那情況差點把她嚇死，畢竟主子懷的孩子那麼大了，真有閃失還得了。

「那有沒有什麼要注意的？」她問。

「就吃清淡點兒，別的沒什麼，這病是來得快去得也快。」

馮憐容看朱太醫一把花白頭髮，還給她折騰得晚上都沒睡，過意不去地道：「這回謝謝朱太醫您了，您也累著了，快回去歇息歇息。」

朱太醫見她滿臉關懷，心道，馮貴妃倒真是和善，一點架子都沒有，便頷首道：「此乃臣分內之事。」

鍾嬤嬤親自送他出去。

朱太醫卻不能真回家，還得去壽康宮一趟稟明情況。

太皇太后聽說母子平安，也是鬆了口氣，只不過想到趙佑樘為馮憐容，竟然一晚上守在延祺宮，這又難免有些不滿。要說夫妻情深，馮憐容是正室也還罷了，那是一段佳話，可偏偏是個妃嬪，這就不太好了。

她捏捏眉心，叫朱太醫下去。

趙佑樘早朝完，去乾清宮補了一覺，到得下午起來方才有些精神，批閱完當日奏疏便去春暉閣轉了轉。

趙佑楨跟趙佑梧尚在聽課，見到他剛想起來行禮，趙佑樘擺擺手，叫講官李大人繼續講課，他一撩龍袍坐在兩兄弟旁邊。

李大人天生也是膽子大的人，仍跟之前一般，要講什麼還是講什麼。

趙佑樘聽著時而點點頭。他年紀尚輕，要學的東西很多，故而便是當上皇帝之後，仍是要開設經筵，除寒暑天外，每月都有三次，命講官入宮講讀，擔任皇帝講官的皆為重臣或大學士，如六部尚書、翰林院學士等。

聽到傍晚，李大人收書走了。

趙佑樘道：「若有別的想學，也可同朕說。」

趙佑楨笑道：「李大人上通天文，下知地理，沒有他老人家不知道的。」

趙佑樘感慨一聲。「李大人確實有大才。」

他又仔細看看趙佑楨，少年正在長身體的時候，只是一陣子沒見，他又長高了。

趙佑楨跟趙佑梧都是胡貴妃的親生兒子，長相有五分相像，另外又有些像先帝，實稱得上是美男子，而比起弟弟，趙佑楨的英氣又足一些。

「上回皇祖母還提起，過兩年你也該成家。」趙佑樘笑了笑。「不過朕覺得男兒娶妻不急，倒是該想想將來。三弟，你是該考慮一下，若有想做的事情，早日告訴朕，或者，想早些去封地，也是一樣。」

趙佑楨一怔。他雖然生性樸實，但人並不笨，忙躬身道：「臣弟明白。」

趙佑樘點點頭，隨後又去延祺宮。

在殿門口就碰到大李、小李，兩個人端著個竹匾，裡頭放滿一串串雪白的花，那味道飄在空中，是淡淡的清香。

「這是什麼？」他問。

大李忙道：「回皇上，這是槐花，娘娘叫奴才們拿去膳房做蒸槐花。」

趙佑樘一想，是啊，五月了，這槐樹種下去，今年終於開花，看來她的病真好了，一起來就嘴饞。

他嘴角一彎，擺擺手叫那兩個趕緊去。

馮憐容見到趙佑樘，眼睛就發紅，手一伸便要他抱。

看她這撒嬌的樣子，真當自己是小羊呢！

不過趙佑樘還是過去，隔著個大肚子微微攏著她，問：「沒有不舒服了？」

「全好了。」她把頭靠在他肩膀上。「昨兒累到皇上了，不該叫皇上一直陪著妾身的。」

那會兒她任性，非說這個，可今兒想到他沒睡好還要去早朝，心就疼。

「妳也知道妳錯了？還說什麼死不死的呢！不過是小病，弄得……」

他昨天也是被她嚇到了，看她那模樣真以為會出事，他哪裡敢走開，也是被她折騰得一晚。

「是妾身的錯，皇上不要生氣啊。」她搖了搖他胳膊。「妾身叫御廚做蒸槐花了，一會兒請皇上吃，皇上愛吃甜的還是鹹的？」

趙佑樘道：「兩樣都試試。」又伸手摸摸她的肚子。「這回肚子也沒上回大。」

「可能孩兒沒有小羊那麼胖，不過沒事的，妾身早問過朱太醫了。」

兩人說了一會兒，那邊蒸槐花就端上來了，王大廚心想既然是沾著吃，自個兒發揮了一下，弄了四種蘸料。

馮憐容就愛吃甜的，挾一個給趙佑樘，挾一個給趙承衍，自己也挾一個，三個人吃得滿嘴的槐花香。

趙承衍愛吃，高興地格格笑。

「不能給他吃太多，太甜，牙齒會壞。」馮憐容後來就不給了，又問趙佑樘。「皇上覺得哪種好吃？」

趙佑樘垂眸瞧瞧香噴噴的槐花。「還是甜的好。」

「妾身也覺得甜的好吃。」馮憐容笑。「不管王大廚的手藝多高，鹹的好像總是少了些味道似的。」

趙佑樘心想他本不愛吃甜的，不過看她吃得那麼歡，好像也覺得甜的最好吃，他摸摸她腦袋。「妳也別吃太多甜的，大人的牙齒一樣會蛀掉。」

馮憐容嘻嘻笑。「才不會呢，看妾身牙齒多好，早上、晚上都要洗淨牙齒。」她咧開嘴，露出雪白的一排。

「朕看不清楚，過來點。」

馮憐容靠上去，趙佑樘抬起她下頜看看。「是挺白的。」說著，低頭就壓下去，親了她一口。

馮憐容心裡甜滋滋的。

晚上趙佑樘也沒回去，聽說趙承衍養的蛐蛐兒死了，叫上黃益三、大李、小李在園子裡走一遭，翻了十幾個蛐蛐出來，趙承衍高興得拿小草籠裝了，當寶貝似的成天提著。

不知不覺馮憐容就要生了，這回比上回輕鬆得多，沒多久孩子就順利出生，只不過又是個兒子，總是讓她有些遺憾。

皇上賜名趙承謨。

馮憐容又開始坐月子的日子。這會兒都七月了，正好趙承衍斷奶，趙承謨接上。

馮憐容看俞氏也是辛苦，私下賞了她六十兩銀子，俞氏更是盡心盡力。

有了弟弟之後，趙承衍又對蛐蛐兒不太感興趣了，成天就要看弟弟，他對這不會講話，偶爾會哭的小東西特別好奇。

「弟弟到底是什麼啊？」

「弟弟就是跟你一個爹爹的。」馮憐容同他解釋。「以後也叫我母妃。」

趙承衍眨巴著眼睛。「為什麼別的人不叫母妃，要叫娘娘？」

馮憐容反問：「那你為何叫大黃大黃，不叫他母妃？」

趙承衍驚訝。「那我也可以叫大黃母妃嗎？」

馮憐容噗的一聲，沒想到他會這麼說，連忙搖頭道：「不行，當然不行了，因為你跟弟弟是從母妃肚子裡生下來的，不是從大黃肚子裡。」

「那大黃從哪裡生下來的？」

「從大黃的母親肚子裡呀。」

「原來大黃也有母妃啊！」趙承衍道。「那大黃有弟弟，有爹爹嗎？」

她突然發現，小孩子會說話了真的好恐怖！

趙承衍還在拉著馮憐容的袖子，問：「母妃肚子還會大嗎，還有弟弟嗎？」

馮憐容閉起眼睛躺下來。「母妃累了，一會兒再來問，母妃要歇息一會兒。」

鍾嬤嬤在旁邊看得直笑。

眨眼就到八月，中秋這日，趙佑楨與趙佑梧從春暉閣回來，二人剛到景琦殿，就聽小黃門稟告。「安慶長公主來了。」

趙佑樘做了皇帝，姊妹自然都升為長公主。

兄弟兩個高興極了，連忙跑進去。

「二姊。」兩個人一起叫道。

安慶長公主眼睛微紅，一手摟住一個，哽咽道：「我好想你們。」

自從胡貴妃死後，她以淚洗面，一直都難以接受現實，畢竟那是她的親生母親，親手養大她的。結果說沒了就沒了，還是以這樣一種方式！

三人抱成一團。

安慶長公主哭了一會兒，叫其他下人都退出去，與趙佑楨道：「你明年都十五了，既然已經被封王，是不是就要到封地去？」
趙佑楨卻搖搖頭。「我不想去。」
安慶一愣。「為何？你是藩王，怎麼能不去封地！」
「皇上上回也問過我，我已經想好了，不去封地，就留在京城。」
「這也可以嗎？當真是皇上說的？」
「皇上就是這個意思，問我有沒有想做的。」趙佑楨微微笑了笑。「李大人說每年水災都鬧得很嚴重，我想學學水利。」
安慶聽完大怒。「不做藩王，你要做這個？你知道……」她聲音壓下來。「母妃是怎麼死的嗎？你竟然甘心？」
趙佑楨臉色一變。「二姊！」
他一邊讓人打開門，叫人把趙佑梧領出去。
安慶道：「梧兒也是咱們的弟弟，怎麼就聽不得？」
「他還小，二姊，何必要讓他知道？」趙佑楨又把門關上。「母妃怎麼死的，我自然知道，可都是過去的事情了。」
安慶眼睛裡冒出怒火來，一把揪住他衣領。「母妃這麼疼愛咱們，你這說的是人話嗎？如今她死不瞑目，你倒是逍遙快活，與皇上做一對好兄弟！」
趙佑楨被她說得長嘆一口氣。「二姊，母妃是被皇祖母賜死的，與皇上又有何干？」
「如何沒有？沒有他，你就是太子，母妃之死，他脫不了關係！」安慶瞇起眼睛。「我在家中反覆思量，興許咱們父皇也是他害死的，不然他如何能這麼早就做了皇帝？」
趙佑楨心頭一震。他沒想過做太子，對皇帝這位置也沒有野心，可不管是母親，還是姊姊，為何都要把他推上去？
他很快就甩開安慶的手。「二姊，這都是妳胡思亂想的，皇上對我、對四弟都很好，二姊不是也嫁了如意郎君嗎？」
安慶呸的一聲。「這是兩回事，若早知母妃會死，我才不嫁呢，有我看著，母妃興許不會……」
她說著又哭起來，趙佑楨也不知道如何安慰她。
安慶臨走時道：「弟弟，做人要有良心，不能認賊為兄！他就算對你好，以後未必不會取你性命，你時刻要小心些。要我說，還不如去封地，離京城遠遠的。」
趙佑楨沈默，安慶看他沒有回應，咬了咬嘴唇道：「弟弟，不管如何，你知道我是為你好，為咱們好啊！」
趙佑楨只得點點頭。
安慶又道：「我尋常也不能入宮，這回因是中秋，才過來一趟，你好好想想，我說的是不是有道理。」
趙佑楨嘆口氣。「我知道二姊是為我好，可我的心願，也無非是咱們能平平安安活下去。」
安慶心頭一軟，抬手摸摸他的臉。「你現在也還小，以後自會明白我說的。」
她自從嫁人之後，跟以前的少女時期不一樣了。人要活著，有時候只能把對自己有害的障礙除掉！

說完，她跟兩個弟弟告辭而去。

中秋那日夜晚，皇后以賞月的名義在御花園辦了幾桌宴席，除了馮憐容要坐月子，一眾貴人都請去了。

方嫣此舉也是另懷心思，雖說兒子趙承煜茁壯成長，早會開口喊爹、娘了，但她見趙佑樘還沒有臨幸過別人，這都八月了，過不了多久，馮憐容就得出月子，到時候趙佑樘還不是去得勤快？可馮憐容都生下兩個兒子了，再一個兒子還能得了？除了她這一個，皇家子弟倒全是她的了！

但她已經不止一次在趙佑樘面前提起過雨露均霑，他每回都說記著了，事實上，根本沒往心裡去，好似一心撲在朝堂大事上，從五月到現今，幾乎日日都歇在乾清宮，也不往坤寧宮來，只好藉此機會，讓新進的妃嬪與皇上多接觸。

而此時，延祺宮的院子裡也設了拜月臺，鍾嬤嬤帶了趙承衍，一干宮人、黃門都去湊熱鬧。

眾人一邊看月亮，一邊吃月餅，趙承衍特別高興，在院子裡四處跑，大李、小李提著花燈跟在他後面。

馮憐容在屋裡，與寶蘭、珠蘭道：「妳們兩個也去吧，我這會兒累了，想在床上躺一會兒。」

兩人把她扶上床，笑道：「也無甚好看的，每年都是這樣，再說，每個月十五的月亮也一樣圓。」

「那妳們拿些月餅吃了。」馮憐容打了個呵欠。

兩人見她要睡了，便去外頭拿月餅吃，結果吃到一半，就看到皇上進來，手裡的月餅差點掉地上。

寶蘭往外一看，外頭的人還在玩，可見是皇上讓他們繼續的。

「妳們娘娘呢？」他問。

珠蘭忙道：「剛睡下。」

趙佑樘便進去，只見裡間馮憐容沒在睡，而是坐在床頭，一看見他的身影是滿臉不可置信。

其實也怪不得她這般，今日方嫣在御花園宴請貴人的事情她一早就知道了，當時這心裡頭便發慌，心想，趙佑樘肯定又要看到蘇琴，可她莫可奈何，上回為此都生了場病，醒來一切如常，這一下午她想了好多，前路漫漫，就算擋得了蘇琴一個，以後還會有第二個，她如今還貌美如花，等她老了，又如何？不過是明日黃花，她還能敵得過那些年輕小姑娘？

馮憐容想到最後，感覺自己心都要死了，等到晚上月亮升起來，她覺得一切都已無法挽回。趙佑樘，他是皇帝，他喜歡哪個就喜歡哪個，此刻，怕是已經臨幸蘇琴也不一定。

她看著窗外，見漫天的銀白色，就跟冬日的雪一樣，她沒有力氣再去想，只能如此了，只能讓他如此。誰料到，他卻來了，她如何能不意外？

看她這樣子，趙佑樘問：「沒想到朕會來？」

「沒想到。」馮憐容的聲音突然哽咽。

趙佑樘眉頭一皺，下意識就去摸她額頭。「該不會又病了？」

她搖頭，抱住他胳膊。「沒病，就是太高興了，妾身實在沒想到皇上會來，妾身以為皇上會……會陪著太皇太后、皇太后呢。」

「是陪著吃過飯了，這不想到妳？」趙佑樘叫嚴正把食盒拿來。「朕本來想讓御廚做道蒸桂花，御廚說這麼做不好吃，後來做了桂花月餅，妳嚐嚐？」

馮憐容有些受寵若驚，低頭看向食盒，裡頭就兩個精緻的小月餅，四周擺了幾枝桂花，看起來很漂亮，很誘人，她連忙拿一個吃。

「好甜！」她笑道。「也很好吃，桂花的味道很濃呢。」

她掰了一小塊送到他嘴邊，趙佑樘吃下去，點點頭。「還行。」

馮憐容又低頭吃，過一會兒問道：「皇上什麼時候叫御廚做的？」

「早上，在園子裡走了走，看到好多桂花。」

原來一早就想到她了，馮憐容很開心，吃到第二個道：「為何就兩個，皇上不吃嗎？」

「朕不餓，本來也是做給妳的，這東西甜，小羊就不用吃了。」

馮憐容聽說是專門為她做的，自然胃口大開，第二個很快也吃完了，又把盒子裡的桂花拿出來看。

寶蘭、珠蘭給她端來溫水漱口，稍後她喝了一點兒水，跟趙佑樘道：「其實這個桂花也能生吃的，就是不能吃太多。」

趙佑樘感到好笑。「沒花不入妳嘴。」

馮憐容道：「皇上也嚐嚐？」

「不吃。」趙佑樘對吃花沒興趣。

馮憐容眼睛一轉，取了一朵銜著嘴邊，朝著趙佑樘直眨眼睛。

趙佑樘噗哧笑了，很給面子地湊過去把花兒吃了，順便就親起來，馮憐容坐月子也不曾怎麼親近他，這次逮到機會，整個人都黏上去。

好一會兒，他才放開，低頭又在她髮間嗅了嗅。「洗頭了？」

「昨兒洗的。」

一般坐月子時都不能洗頭也不能洗澡，到後面渾身怪味，幸好已是過了那段時間。昨日天好，鍾嬤嬤就吩咐幾個宮人好好給她清洗了一番，又把浴桶搬來，洗了個澡。

趙佑樘鬆了口氣，說實話，他也受不了那味，難怪剛才抱著她，鼻尖總是聞到清淡的香味，他摸著摸著，這身體就開始不對勁，偏偏馮憐容還掛在他身上，他猛地就把她壓下來。

鍾嬤嬤這會兒帶著一眾人進來，寶蘭忙輕聲道：「皇上在裡面。」

鍾嬤嬤立時止步，叫人把趙承衍帶到他的臥房去。

「進去多久了？」她問。

「有一會兒了。」

鍾嬤嬤急的，該不是兩個人要……不過娘娘自個兒也知道不能同房的，興許就是在說說話，親熱親熱，於是她就在外頭等著。

可裡面兩個人熱火朝天，交纏在一起。

只到最後一步，幸好還有點兒理智，趙佑樘喘著氣道：「不能這樣了。」

馮憐容也知道不行，氣餒地道：「妾身對不住皇上。」一邊就爬起來，要伺候他穿衣服，送他出去。

趙佑樘這會兒箭在弦上，捨不得走，抬眼只見她白潔的皮膚在燭光下跟玉一般，好像閃著光澤，又見她纖纖玉手把龍袍捧到他面前，他伸手又把她壓下去，拿起她的手就按在自己下身。

等到馮憐容發現那是什麼東西後，一張臉紅得都要滴出血來，她顫聲道：「皇上……」

趙佑樘被她手一碰，只覺更加興奮，這種方式他早聽聞過，卻從未想到竟如此舒服，他吻住她的嘴唇，指引著她上下動起來。

馮憐容羞得不知道怎麼好，雖然鍾嬤嬤教過她好些，可從來都沒用過，這回倒像是他在教她，不過見他好似很舒服，她還是順從。

也不知過了多久，他才發洩出來，馮憐容也沒有力氣了，只把頭埋在他懷裡，一動不動。

兩個人一時都沒說話，趙佑樘回想起來，忽然臉也有點兒熱，這是他第一回這麼做，他低頭看看馮憐容，側過頭咬住她耳朵道：「妳想不想也舒服些？」

馮憐容驚得眼睛都瞪圓了。趙佑樘也不等她回過神，手就伸下去，馮憐容被他這麼一弄，整個人都弓了起來。

鍾嬤嬤等了好久終於忍不住了，跟嚴正道：「快些提醒皇上！」

嚴正心想，皇帝要辦事，他一個黃門能管得了什麼？再說，也不算久啊，指不定兩個人在做別的事情。

見他不吭氣，鍾嬤嬤急了，清清嗓子道：「皇上，娘娘這身體，該歇息會兒了！」聲音老大，直傳到裡面。

趙佑樘這會兒正把馮憐容弄得哼哼唧唧的，完全不聽，直等到她好了，他才停下手，心裡還挺有滿足感。

不同房，也一樣可以讓她臣服。

兩個人好一會兒才讓人進去，結果也沒做什麼，就洗了洗手。

鍾嬤嬤吃驚地看著馮憐容，可這臉不是一片潮紅嗎？

馮憐容只惱恨地看了趙佑樘幾眼，他舒服就行了，還這麼對她，實在太羞人了！偏偏他還一臉高興，好像發現了什麼好玩的事情一樣。

趙佑樘神清氣爽地離開延祺宮。

鍾嬤嬤這才問馮憐容：「沒同房吧？」

「沒有。」馮憐容還在羞惱，把自己埋在被子裡。「累了，我要睡了。」

鍾嬤嬤老資格，什麼不知道，想了一想，忽然就想笑，點點頭道：「好，奴婢叫她們別吵娘娘，娘娘好好歇息。」

說完，她退了出去。

第十九章

方嫣知道趙佑樘最後還是去了延祺宮，這不發火都憋不住，費了老大的勁，他一點沒領情，還是我行我素，這算怎麼回事？當真是一心愛上那馮憐容了？

她少不得要去同太皇太后說，太皇太后也是沒想到，過得一會兒道：「承煜也馬上要兩歲了，既然是嫡長子，按祖宗規矩，早些立只有好處。」

方嫣一聽，太皇太后要作主這件事兒，立時又高興起來。

是啊，她的兒子是該被立太子了！別的她可以暫時不管，這事兒一定得盡早定下。

不過太皇太后沒想到，就在中秋節後，趙佑樘竟然還大肆封賞各地藩王，所有藩王的俸祿都提高了不少。

這讓華津府的懷王不得不有些想法。

要說懷王的理想，確實是坐上皇帝的寶座，這念頭在他還是一個少年時，就漸漸形成，只是他上有皇帝老子、皇后老娘，還有兩個哥哥，怎麼也輪不到他這個幼子。

然而，人一旦生了貪念，就容易沈溺其中，即便他屢屢失敗，被封為藩王，住進了華津府，這念頭還是沒有消散，現在他的侄子——趙佑樘，突然大賞藩王，誰能說這不是一個徵兆？

懷王面色沈靜地坐在大椅上。

他想做皇帝，可是這些年，即便他手中握有重兵，還是沒有走出衝動的一步，只因他沒有必勝的信心。自古成王敗寇，贏了必然得到天下，可輸了呢？

懷王知道後果！可惜那次他精心策劃的暗殺沒有得逞，以至於失去最好的時機，他仍然只能做個藩王。

如今趙佑樘封賞，是為安定人心，懷王心想，他這個侄子終於成長了，在他手握大權的時候，竟然也沒有立刻削藩，可見其心機。將來一旦他立得更穩，勢必會奪走他們的兵權，到時候，他們這些藩王不過是有名無實的魚肉，任人宰割罷了！

懷王當即就提筆寫了一封信。雖然肅王與他關係不好，可他瞭解肅王，一旦肅王知道將來的兵權都要被奪去，相信必是忍不住的，或者肅王動作快一點，打下附近的城池也不是多難的事情。

他倒要看看趙佑樘會如何應付這件事！

懷王嘴角一挑，最後一個字寫完，立時就命人送去鞏昌府，送到某個人手裡。

太皇太后這會兒請趙佑樘得空到壽康宮一敘。

到得下午，趙佑樘就來了。

「聽說皇上抬了眾藩王的俸祿？」太皇太后實在是好奇這件事，畢竟這孫兒以前還想著削藩呢！

捫心自問，她一點兒不希望趙佑樘與兩個叔叔鬧翻，因為這鬧翻可不是孩兒間的打打鬧鬧，那是要出大事的。

趙佑樘笑笑，坐下來道：「朕記得皇祖母所說，幾位藩王為守衛景國立下了不少功勞，也確實如此，正當中秋佳節，朕便想到他們，總是一家人，不該虧待於他們。」

太皇太后聽了滿意，笑起來。「皇上英明。」又說起立太子的事情。「總是早晚要立的，皇上看，不如就早些立了，也好讓文武百官、天下百姓安心。」

趙佑樘倒沒有猶豫。「朕早先也說過了，阿嫣之子必是太子，既如此，等明年開春，朕便昭告天下。」

君子一言，駟馬難追，別說是帝王了，那是金口玉言。太皇太后徹底放心了，她知道這孫兒不是個會食言的人，故而馮憐容的事情到嘴邊了，她還是嚥回去，一人退一步，孫兒不似先帝那樣糊塗，那麼她也睜一隻眼閉一隻眼，不過是個妃嬪，他願意寵著便寵著。

太皇太后對此事是願意容忍的，之所以最後賜死胡貴妃，還是因先帝為她失了理智，胡貴妃也沒有自知之明。這馮貴妃現今瞧著還沒有如此德行，也就罷了。

方嫣得知，也很高興，只盼著明年到來。

她們歡歡喜喜的，趙佑樘卻不能有半分鬆懈，他這幾日一連下了好幾道旨意，調兵遣將，為了有可能產生的內亂而做準備。

雖然他相信幾位藩王不會選擇造反，畢竟他登基後，第一件事就是加強兵力，提拔可以信任的將領，景國重要之地算得上固若金湯，然而，他也知道，很多事是無法預測的，只能做下最壞的打算，所以如果有藩王造反，他必定親征鎮壓，以揚君威！

過得一個月，肅王從山林打獵回來，叫下人把野兔剝皮洗淨，在火上烤著吃，他進去換了身衣服出來，正好謀士陳謙來拜見。

肅王請他坐，一邊笑道：「等會兒請你吃兔肉。」

他雖然狂傲任性，可從不端架子，故而與下屬一向相處愉快。當然，有意見不同的時候例外。

陳謙謝過，喝下半盅熱茶才說道：「卑職今日是有重要之事與殿下細說。」

見他面色嚴肅，肅王心裡狐疑，先叫眾下人退下。

「何事？」他問。

陳謙道：「卑職思來想去，終於明白皇上之意，現今皇上雖是封賞諸位藩王，可將來，必定是要削藩的，殿下也記得先帝那回削藩之事吧？」

肅王皺了皺眉。「自然記得。」

那回他原本也當會輪到自己，結果他還沒發作，先帝就停手了，還犒賞他們，讓他們好好守衛邊疆，原來這回皇上是想把先帝未做成的事情做完。

陳謙覷他面色道：「可殿下為守衛此地付出了多少心血，這裡一兵一將都是殿下訓練出來的，殿下又為此受傷多回，現在鞏昌府如此繁華，也都是殿下的功勞，殿下難道心甘情願要把鞏昌府交出來？」

肅王大怒。「鞏昌府，本王自然不會交出，此乃本王住了幾十年的地方！」

「殿下，依卑職看，不如咱們先行動手，省得以後受制於人！」陳謙蠱惑他。

肅王聞言，卻冷靜下來。「動手？本王沒說要造反！」

陳謙吃了一驚，他本來以為勸動了肅王，結果他說自己不要造反。

陳謙想了一想道：「難道殿下要束手就擒？」

肅王站起來道：「本王這就入京問個清楚！」

陳謙嚇一跳，面色都白了，不敢置信地問：「殿下要見皇上？」

「是，看看那小兒到底打什麼主意！」

「殿下，何必自投羅網？殿下，不如先就起兵……」

「你給我住嘴！」肅王大喝一聲，如石破天驚。「你敢再說此言，本王把你碎屍萬段，你下去。」

陳謙嚇得連滾帶爬就走了。

肅王看著他，冷笑一聲。要造反他何必等到今日？為一個皇位，三兄弟骨肉相殘，他已經厭倦了，可鞏昌府他不會讓出來！

第二日肅王就帶著幾十護衛啟程，前往京城。

一眨眼，便已入冬。

趙佑樘這日批閱完奏疏出來，只見天上竟飄著雪，但並不大，悠悠揚揚的好似羽毛，嚴正忙上來給他打傘。

最近趙佑樘常去看馮憐容，不用說，這回又是去那兒。

一行人前往延祺宮，結果路過長春宮時，迎面見兩個人走過來，一個是蘇琴，一個是伺候她的小宮人紫蘇。

蘇琴這會兒臉色蒼白，凍得嘴唇都青了。紫蘇打著傘，另外一隻手攙扶著蘇琴，她先看到趙佑棢，連忙行禮。

蘇琴被她提醒，也要行禮請安，誰知一張嘴寒氣便衝出來，使得面前都霧濛濛的。「妾身見過皇上。」

趙佑棢對她有印象，因她生得清麗脫俗，很是出眾，此番受凍，更是楚楚可憐，他問道：「大冬天的，妳只穿這麼多？」

紫蘇見皇上有關切之意，搶著道：「回皇上，主子原本有件披風，只剛才觀賞臘梅的時候，遇到兩位貴人，看主子的披風漂亮，想試一試，結果不小心就掉池子裡去了，主子這才……」

蘇琴忙叫紫蘇別說了，只道：「是妾身自己不小心。」

其實她心裡明白，那兩個貴人肯定是故意的，只恨她之前沒有察覺。

趙佑棢自小生在宮中，自然也清楚得很，見蘇琴凍成這樣，不忍心，便解了狐裘下來道：「妳先披著吧，快些回去。」

蘇琴吃驚，抬頭看一眼趙佑棢，忙推卻道：「妾身如何能讓皇上受涼，這萬萬不可。」

「朕這一時半刻沒什麼。」他看看前面，很快就要到延祺宮了。

嚴正得令，上去捧起狐裘送到蘇琴面前，紫蘇興高采烈地替蘇琴披上。

這狐裘還帶著他的體溫，就像春天般溫暖，蘇琴的臉微微一紅，以手把狐裘裹緊，向他道謝。

趙佑樘又看她一眼，往延祺宮而去。

此時，馮憐容正在寫字，雖然是大冬天，可她這屋裡很暖，畢竟是貴妃，炭是絕對不會少，故而也只穿了夾衫。

馮憐容迎上來，見他外頭都沒有穿狐裘，不由關切地道：「皇上小心著涼了，這等天氣可不能穿少了。」

趙佑樘微微笑道：「就這一會兒工夫，能有什麼。」

他並沒有提及狐裘的去處，當然馮憐容肯定想不到這些。

過得幾日，肅王來京。

他是一個從來不按常理做事的人，趙佑樘早前就聽說他在路上，也是有些驚訝，當時發現他的兵士差點以為他是要謀反，後來知道並沒有帶什麼兵，就是來京參見皇帝的，這才鬆了口氣。

趙佑樘在乾清宮接見他，面色溫和地道：「二叔，請坐。」

肅王大咧咧往下一坐，單刀直入。「聽說皇上要奪本王兵權？」

這話一出，嚴正的嘴角就抽。肅王果然不是尋常人，什麼話都敢往外說。

趙佑樘笑一笑。「二叔是聽誰說的？」

肅王冷笑道：「皇上管我聽誰說的，便說是真是假吧！」

趙佑樘知他心性，當下就猜必是旁人攛掇的，直言道：「朕確有此意。」

「什麼？」肅王大驚，沒想到他真會承認，氣呼呼道：「我為景國打退了多少強敵，如今皇上憑什麼要收兵權？」

趙佑樘反問道：「二叔既猜到朕的意思，為何沒有立時起兵，反而要入京見朕？」

肅王大怒。「本王可沒有謀反之意！入京便是為一個理由，皇上是想讓我把鞏昌府拱手相讓？」

普天之下莫非王土，就算他要，也沒有什麼不對，只肅王是個粗人，趙佑樘看在他是二叔的分上，並沒有計較，而是很認真地道：「朕相信二叔不會謀反。」

肅王面色緩和了些。

「但朕也相信兵權在手，乃一樁危險之事，二叔如今口口聲聲說不會謀反，可是你身邊的人卻未必沒有此等心思。」

肅王怔了怔。這話倒是沒錯，他來之前，就有謀士叫他造反。

趙佑樘又笑了笑。「鞏昌府既是封地，朕是不會收回的，二叔想住到何時便是何時，至於兵權，假如二叔不與敵對陣，又不謀反，那二叔要這麼多兵幹什麼？」

「這……」肅王一時回答不出。

趙佑樘道：「那二叔覺得自己身邊有多少兵較為合適？」

肅王撓撓頭。「不打仗，確實用不著。」

「唔，那依朕看，二叔尋常就留三千兵防身，若有外夷侵犯，朕再讓二叔領兵十萬，二叔看如何？」

趙佑樘在說話的時候一點也沒有擺架子，完全是商議的語氣。

肅王想了想，找不到反駁的話，只又問：「本王還是住在犟昌府？」

「是，朕絕不反悔。」趙佑樘承諾。

肅王道：「也罷，本王住慣了那兒，本也不想搬到別處，不過皇上以後真會讓本王領兵作戰？」

「自然，二叔神勇無匹，整個朝堂的武將也無人比得上二叔，外夷須得有二叔這樣的才能百戰百勝。」趙佑樘忽然笑起來。「朕給二叔封個神勇大將軍的名號吧。」

肅王一怔，又很高興。「還能如此？」

「不過一個名號，有何不可？」趙佑樘笑道。「二叔難得回京一趟，不如就住幾日，朕給二叔接風。」

肅王豪爽。「也好，宮中美酒還是一絕。」

「那二叔回去時，帶上一車吧。」

叔侄兩個到最後倒是相談甚歡。

太皇太后聽說了，自然要問肅王，結果一聽只讓肅王帶三千兵，這明明白白就是削藩，不免納悶問：「你願意？」

肅王道：「我又不要謀反，有何不願？」

他赤子之心，坦坦蕩蕩。

太皇太后見他如此說，倒也沒什麼好反對的。自家兒子都願意，她還能故意去跟趙佑樘作對？只不過到底還是有些想法，原來自家孫兒這削藩之心從來未死，她嘆了口氣。「倒不知倫兒會如何。」

肅王冷笑。「他不就是想做皇帝嘛！」

太皇太后大驚，斥責道：「渾說，他何時如此想過？」

「母后，咱們心知肚明，當年我去鞏昌府，那麼偏遠的地方，母后當真不知是何原因？」他這幾十年為這事兒是吞了無數怨氣。「那支箭若真是孩兒射出來的，能不射中大哥？也就他箭法不準，射歪了！」

當年父皇以為他要除掉太子，才把他早早就封到鞏昌府，還是因他疼愛這個兒子，若換作其他不受寵的皇子，早就入獄了。

太皇太后面色沈靜，並不相信此事。只因肅王天性狂傲，那時候對太子多有不敬，那麼覬覦太子之位，甚至想害死太子，也是順理成章的事情。

肅王見此，嗤笑一聲。「原本我這兒子，妳也早當死了，告辭！」

他在京城沒待幾日就回了鞏昌府，也真帶走一車的美酒，卻留下了一樣東西，兵符。

肅王將手下的重兵全都交還給了趙佑樘，這消息自然很快就傳到景國各大藩王耳朵裡。現在就算他們知道要削藩，也沒有一個敢輕舉妄動的，只因這些藩王裡，以肅王最為勇猛，如今他爽快交出兵權，還一點沒有不樂意，別人自然會有一番衡量。

其中最為失望的當然是懷王。原本他還期待著會上演一場好戲，自己好作壁上觀，沒料到肅王的行為完全出乎他的意料。

他竟然一點兒沒有想過造反！這怎麼可能？

懷王這幾天心思就特別重。

關於削藩一事，太皇太后最後也忍不住，問趙佑樘：「皇上打算如何處置懷王？莫非也學了肅王，只叫他帶兵三千？」

趙佑樘看著太皇太后，他知道懷王是她最愛的兒子，不同於肅王，肅王如何，其實太皇太后並不太關心，他一早就看出這二人的感情並不好。

他想一想道：「不知皇祖母有何建議？」

他把選擇權送到了太皇太后手中，上回懷王監國，他就看出她的想法。

太皇太后其實是想讓懷王來京城，她希望趙佑樘可以與懷王好好相處，把懷王當成可以信任的家人，便斟酌了一下言詞。「既然你一心要削藩，哀家也不阻攔你，就讓懷王來京城罷，以後便以此為家。」

趙佑樘微微一笑。「那就依皇祖母的意思，朕即刻命懷王一家入京。」

太皇太后頗為欣慰。她沒有注意到趙佑樘的目光，帶著憐憫，或者說帶著歉意。她一心盼望著與小兒子團聚，然而，她卻一直沒有認清這兒子的野心。

趙佑樘慢慢往外走了出去。

天寒地凍，這一日的雪好像更大了。

今日冬至，延祺宮裡卻溫暖如春，馮憐容懷裡抱著趙承謨，輕輕搖著，小傢伙已經有四、五個月大了，不似趙承衍喜歡笑，但他也不愛哭、不愛動手，小腦瓜常常轉來轉去，東看看，西看看，馮憐容能感覺到他的好奇。

看母妃一直抱著趙承謨，趙承衍有些不高興了，伸手搖她的胳膊。「母妃，孩兒也要抱！」

「母妃要抱弟弟呢，如何抱你？」

趙承衍道：「孩兒抱著弟弟，母妃再抱孩兒。」

過得片刻，她指指旁邊。「你把這小杌子搬起來。」

趙承衍奇怪。「為什麼啊？」

「搬得起來，才能抱得動弟弟啊，這樣母妃才能抱你嘛。」馮憐容狡黠一笑。

趙承衍倒高興了，立刻興匆匆地去搬小杌子，結果他小胳膊小腿的，哪裡搬得動，這杌子都是好木所製，沈得很。

鍾嬤嬤在旁邊看不下去了。「大皇子，這小杌子你搬不動的，歇歇啊。」

「不行，我要抱弟弟！」

「過會兒再搬啊。」

「要抱弟弟。」趙承衍堅持。

直到趙佑樘來了，他還在那兒試著搬杌子呢，額頭上全是汗。

「怎麼回事？」趙佑樘問，尋常這兒子看到他，早就撲過來了，這會兒竟然拿著小胖手不停地搬小杌子。

馮憐容笑道：「小羊說他要抱弟弟，然後讓妾身抱他，妾身就叫他搬這個試試。」

趙佑樘問：「搬了多久了？」

「有一刻鐘了吧？」馮憐容道。「這孩子還挺執拗。」

趙佑樘蹲下來，一手就把小杌子給拿起來了。

趙承衍驚訝道：「爹爹力氣好大！」

趙佑樘被他崇拜地看著，就把小杌子在空中翻了兩翻，又接在手裡，這個舉動不只贏來趙承衍的歡叫，就連馮憐容都驚訝道：「皇上好厲害啊！」好像還想看他翻幾下似的。

趙佑樘抽了下嘴角，看來哄孩子時，也得算她一份。

「皇上用過晚膳了嗎？」馮憐容這會兒把趙承謨給奶娘抱了。

趙承衍一看她手裡空著，跑上來又要她抱。

趙佑樘看他這愛黏人的樣子，順手就把他抄起來。「母妃累了，你沒事別要母妃抱。」

「為什麼？」趙承衍道。「母妃抱弟弟呢。」

「那是因為弟弟還小，你已經長大了，以前你也跟弟弟一樣大的。」

趙承衍想一想，看看趙佑樘。「孩兒會更大嗎？」

「當然，會跟父皇一樣大。」趙佑樘笑著摸摸他腦袋。「以後要多吃點兒飯，過一陣子你就能搬這小杌子了。」

趙承衍嘻嘻一笑。「好。」

馮憐容也過來依著他。「皇上今兒去祭天，怎麼來這兒了？」

冬至，皇帝都要祭天，此乃常例。

「是為承謨的乳名。」趙佑樘很得意。「原本不是想不到合適的？貓啊、狗啊的不好聽，朕祭天回來，突然就想到一個字。」
「什麼字？」馮憐容也興奮。
「鯉。」趙佑樘笑道。「就叫他阿鯉，既是好養活的，也不乏吉利。」
「好啊，真好聽，阿鯉，阿鯉。」馮憐容叫了幾聲。「不過聽著會不會像女兒家呢……要是有個女兒就好了。」
趙佑樘捏捏她的臉。「早叫妳好好養胎了，妳自個兒沒養好，生個兒子出來。」
這回馮憐容才不上他的當。「皇上淨會騙人！」
趙佑樘哈哈笑起來。
兩人說了一會兒，馮憐容把自己剛剛寫的字拿出來給他看。「妾身是不是又有長進了？到時候小羊要學，妾身能教他了吧？」
趙佑樘垂眸仔細看了看。「是進步不少，這字再練練，可以寫春聯了。」
馮憐容驚喜道：「真的？」
「當然只能在自個兒門前貼。」
馮憐容常被他耍弄，氣得牙癢癢，噘嘴道：「橫豎怎麼也入不得皇上的眼，下回妾身也不寫信污了皇上的眼睛。」她把字收起來，嘆口氣。「本來還想寫首詩，那也不用了。」
趙佑樘立即就改口。「朕再看看，覺得挺不錯的。」
「能當春聯？」她歪著頭問。
「還行。」趙佑樘道。

「那皇上拿去貼吧。」馮憐容憋住笑。

趙佑樘今兒真見識到什麼叫做給點顏色就開染房，不過為她首次寫的詩，他忍了，叫嚴正過來把字收了。「一會兒給朕貼到書房。」

找個旮旯角落貼了，絕不能叫人看見！

嚴正嘴角抽了抽。

馮憐容這會兒終於憋不住，噗哧一聲笑起來。

「記得寫詩，不然看朕怎麼罰妳！」

馮憐容自然應了。

這會兒，方嫣派了知春來說，既是冬至，一家子團聚團聚，請馮憐容去坤寧宮，一起吃頓餃子。

方嫣當然也知道皇上在此，本就是說給他二人聽的。

馮憐容皺了皺眉，要說方嫣請的，她肯定是不太願意去，更何況還天寒地凍，那麼冷的天。

趙佑樘見狀道：「妳若不想去也罷了。」

她不去，他幫著跟皇后說一聲？皇后會怎麼想？馮憐容衡量了一下，趕緊去換衣服。

趙佑樘立在門口等她。等她好了，二人同行去坤寧宮。

外頭很冷，即便拿著手爐，馮憐容這人也忍不住有點兒發抖，臉被寒風一吹，只片刻工夫，就有些發紫。

趙佑樘把她拉過來一些，手碰到她的手，只覺涼得很。「這手爐裡是沒炭了？」

「有啊，手爐是暖的。就是捂不熱，皇上的手倒是挺熱的。」

「那妳拿著朕的手。」他笑。

馮憐容也不客氣，小手在他寬大的手掌裡翻來覆去。

趙佑樘給她弄得癢，斥道：「好好捂，亂動什麼。」

馮憐容就不動了，心想，原來皇上還怕癢呢，以前倒是不知，不知道撓他腳底，會不會癢？

她一邊幻想撓趙佑樘的畫面，嘻嘻地笑。

趙佑樘無語，一路看了她好幾眼，總覺得她在想什麼壞心思。

二人快要到坤寧宮時，馮憐容只見側方也來了一行人，她的腳步一下子慢下來。

「在發什麼呆，還不走？」趙佑樘雖然說她，可是平常裡身為皇帝的威嚴並沒有，卻是少有的輕鬆語氣。

那一行人其實是四位貴人，她們聽見了，都朝馮憐容看過來，才發現她竟然跟趙佑樘是牽著手，她身材也算高䠷，可是立在他身邊卻是顯得小巧玲瓏。

今日這天氣，馮憐容披了雪白的狐裘，裹得緊緊的，並不露出裡面的襖子，只有一張臉在外頭，眉眼彎彎，像是夏日裡的花兒一樣，清新甜美，讓人一見難忘。

原來馮貴妃是這個樣子的，沒見過她的朱貴人、季貴人在心裡想著，難怪聽說得寵，這相貌還真是不俗。

另外兩位貴人卻是見過她的，正是蘇琴與陳素華。

馮憐容這時才看清蘇琴，身子立時就有些僵，她的手在趙佑樘的掌心裡一下子捏緊了，好像塊石頭一樣。

趙佑樘一怔，看向馮憐容。她筆直地立著，嘴唇抿得緊緊，呼吸也有些重。

四位貴人上來請安，趙佑樘叫她們不必多禮，一眾人進去坤寧宮。

趙佑樘自然沒想到方嫣竟然還請了貴人，他這會兒就有些惱火，可是，這火氣也不知道從哪兒來的，畢竟馮憐容也是他的妃嬪，方嫣請她，他當時卻也沒有這種情緒。

進入殿中，馮憐容的手就掙脫開來。

她的手不在掌心了，他竟覺得有些空虛。趙佑樘側頭看她一眼方才坐到上座。

方嫣笑道：「人多熱鬧，妳們未入宮前，想必這會兒也在家中吃餃子，本宮明白妳們思家的心思，不過既然來宮裡了，便不用想太多，皇上體恤，大年都可與家中通信，今兒就放開心懷，高興高興。」

五人都應了聲是。

馮憐容此時已經脫了狐裘，穿一件金織丁香色蓮花紋的大襖，一條雪緞流雲裙，烏髮梳成望月髻，只插了一支紅瑪瑙的簪子，安靜地坐在這裡，像是一幅畫，陳素華偷偷看了她好幾眼。

方嫣吩咐宮人去膳房，給眾人端來餃子。

膳房做的餃子自然是美味，可眾人都有心思，只低頭吃著，陸續就吃完了。

殿裡的氣氛一點不融洽，貴人們不敢說話，趙佑樘也不知跟方嫣說什麼。

方嫣擦擦嘴，瞧一眼趙佑樘，對幾個貴人笑道：「妳們也不必拘謹，說起來，蘇貴人，你與皇上也不算陌生了，上回皇上不是還把狐裘給妳披了，皇上也真是憐香惜玉的人。」

這話一出，屋裡三個人的臉色都有些變化。

一個是趙佑樘，一個是馮憐容，還有一個自然是蘇琴。

蘇琴忙道：「當日妾身的披風掉入池子，實在是凍得很了，皇上好心才借與妾身，妾身很感激。」

方嫣笑道：「看妳害怕的，皇上便是送妳一件狐裘又算什麼。」

趙佑樘聽到這裡，只覺心頭火氣大盛，原本這是事實，可在這兒說出來，不知為何，他十分惱怒，恨不得把方嫣的嘴給堵上！

他忍不住看了馮憐容一眼。她並沒有在看他，原本就很安靜，此刻像是更安靜了，好似她整個人並不在此處。

然後，他看到她眼睛眨了一下，像是緩解了酸，嘴唇也是微微一張，輕輕吐出一口氣。她的身體鬆懈下來，嘴角微微抿起，像是有種哀傷從裡面蔓延出來。

趙佑樘看著她，忽然就有些透不過氣。這種感覺十分糟糕，可不過是給一個貴人披狐裘，這算得了什麼？為何自己不能讓她知道？

然而，當日她問起時，他分明就刻意迴避了。今日方嫣當著她的面提，他更是生氣。

趙佑樘忽然就道：「今日到此為止！」

方嫣吃驚，沒想到是趙佑樘率先發作，她還以為馮憐容會說上兩句話呢，結果她倒是最沈默的一個人。

眾人見皇上都這麼說了，自然過來告辭。

方嫣見她們走了，笑著對趙佑樘道：「蘇貴人真是越看越叫人憐惜，不過馮貴妃今兒怎麼了，該不會是身體不舒服？」

趙佑樘淡淡道：「皇后好好歇著。」他站起來就走。

馮憐容這會兒還沒有走遠，他很快就追了上去。

「阿容。」他喚她。

馮憐容腳步頓住，回頭道：「皇上有何事？」

雖然她竭力在掩飾，可語氣裡怎麼也沒有了見到他時的歡快。原來那日他的狐裘給蘇琴了，可是她問起的時候，他卻沒有說。

趙佑樘幾步上來，握住她的手道：「朕送妳回去。」

「不用。」馮憐容笑一笑。「天晚了，很冷，皇上別凍著了，妾身自個兒回去就行了。」她想掙脫開他的手。

趙佑樘沒有放，語氣特別溫柔。「朕送妳回去。」

馮憐容的眼淚忽然就落了下來。

趙佑樘把她摟在懷裡。她哭得沒有聲音，臉貼在他胸口，一動不動。他想說什麼，可又不知如何說，只更用力些擁緊她。

馮憐容過得一會兒才抬起頭，輕聲道：「再站下去，皇上該冷了。」

「朕沒什麼，妳想站多久，朕就陪妳多久。」他現在就想順著她。

馮憐容輕輕呼出一口氣。「可妾身想回去了。」

「好，那就回去。」

趙佑樘命人提著燈籠在前頭引路。

一路上，兩個人都沒有說話，哪怕仍是跟來時般手牽著手。

這種氣氛讓趙佑樘很不適應，他已經習慣與她說笑，習慣看她犯傻，習慣她那樣依戀自己，唯獨沒有習慣她的沈默。可此刻，她走在他身邊，神色淡淡，就跟四周的月光一樣，冷清極了。

那不是平日裡的她。趙佑樘看了她好幾次，可沒有一次，她在看著自己的。

他忽然又有些生氣。雖然沒有提那件事，可也不是什麼大事，她竟然就這個態度，別說他還親自送她回延祺宮！

「阿容，」趙佑樘手一緊，問道：「妳莫非還在生朕的氣？」

馮憐容心想，她生不生氣又有什麼關係？反正他是皇帝，他想怎麼樣就怎麼樣，她也阻止不了，便努力笑一笑。「沒有。」

「那妳怎麼不理朕？」

「妾身這不是在跟皇上說話嗎？」

趙佑樘咬牙，那是他先說話的好不好！

馮憐容看他像是不快。「要不皇上就送到這兒吧，反正就要到了。」

趙佑樘沈著臉。「朕說送妳，自然會送到底。」

這語氣冷得跟外面的風差不多，馮憐容倒有點兒怕起來。

畢竟他是皇帝，別說借個狐裘了，就是要蘇琴侍寢，她又能如何，還不是得笑臉相迎？可這會兒自己竟然真的在生氣、在傷心。她搖搖頭，告誡自己這樣不行，她還得同他好好的，可結果無論怎麼提起精神，她的心裡就是沒有這種歡快。

馮憐容又慌了。她其實根本也沒有資格生氣不是嗎？她早應該想明白了！可為何……

就在她思考間，他們已經到了延祺宮。

馮憐容走入溫暖的殿內，只覺渾身舒服，不由自主就露出淺淺的笑容。

趙佑樘看在眼裡，又不高興了。她剛才果然在給他臉色看！

寶蘭上來，給馮憐容把狐裘解下。馮憐容轉頭對趙佑樘道：「謝謝皇上送妾身回來。」

趙佑樘挑眉道：「妳是在叫朕走了？」

「很晚了啊。」馮憐容怔了怔。「越晚越冷。」

趙佑樘冷笑起來。「誰說朕要走了？」他一把扣住她胳膊，拽著就往裡間走。「朕今日就在這兒歇了。」

他太用力，馮憐容輕呼一聲道：「皇上，好疼。」

趙佑樘回眸看她一眼，她眉頭輕顰，不太樂意的樣子，這讓他的火氣更大，他微彎身軀，左手往下方一抄，把馮憐容橫空抱了起來，她下意識就緊緊摟住他脖子。

鍾嬤嬤見狀，連忙叫宮人把兩個孩子抱去歇息。看來，這一時半會兒不得消停的。

果然趙佑樘走到床前，就把馮憐容扔了下去，不管不顧狠狠蹂躪了一番，比以往都要來得凶殘。

馮憐容哭了，趴在他胸口抽抽噎噎。

趙佑樘道：「哭什麼，一會兒還弄妳。」

馮憐容嚇得立時就停止了。

他垂眸一看，見她咬著嘴唇，可憐兮兮也在看他，又笑起來，摸摸她腦袋道：「朕也累了，弄不了兩回。」

馮憐容心道，活該，誰讓他那麼使力，她輕輕哼了哼，身體卻貪戀他的溫暖，整個人都依偎在他懷裡，抱得緊緊的。

趙佑樘的火氣在這會兒才徹底消了。在他看來，馮憐容就該對自己這樣，如果不這樣，他渾身都不舒服。

兩個人澡也沒洗，一覺睡到天亮。

趙佑樘很早就去早朝，馮憐容因累得慌，睡到快要午時了才起來，幸好方嫣為教養趙承煜，不用她們日日去請安。

不過方嫣這會兒也是氣得很，明明馮憐容這麼善妒，見皇上借個狐裘給別的妃嬪就不高興，結果他竟然還歇在延祺宮，也不知道他怎麼想的？

看來這馮貴妃當真不比胡貴妃差，也不知給他餵了什麼迷魂藥！

第二十章

且說趙佑樘派人去華津府，請懷王一家入京，這不假，不過他除了這事兒，還早早命附近城池十萬大軍待命，只要有什麼異動，立時進攻。

華津府裡，懷王聽說禮部的張大人來了，出來相迎。

「見過殿下。」張大人笑道。「華津府果然氣派，沿路繁華竟不遜於京城。」

「哪裡、哪裡。」懷王請他坐下。「張大人遠道而來，是為何事？」

張大人沒有坐，撫一撫鬍鬚笑道：「自然是奉了聖旨而來。」

他手往後一伸，一個侍從立時把聖旨呈上。

懷王心頭咯噔一聲，跪下接旨。

出乎他意料，這道聖旨竟然命他一家進京，時間寬限為三天，是為收拾細軟。

懷王驚訝道：「皇上是要臣此後常居京城了？那這華津府……」

他傾盡心血的地方，難道拱手讓人？

張大人極為謹慎說：「皇上的意思，下官不好揣測。殿下，請您盡快安排下府中事宜，隨下官一起回京。」

懷王此刻也恢復平靜，笑道：「本王明白，不過是需要時間，本王畢竟在此住了十幾年，好些舊交好友，也要一一告辭。」

張大人表示理解。

說完，懷王派人送他去休息。等到張大人離開，他面色才陰沈下來。

沒想到趙佑樘的心那麼狠，再怎麼說，肅王好歹還有個封地，就算兵權沒了，他好歹也是藩王。可他趙倫有什麼？他原本也只有一個華津府！

他回到住處，懷王妃已在家中等了許久，見狀迎上來道：「禮部怎麼來了？到底是有何事？」

懷王嘆了口氣。「皇上要咱們一家回京。」

「回京？」懷王妃奇怪道。「莫非是想大年團聚？」

懷王一聽，嘲諷地大笑起來。「團聚？哈哈，皇上是要咱們永遠待在京城，這華津府將來也不是本王的了！」

懷王妃大驚，連退了好幾步，坐在椅子上，道：「怎麼可能？皇上為什麼會這麼做？」

「他一早就有削藩的心，如今肅王臣服，自然就輪到本王了。」懷王冷笑起來。「只是，本王可不會像我那二哥！」

說完，懷王轉身走了出去，前往軍營。

這軍營裡俱是他的心腹好友，其中一個聽說趙佑樘的意思，當即就道：「回不得，聖心難測，殿下此去，不啻為自投羅網。」

「是啊，咱們這兒有精兵壯馬，不如就此反了！」

懷王心頭一驚。「當真要反？」

「殿下來此詢問，難道不是此意？華津府就此都不在殿下手中，殿下難道還要忍下來？此去，是福是禍，難測！」

是福是禍……懷王又想到，之前張大人宣讀聖旨時，他直覺，這次自己回到京城，必定是會沒有命的！就算有命在，也不過是被圈養起來的豬狗罷了！他趙倫當真要這麼過嗎？

懷王猛地把手裡的茶盅摔在地上，大喝道：「本王並不想如此，可時至今日，也怪不得本王了！」

但是造反並不是一件簡單的事情，不是說兩句話就能成事的，幸好懷王也不是一個說空話的人，他籌謀這些年，沒有白費功夫，一說造反，萬軍呼應。

華津府的六萬大軍聽候他差遣。

懷王第一個就想到要殺了張大人以及他的侍從，這樣便不會立刻走漏風聲，誰想到等到他派人前去，張大人竟然不在了！

懷王妃這才得知他要造反，二人夫妻多年，豈會彼此不瞭解，她一早便清楚他的想法，只未免擔心。「相公是不是再考慮一二？」

若是失敗，他們一家都會掉腦袋！

懷王長嘆一口氣。「也是沒有回頭路了，不過勝在咱們早有準備，可以一搏。」

懷王妃咬了咬嘴唇。「妾身自當嫁與你，便是與你同生共死的，相公既然已經作了決定，妾身也誓死跟從。」

懷王頗為欣慰，叮囑幾句，便再次前往帳中。

「當務之急，依本王看，應立刻奪取桐城！」

桐城位於華津府的西方，此城不只物資富饒，也是軍事重地，若是奪得此城，哪怕趙佑樘的軍隊聞訊趕來，他也能抵擋得住。

眾將領都頗為贊同。

只是，就在他們整裝待發之時，趙佑樘一早布下的大軍此刻也正往華津府疾行而來，當然，他們來得如此迅速，自然是張大人的功勞。

張大人不只是禮部派出的人，也是趙佑樘親自指派的，他原本乃是禁軍指揮，臨時調任禮部，就是為探查懷王意向。故而被領去休息時，他逮到時機便偷溜出來，尾隨懷王，見到他直接去了軍營，就立刻發出訊息，所以大軍才來得那麼快。

兩軍對壘，立時開戰。

然而，一個是伺機而動，一個是被抓個正著，後者難免慌亂，畢竟一開始還以為勝券在握，隨時可以占領桐城，誰想到在半路遇到突襲，只片刻工夫，就節節敗退。

懷王見狀，只能下令全軍撤退。

消息傳到京城的時候，已經過了好幾日，太皇太后一聽說，當時就差點暈厥，這對於她來說，不亞於晴天霹靂，立即派人請趙佑樘過來壽康宮。

當日肅王與她說之時，她不曾相信，結果她最疼愛、最相信的兒子竟然真的造反了！

趙佑樘去的時候，太皇太后已經撐不住，此刻半臥在床上，臉色蒼白，她剛剛叫朱太醫瞧過，已經服了護心丹藥。

「皇上，此事定然有詐。」太皇太后道。「你三叔絕不會造反的！你命人前去查一查，其中必有隱情。」

趙佑樘坐下來，溫聲道：「有人親眼所見，不會有假，不過只要三叔願意歸降，朕可以既往不咎。」

太皇太后還是不信。「指不定是有人挾持他，逼他造反的！」

趙佑樘看著她，微微嘆了口氣。「皇祖母，朕知道您傷心失望，可三叔這回是真的起兵了，原本他想侵占桐城，還提出了清君側的口號，說朕身邊有逆臣賊子，要陷害三叔，才讓他回京。」

太皇太后渾身一震。「為何？他不願回京嗎？」

趙佑樘沈默。假使是他，在一方為王，野心勃勃，只怕要他回京，也會不願，便是如肅王，亦是不肯，更別說，當年懷王還曾派人刺殺過他，他難免會覺得這次回京，自己會要了他的命。

太皇太后看他沒有回應，急道：「你倒是說啊，他當真是不願意回京？」

「也不是不願。」趙佑樘斟酌語句。「大概三叔捨不得華津府，只他若肯照實與朕說，朕也不會勉強。」

他原本想給予懷王這機會，只要懷王如同肅王一般，回京一趟，他不會為難他，結果懷王偏偏要選擇這條路。

太皇太后頹然躺了下來。說來說去，原是趙倫太多心思，最後竟害了他自己！一家子，有什麼不能敞開來說呢？

趙佑樘看她如此，也是不忍。「如果可以，朕也不想傷了三叔，皇祖母您……您也不要太過傷心了。」

太皇太后擺擺手。「你出去吧。」

趙佑樘站起來，慢慢退到門外，立在門口片刻，就聽裡頭有哭聲傳來。這哭聲很陌生，是他這一輩子都不曾聽到過的。太皇太后給他的印象一向都很堅強，她扶持先帝登基，給他收拾爛攤子，也扶持他登上新帝的位置，他從來不曾見她這樣哭過。

趙佑樘立了一會兒方才離去。

他派人再次前往華津府，連夜趕路，好讓懷王知道，只要他願意歸降，可以留他一條性命。

而這時，懷王已經被逼到了臨城。這是華津府最小的城池，只有桐城的五分之一大。

外頭卻有大軍包圍，他們苟延殘喘，每退一步，就有千百兵士戰死，如此境況，叛離的兵士也日益增多起來，從當初的六萬大軍，此刻已經縮少到只有六千。

懷王渾身都是血跡，在這場戰鬥中，他親自上陣斬下了不少人頭，但此時此刻，他終於沒有力氣了。

這場戰鬥也快要到了尾聲。

懷王妃掩面哭泣，她身邊圍著三個孩子，其中兩個年紀尚輕，趙淑更小，嚇得躲在懷王妃的懷裡，哭都不敢發出聲音。

懷王看她一眼，與侍從說道：「你護送夫人與孩子前去歸降。」

懷王妃一驚。「那相公你呢？相公你不去？」

「本王已經拖累妳了，這會兒妳何苦還跟著本王？」懷王嘆口氣，苦笑道。「妳去吧，別再念著本王。」

「殿下！」懷王妃哪裡捨得，二人這麼多年的感情，不說如漆似膠，也是舉案齊眉，她哀求道：「妾身不願離開你，就讓孩兒歸降好了，妾身陪著你，不管如何，妾身也陪著你。」

三個孩子一聽，又是齊聲大哭。

懷王抬手輕輕拍了拍她的肩膀。「娘子，妳最後聽本王一次，妳也比本王清楚，孩子不能沒有娘親，本王是死是活已無緊要，妳跟孩子要好好活下去！」

懷王妃撲到他身上哭起來。

這時，有人在城外大喝。「反賊趙倫聽著，皇上下旨，趙倫若歸降，饒爾性命，或有將領帶兵歸降，一律同等！」

懷王妃一聽，破涕而笑。「相公，相公，你不用死呢，皇上說了，只要歸降，就沒事了。」

「沒事？」懷王哈哈笑起來，說不出的悲涼。

沒事是沒事，可他這一輩子便是跟犯人一般時時被監視，活著還有何意思？若不是為此，他何必造反！

懷王猛地站起來，命令侍從。「押夫人與孩子去歸降！」

懷王妃都嚇傻了，大叫道：「相公，要去咱們一起去，相公……」

懷王轉過身不看她。

三個孩子也喊著爹爹，懷王的眼淚終於忍不住流下來。

懷王妃與三個孩子離得越來越遠，一會兒工夫，便再也聽不見聲音，懷王慢慢轉過來，前面已經沒有了他們的身影。

「便是如此了。」懷王喃喃自語。「終有這一日的，只是本王如此天縱奇才，竟未能坐上帝位，老天無眼！」

他拾起地上的長劍，猛地衝了出去。

一支箭也不知從哪裡飛來，射入了他的胸口，懷王慢慢倒在地上，好似並沒有感覺到有多痛。

他定定地看著天空，那麼高遠，就像皇帝的寶座一樣，是他無法企及的。

是啊，這不過是一場夢。他的人生就是夢，興許從一開始，他就不該作這個夢……

他緩緩閉上眼睛，看到當年的自己，偷偷溜到金鑾殿，撫摸著龍椅，他坐上去，一時有無限的滿足感，沒有什麼時候比這一刻，都叫自己來得高興。

只是命運弄人……為何自己偏是幼子？

他漸漸沒了思緒，歸於平靜。

懷王妃與三個孩子哭得肝腸寸斷。

趙佑樘得知懷王死了，一時竟也只有悲涼，他絲毫不曾覺得高興，他坐在椅子上好一會兒也沒有說話。

「過一陣子再讓太皇太后知曉。」

太皇太后前幾日得知懷王造反，當日晚上就病倒了，雖然有太醫竭盡全力醫治，可還是沒有多少進展。她成天都有些昏沈，飯也吃得少，不只如此，話也不說了，總是盯著一個方向出神，可見這樁事情對她的打擊。

這倒是讓趙佑樘有些吃驚，畢竟先帝也去世了，而那時太皇太后也沒有如此大的反應，看來，趙倫對她的意義到底是不一樣的，假使再讓她得知懷王死了，她更加熬不過去。

趙佑樘心想，還是等到明年再說吧，便說懷王一直在逃。

一聽說太皇太后病了，永嘉長公主這日攜丈夫周少君和兩個孩兒過來探望，太皇太后見到她，倒是略有些精神，還叫她不要擔心。

永嘉趴在床頭哭了一回，請太皇太后保重身體。她兩個兒子亦乖巧，一左一右跪坐在床邊，也請太皇太后多多歇息。

太皇太后伸手摸摸他們的小腦袋，說一會兒話，到了服藥的時間，永嘉一家便先退了出來。

皇太后正坐在正殿，周少君上去行禮後，為讓妻子與岳母說些貼己話，先行走了。

永嘉嘆口氣，用極低的輕聲道：「聽說三叔已經死了？」

「是，就只瞞著妳皇祖母。」

「女兒聽母親說過，皇祖母最是疼愛三叔，自然不能承受這種打擊。」永嘉一嘆。「三叔也是想不明白，好好的怎麼會造反呢。」

人也不在了，說這個毫無意義，皇太后沒接這個話題。「只能等到妳皇祖母好一些再告知了。」又問永嘉：「妳與夫婿可好？」

永嘉頗是得意。「相公很體貼人，一貫如此。」
皇太后道：「妳也莫要欺負他，這世上真心人難得。」
「母后怎如此說女兒，女兒豈會欺負他。」
「我豈不知妳的脾氣，妳最好聽我一些。」皇太后拍拍她的手。「今兒見彥真、彥文很是懂禮，彥文也請西席教導了？」
「是啊，彥文比彥真還要聰明，女兒心想他若是去考科舉，必是個狀元！」
皇太后好笑。「他不過才八歲，妳倒真會作夢，就算去考，也只是秀才。」不過他們宗室有皇家庇蔭，等到成年，自會授官，一生富貴，不愁吃穿。
這會兒，乾清宮當值的一個小黃門過來。「皇上請長公主過去一見。」
永嘉聽得笑道：「正好也想見見皇上。」
她留兩個孩兒先陪著皇太后，自行前往乾清宮。
趙佑樘是在書房接見她。
永嘉進去，見到他坐著批閱奏疏，這一刻，面色冷肅，好似連帶著屋裡也有些沈重。自從他做了皇帝，比起原先確實大不相同了，當年他還是皇子、太子時，從不見這種神情的。
永嘉不由得也收斂些，上前問安。
趙佑樘放下筆，嘴角微微彎了彎。「皇姊來此一趟，皇祖母應會高興些。」
永嘉點點頭。「皇祖母服過藥，已是睡了。」
趙佑樘唔一聲，手指在書案上輕敲兩下道：「朕要見妳，是因有人上奏疏彈劾，稱妳驕奢淫逸，目無法紀……」

「什麼？」永嘉瞪大了眼睛。「一派胡言！是誰彈劾我？」

趙佑樘目光沈靜地落在她臉上。

永嘉被他看得有些發怵，心念電轉間，忽地冷笑道：「皇上，該不會是曹懸河這廝彈劾妾身罷！」

「為何猜他？」趙佑樘挑眉。

永嘉氣憤道：「有日在路上與他車馬相撞，妾身不過訓斥了幾句，這些言官真是成天吃飽飯到處找碴兒呢！妾身何時驕奢淫逸了？這種罪名他也敢往人頭上扣！」

趙佑樘笑了笑道：「皇姊息怒，朕也相信皇姊必是奉公守法之人，只是問問罷了。」

永嘉是聰明人，如果趙佑樘完全相信她，根本也不必問，這次是為提醒，她有些不快，但皇帝說話，只能聽從。她也笑道：「皇上相信妾身就行了。聽說皇上勤勉，平日裡也該多注意休息，抽空多見見皇后娘娘與孩子們。」

「朕會的。」他拿起御筆。

永嘉四處看看，感慨道：「原先父皇尚在時，這兒我常來，也借了不少書去看，如今想想，倒是有一段時間不曾來過了。」

趙佑樘手一頓，想起一事。「彥真、彥文也大了，他們若有想看的書，妳大可直說。」

永嘉笑起來。「那我現在找找可有合適的？」

獲得趙佑樘允許，永嘉在書房裡四處看看。

趙佑樘繼續批閱奏疏，結果過了一會兒，就聽永嘉驚訝道：「這是誰的字？」

趙佑樘抬頭一看，暗道壞了。

他上回叫嚴正把馮憐容寫的字貼在隱蔽的地方，原本是藏得好好的，因書房書櫃多，就貼在一處書櫃的側面，他有時候批閱奏疏，勞累時一抬頭就可以看到，這下可好，竟然被永嘉發現。

這書房也不是沒有字畫，可其他的都是名家所寫，馮憐容的字與之一比，慘不忍睹，難怪永嘉納悶。

趙佑樘咳嗽一聲，把嚴正叫來。「這是怎麼回事？」

嚴正心道，你自己知道怎麼回事啊！可面上哪兒敢這麼說，他連忙跪下來道：「是奴才的錯……」

他一時想不到怎麼說。突然叫他編這個，他哪裡想得出來！可屋裡兩個人都盯著他看，要他說一個理由。

嚴正腦門子上都冒汗了，拿手擦一擦，勉強說道：「昨兒奴才不小心喝醉酒，就跟作夢似的，好像在書房裡掛字畫呢，也不知從哪兒找著這個，就貼上去了。奴才酒醒之後，就……就忘了，現在才想起來。」

永嘉斥責道：「這也太不像話了，書房是你想進就能進的？」

嚴正磕頭。「是奴才狗膽包天，還請皇上治罪。」

「第一次犯就算了。」趙佑樘表示寬容，讓嚴正拿下來。

嚴正小心取了，立在一邊。

待永嘉借了幾卷書離去之後，趙佑樘這時才道：「再貼起來，找個更好的地方，不能叫人瞧見。」又添一句。「不過朕得瞧見。」

嚴正差點跪了。書房裡有這樣的地方嗎？可沒有，他也得讓它有。

嚴正出去與其他三個黃門商量，回頭竟然抬個高梯子進來，把馮憐容的字貼在橫樑對內的一側上。

趙佑樘無言，過一會兒，笑道：「好，賞！」

皇帝的書房，尋常人來不敢抬頭，少數像永嘉這樣的皇室貴族，因與皇帝的感情好可以四處轉轉，但也甚少仰頭，所以這橫樑，只有皇帝能看到。雖然字看著小了些，不過這個點子甚妙，趙佑樘也是沒有想到，故而願意賞他。

嚴正喜孜孜地接了賞錢出去，分與其他三人。

臨近大年時，馮憐容與家裡通信，得知她的大嫂有喜，明年就得生下來，自然很是歡喜，又拿錢給趙佑樘，請他幫著打個金鎖，到時候好送予家裡。

趙佑樘也是無言，上回幫她一回，她就當成是應該的，一點兒不覺得哪兒不對，這回還交代得很清楚，金鎖要怎麼個形狀、上頭要刻葫蘆紋。不過看在是喜事，他沒有拒絕，還叫人多打了一對小金鯉，又添了一對小魚、小羊。

金匠很快就打製好了，送過來的時候，正逢大年夜。

馮憐容納悶，怎麼多了好幾樣。

嚴正笑道：「鯉魚是給三皇子戴的，小羊自然是大皇子，至於小魚，奴才也不知。」

全是乳名，馮憐容恍然大悟。「小魚是給我的！」

她高興地跳起來，立時就叫人拿紅帶穿了當壓裙的掛在腰間。

不過皇上送了她這些，她是不是該回禮？做個醜蛋給他？

但她很快就搖起了頭。皇上收到了，肯定會揍她的！

馮憐容嘆口氣，還是算了。

因太皇太后還在病著，過年沒有大辦，即使到年初一，為了怕打擾她，也不是所有人都去。

馮憐容就只打算帶趙承衍去拜年，因趙承謨還小，怕他哭了不好，再說，天也冷。

鍾嬤嬤給趙承衍穿新衣服，見趙承衍老是歪頭，問道：「大皇子怎麼了？」

馮憐容聽見了連忙過來。

趙承衍道：「耳朵癢。」

馮憐容就帶他去亮一些地方，微微拉著他耳朵一看，笑道：「難怪癢呢，你忍一下，等拜年回來，母妃給你弄乾淨。」

她披上狐裘，帶趙承衍坐了輦車去往壽康宮。

因太皇太后沒多少力氣，與眾人說了幾句就進去歇息了，不過過年壓歲錢都給的，趙承衍得了一大串金珠子。

方嫣並不喜歡趙佑楨跟趙佑梧，見他們來看趙承煜，神色淡淡。

趙佑楨也有眼色，忙帶弟弟轉而去看趙承衍。馮憐容就溫和多了，讓趙承衍叫他們三叔、四叔。

趙承衍特別乖，叫得脆生生的，甜甜的。

趙佑楨倒沒什麼反應，趙佑梧聽到有人叫他叔叔，興奮得不得了，要抱趙承衍玩。

趙承衍也給他抱，一會兒就叫他一聲四叔，趙佑梧便把自己身上的玉珮都送他了。

馮憐容心想，嘴甜就是好，不過她連忙又讓趙承衍把玉珮還給趙佑梧。「小羊還小，用不到這個，妾身瞧著也挺貴重的，還是四殿下自己戴著。」

趙佑梧笑道：「小羊可以長大再戴呀！小羊，再叫我四叔。」

趙承衍道：「四叔！叔！」

趙佑梧哈哈大笑，又把玉珮塞到趙承衍手裡去了。馮憐容沒法子，只得拿了。

趙佑樘看著心裡一動。

方嫣因胡貴妃的關係，極為不喜歡那二人，所以趙佑樘觀她今日表現並不意外。而馮憐容拒絕玉珮，又無奈接受玉珮，難不成也是不喜他們？

方嫣見趙佑樘不說話，輕聲對趙承煜道：「快叫父皇。」

「父皇。」趙承煜還是很聽話的，把兩隻小手伸過來。

趙佑樘聽到二兒子的聲音，自然也高興，把趙承煜抱起，在空中晃了晃逗他玩，趙承煜格格笑起來。

方嫣看著真怕他沒拿穩把兒子給摔，但到底沒說。

趙佑樘逗得一會兒，又把兒子還給方嫣。「抱著挺重的，他很能吃？」

「是的，所以長得也快。」方嫣笑。

趙佑樘嗯了一聲。「多讓他走走，小孩子不要怕摔。」

方嫣怔了怔才道：「妾身知道了。」

眾人說了一會兒閒話，便離開壽康宮。

趙佑梧還拉著趙承衍的小手，叔侄兩個也不知道說什麼，老聽到趙承衍格格笑。

趙佑樘原本與方嫣走在最前面，此時道：「朕有話要跟三弟說，就不去坤寧宮了。」

方嫣心道，也不知他什麼意思，明明都出了懷王的事情，可見藩王造反之心不死，他還偏把那兩個留在宮裡！是要表現善心？

方嫣對此頗為不滿，忍了一下道：「是，皇上，那妾身先行告退。」她抱著趙承煜離開了。

趙佑樘等趙佑楨上來，問道：「聽李大人說，你對治水很感興趣？」

「回皇上，是的。」趙佑楨道。「去年李大人說起水災，頗為感慨，提及景國每年有上千人葬身洪水，百頃田地被淹，故而臣弟想為治水出一份力，雖知不是一朝一夕能成的，但也願為之一試。」

趙佑樘道：「好，有志向！不過你當真是光聽李大人一言？」

趙佑楨笑道：「皇上聖明，其實臣弟私下翻閱過《河渠書》，實覺奇妙，當年立堰，引水攻沙，灌溉良田，造福一方百姓，歷經十年方才建成，叫人嘆為觀止，臣弟雖不才，卻心嚮往之。」

「既是如此，等開春後，朕讓你去睢寧，跟隨曹大人學習，曹大人精通此道，想必你定有斬獲。」

趙佑楨欣喜萬分，連忙答應。但過一會兒，他又擔憂地看了趙佑梧一眼，他走了，弟弟怎麼辦？

「朕會看顧好他的。」趙佑樘道。

趙佑楨再次謝恩。

這會兒趙佑梧拉著趙承衍過來，道：「皇上，臣弟能去看看阿鯉嗎？」

趙承謨才五個多月大，不太出來，兩兄弟都沒有見過。

趙佑樘道：「有何不可？現在就去吧。」

一行人便往延祺宮走。

趙佑樘看那叔侄三個在一處，他幾步走到馮憐容身邊。

馮憐容笑道：「剛才看皇上與三殿下很好呢。」

從她這兒看過來，那二人當真像是親兄弟一般，一個關懷弟弟，一個尊敬哥哥，她也替他們高興。

趙佑樘沒想到她會主動說起，當下便道：「朕還以為妳不喜他們，剛才四弟給小羊玉珮，妳不是不肯要？」

「沒有不喜啊。」馮憐容忙道。「別人送東西，只有高興，怎麼會不喜歡？妾身是看他們挺可憐的，怎能要了這玉珮，看著好貴重……」

「可憐？」趙佑樘眉毛一挑。「妳怕朕短了他們衣食？」

「不是，皇上仁慈，自然不會，只是沒有娘的孩子總是不一樣。」說著，她想到皇太后，心頭一跳，又有點兒心慌。「不，妾身不是這個意思，畢竟他們是胡貴妃親手帶大的。」

自打她生了孩子之後，才明白作母親的付出。胡貴妃雖然做了不好的事情，可是她對三個孩子是很疼愛的，稚子無辜，他們沒有錯，可胡貴妃與先帝的死，仍然對他們是巨大的打擊，故而馮憐容見到他們，內心少不得會有同情，心想沒爹沒娘的，肯定手頭也緊。

趙佑樘明白她的想法，微微一笑道：「他們什麼都不缺，妳這樣反而不好，妳記得，誰都不喜歡被人可憐。」

馮憐容眨巴了兩下眼睛，哦了一聲。「妾身下回注意。」

趙佑樘摸摸她的腦袋，順勢就把她的手握在掌心裡。

馮憐容被他牽著，忍不住又調皮了，眼睛一轉道：「今兒妾身原本想煮兩顆鵝蛋給皇上的。」

「為何？」趙佑樘奇怪。

「妾身覺得雞蛋、鴨蛋、鵝蛋裡，好像鵝蛋最不可愛了。」她道。「故而最合適，最好煮好了再敲敲破。」

趙佑樘認真聽著，因為不知道她要說什麼。

馮憐容道：「這樣名副其實就是醜蛋。」

找死啊！趙佑樘下一個念頭就是以上三個字。

然後馮憐容就遭殃了，手被他弄疼了，差點哭出來。

「還敢不敢了？」趙佑樘惡狠狠道。「下次再也不准提這個！」

馮憐容這時自然老實了，忙道：「妾身再不敢了。」

趙佑樘這才放開手。

馮憐容趕緊揉了幾下，感覺自己骨頭都要斷了，心道好好的惹他幹什麼啊？不過又覺得逗他好像特別有意思，她也不知道自己什麼時候有這種愛好的。

看她這樣子，他又有點兒心疼，問道：「很痛？」

「很痛。」馮憐容可憐兮兮把手伸給他看。「揉揉。」

趙佑樘盯著她半晌，才發現她臉皮越來越厚，自己做壞事，還好意思裝出一副無辜的樣子，讓人可憐她？

他哼了一聲，抓過來揉了兩下，又扔掉，罵道：「活該！」

正說著，就聽有人在前頭問安。

原來是幾個貴人出來，前往坤寧宮給皇后拜年。現在太皇太后病重，皇太后並不理事，一切都交予方嫣，故而她們只給方嫣請安。

現在路上遇到趙佑樘、馮憐容幾人，她們自然要過來行禮。

住在延祺宮西邊的貴人並不太多，一大半是住在乾清宮後邊的，是以這會兒只有八個貴人。

蘇琴也在其中，趙佑樘目光落在她身上便移開了，淡淡道：「免禮。」

他說完就往前走，連一刻都沒有停留。

馮憐容因蘇琴的事情傷心了三次，如今再次看到，她好像也沒有初時的驚心，只主動把手伸到趙佑樘手邊。

趙佑樘怔了怔，片刻之後牽起來。那日馮憐容的傷心，他一直都記在心裡。如果可以，他並不想她難過。

只是將來呢？自己又能否做到？

他嘆了口氣，包住她的手。

第二十一章

幾人很快就到延祺宮。

鍾嬤嬤一看，哎呦，不只皇上來了，三殿下、四殿下也來了，她連忙吩咐宮人迎過去，又叫膳房準備些吃食、水果。

馮憐容笑道：「四殿下要看阿鯉，嬤嬤快抱來。」

鍾嬤嬤應一聲，又派人去叫俞氏抱來趙承謨給趙佑梧看。

趙佑梧驚訝道：「他的眼睛好黑呀，比小羊的還要黑。」

趙承衍的眼睛是有點兒像馮憐容，特別溫順，有點兒褐色。

鍾嬤嬤笑道：「小孩兒都挺黑的，不過三皇子的好像是更黑一些。」

馮憐容抬頭朝趙佑樘看。「像皇上！」

她最喜歡他的眼睛，安靜的時候幽深得像黑夜，可一動起來便是光華流轉，比任何東西都耀眼，看一眼能把自己給陷進去。

趙佑樘笑笑。「是該像朕了。」他也覺得大兒子比較像馮憐容。

正說著，趙承衍拉馮憐容的衣角，指指耳朵道：「母妃，又癢了。」

馮憐容忙叫黃益三給她準備些東西，黃益三一會兒就拿來了。

馮憐容搬個凳子坐在門口，將趙承衍抱在腿上，微微拉起他耳朵，對著陽光看了看，然後就柔聲道：「跟上回一樣別動啊，不然會疼的，太醫得給你吃苦藥。」

趙承衍嗯了聲，馮憐容先是把牙籤拿來，牙籤的尖頭已經去掉，她就在不尖的那頭裹上棉花，再在上面滴點香油。

趙佑樘奇怪。「這是幹什麼？」

「掏耳朵呀。」

「掏耳朵不用掏耳勺？」趙佑樘好奇，站過去。

馮憐容解釋。「他還小，不能用挖耳勺，有回我娘就是給我亂挖，差點沒聾，後來找大夫看了，大夫教了這個法子。」

趙佑楨、趙佑梧也過來看。

馮憐容弄好了就把棉花輕輕塞進趙承衍耳朵裡，她動作輕柔，就像在碰一塊豆腐似的。

趙佑樘忽然就覺得自己的耳朵也癢起來。他的目光落在馮憐容的臉上，因陽光照著，她皮膚上的絨毛都很清楚，像是透明似的，嘴角還帶著笑，眼睛裡滿是溫柔，像是能把冰化開了。

趙佑樘心想，她怎麼就沒給他掏過耳朵啊？

趙佑梧看著，眼睛則都有點兒紅。他年幼時，母妃也常這樣，可是母妃竟然死了，他忽然道：「我耳朵也癢。」

馮憐容笑起來。「那我一會兒給你掏。」

她給趙承衍換個方向，正要給他弄左邊耳邊時，想起來，看看趙佑樘。「皇上，要不要妾身也幫你？」

趙佑樘臉一熱，斥道：「朕是小孩兒嗎？還要妳掏耳朵！」
馮憐容嘟起嘴。「不要就不要嘛，這麼凶。」
她給趙承衍弄完，就要去幫趙佑梧，因他年紀大了，她拿了個銀耳勺給他挖。
趙佑樘有心阻止，不過看趙佑梧也確實可憐，估計是想到胡貴妃了，當下就沒有說什麼，可心裡卻老大不高興，好像錯失了什麼似的。

天紀三年，二月。
趙佑樘下旨削魏王、晉王護衛。
因前有肅王交兵權，後有懷王謀逆被殺，魏王、晉王都沒有再行反抗。到此，各藩王手裡已無重兵，他心中的大石頭終於放下。
這日，太皇太后請他去壽康宮。趙佑樘坐在她床頭，詢問病情。
太皇太后長長嘆了口氣道：「我倫兒是死了吧？」
趙佑樘一怔。
「你無須再瞞我。」太皇太后語氣悲涼。「這都過去多久了，他能逃到哪裡去，定是死了！麗芳與三個孩兒現在何處？」
她已然明瞭，趙佑樘便再無隱瞞，直接說道：「現在城內，若皇祖母想見，朕即刻命他們前來。」
太皇太后沒說話，沈默了好一會兒才道：「倫兒埋在何處？」

「華津府的玉良山，朕已命人修葺陵墓。」

太皇太后點點頭，朝身邊兩位宮人看一眼。宮人立刻扶她坐起，在後面墊上大迎枕後，便遠遠退開了。

「皇上，哀家今日見皇上，也是有一事。」太皇太后有些疲累，好像說一會兒話就要歇息一下。「哀家自知也無幾日好活……」

「皇祖母！」趙佑樘忙道。

太皇太后擺擺手。「皇上請聽哀家說完，太子乃國之根本，哀家知你並不喜歡阿嫣，可是承煜是嫡長子，無論如何他都必為太子。再說，皇上早前便答應哀家，現已是開春，哀家別無他求，此事了了，哀家也有臉下去見列祖列宗。」

趙佑樘知她也是為了此事。「朕答應過皇祖母，自然不會食言。」

太皇太后欣慰。「趁哀家還有力氣，也想共與盛事，皇上，」她頓一頓。「也非哀家逼你，唯有立下了，景國方才安穩，上下才能齊心，兄弟間也有個秩序，皇上莫要再拖延了。」

她是見年後了，趙佑樘還一直沒有立太子，生怕他半路改變主意。

趙佑樘聽到此，點點頭。「朕知皇祖母苦心，請皇祖母放心吧。」

看他沒有反對的意思，太皇太后終於鬆了一口氣。

看太皇太后慢慢又躺了下來，趙佑樘給她取走迎枕，道：「皇祖母好好養病，立太子一事，朕自會下旨的。」

二月十二日，趙佑樘立趙承煜為皇太子，大赦天下。

宮中也是一派熱鬧，張燈結綵。

太皇太后打起精神在壽康宮擺下宴席，一家子用了一頓飯。

方嫣因兒子被立太子，此刻自然是笑容滿面，見到趙佑楨、趙佑梧兩人，態度都好上許多。她想得到的終於得到了，自己的兒子成為太子，乃是將來的帝王！以後她自會好好撫育趙承煜，讓他成為一個合格的儲君。

趙佑樘這會兒與太皇太后提起，要派趙佑楨去睢寧跟曹大人學習水利，太皇太后怔了怔，問道：「不去封地？」

「才十幾歲，總是要等到成親再說。」趙佑樘笑道。

方嫣一聽，這總比留在宮裡好，幫著道：「是啊，既是喜歡的，學一學也沒壞處。」

太皇太后便看看趙佑楨。「你自己想去？」

「是，皇祖母。」趙佑楨道。「將來孫兒想為此出份力，造福百姓。」

太皇太后雖然覺得有些奇怪，畢竟沒有先例，不過也沒有阻止。「既然如此，便去吧，凡事小心些，可不像在宮裡，到處有人照應著了。」

趙佑楨大喜，連聲答應。

離開壽康宮後，趙佑楨叮囑趙佑梧。「我走了，你也不要害怕，有事便同皇上說，現在也無人敢欺負你，你到底是寧王，他們敢亂來，你就打他們板子！」

趙佑梧點點頭。「我知道，那哥哥何時回來？」

「我也不知，可能兩、三年。」

趙佑梧想起一事，又笑。「哥哥還要成親呢，肯定要早些回來的。」

趙佑楨臉一紅。「你懂什麼！好好聽課，我回來要考你的。」他伸手摸摸弟弟的腦袋。「要有什麼想告訴我，也可以寫信，我把銀錢都留給你，你別亂花，知道嗎？」

「哥哥不帶些去？」趙佑梧問。

「我有一些就夠了。」

趙佑楨道：「哥哥也不用記掛我，我不是小孩子了。」

兄弟兩個相視一笑。

另一廂，趙佑樘從坤寧宮出來，又前往延祺宮。

今日既是立太子，自然是普天同慶，延祺宮裡眾宮人、黃門拿到了銀錢，剛剛都還在數著。

趙佑樘剛走入殿內，就見一個小小的蹴鞠從裡頭滾出來，他往前一看，趙承衍屁顛顛地在追。兒子穿了身寶藍色的夾襖，頭上戴頂虎頭帽，因長得小，穿得多，跟球似的。

馮憐容正在後頭，嘴裡叫道：「跑慢點兒啊，小心摔了！」

趙佑樘看著就笑了，拿腳一擋，蹴鞠停住了，他彎腰撿起來看看。「比一般的蹴鞠小很多，什麼時候做的？」

「前幾日做的。」馮憐容看到他頗是驚喜，笑道。「有回黃益三拿了蹴鞠來，小羊很喜歡，結果太大了，他兩隻手抱不住，妾身就叫他們弄個小的，小羊可喜歡呢，光是玩這個就夠了。」

趙佑樘把蹴鞠往前一扔，果然見趙承衍格格笑著追過去了。

他看著看著就覺得不太對勁。這有點兒像小狗啊……

「妳飯吃了？」他在院子裡石凳上坐下。

馮憐容忙叫人拿個墊子來。「會冷的。」見他坐墊子上了，她才回道：「早吃了，今兒天好，才帶小羊出來玩。」

趙佑樘點點頭，看她一眼。「妳也坐。」

兩個人坐在一起看著趙承衍，間或說些家常。

過一會兒，趙佑樘道：「妳沒別的話跟朕說？」

馮憐容納悶。「剛才都說了。」

趙佑樘瞧瞧她，沒有再吭聲。

過幾日，趙佑楨啟程前往睢寧，而這時，華津府北方的外夷趁上回兩軍混戰，華津尚有動盪之時，大舉進攻，竟然一舉拿下了平城。

加急公文到達京城之時，趙佑樘大怒，當即就派遣大軍擊退外夷。誰料，因外夷此前準備充分，不只守住了平城，還把戰地往前推進了百里，直接威脅到占有重要位置的桐城。

為此，朝堂難免有些議論，甚至有流言出來，暗指趙佑樘削藩過度，導致被外夷窺得時機，侵占景國城池。

要說華津府附近的外夷，名為瓦勒，本是遊牧民族，此族天性勇猛，專喜掠奪，瓦勒一族曾近乎被滅絕，只是春風吹又生，經歷兩朝之後，瓦勒族又重新壯大起來，甚至合併了附近的幾個小族，時常騷擾邊境。這次大規模侵犯，必早先就有預謀，畢竟守衛城池的也是精兵。

趙佑樘幾番思量之後，決定御駕親征。

太皇太后嚇一跳，連忙阻止道：「皇上何必親征，不如請肅王前來？」

「不，以防萬一，肅王要鎮守鞏昌府。」趙佑樘道。「這次既是朕的疏忽，就該由朕來補救。」

太皇太后知道他是在說削藩的事情，微微嘆了口氣，時至今日，也無甚好說，削也削了，只是她到底還是擔心這個孫子。「皇上不怕出點意外？」

「朕自會注意。如果此行擊退不了瓦勒，別處外夷興許會跟風侵犯。」趙佑樘安撫太皇太后。「再如何，不過是個蠻族，朕有千軍萬馬，不足為懼。」

他一早也對那些外夷煩透了，此次定要讓瓦勒臣服，令他們永不敢踏入華津一步！

太皇太后見他心意已決，不再勸說。

太皇太后都勸不住，皇太后就不提了。

方嫣雖然對此不滿，也沒有多說，只讓趙佑樘一定要小心。「皇上，景國可不能少了皇上，皇上一定要平安歸來。」

「朕知曉，宮裡便交給妳了。」他握住方嫣的肩膀。「朝堂大事自有楊大人、李大人等，妳莫要為此擔心。」

方嫣看著他，眼睛一紅。

第二日，趙佑樘便調兵遣將，準備前往華津府。

得知皇帝要親征，軍隊士氣大漲，不過文武百官反應各不相同，卻也有許多反對的意見，畢竟打仗不是兒戲，哪裡能說去就去，萬一出點兒事，還能得了？

但他們爭歸爭，皇上已經下了決定，不能挽回。
消息傳到延祺宮，馮憐容也是吃了一驚，不過她算算時間，好像也差不多，當年趙佑樘便於此時親征瓦勒。只是，今日不同往日，那時候，她不得寵，平日裡別說相處，便是見一面都難，但現在他們感情很好，故而她有些不能接受。可一方面，她又相信他，他作了這個決定，自然是有把握贏得勝利。
即便這麼想，她晚上還是沒睡好，翻來覆去直到天亮才迷迷糊糊地打了個盹兒。
趙佑樘一應備好，明日便要出征。臨行時，又去了皇太后的景仁宮一趟。
馮憐容這邊聽到消息，難免著急，跟鍾嬤嬤道：「我是不是去看看？」
鍾嬤嬤道：「早該去了，娘娘，您可是貴妃，不是那等貴人，想見一見皇上有何不可？不用說還是這種大事兒。」
馮憐容一聽，收拾下，拿上一件月白色蟲草鏤空紋的紗衣就往外走，結果剛出殿門就遇到趙佑樘。
他穿著出行的武弁服，一身赤紅，腰懸長劍，英氣勃勃。
「去哪兒？」他見馮憐容出來，下意識就問。
馮憐容道：「想去見皇上您。」她從未看到過他如此打扮，一時有些發怔，拿眼睛直愣愣地瞧著他。
趙佑樘不由得笑道：「朕就那麼好看？」
「好看！」馮憐容笑起來，很自然地走過來，把身子貼在他懷裡。「皇上要去華津了？是來同妾身告別的？」

「嗯。」他輕撫她的頭髮。「朕不在宮裡，妳萬事小心些，兩個孩子都養好了。」

「妾身知道。」她手緊了緊，抱住他的腰，拿腦袋蹭了兩下，輕聲說道：「皇上一定會凱旋而歸的！」

見她雖然笑著，眼睛裡卻是漸漸起了水霧，知道她要哭了。趙佑樘嘆口氣，又把她的腦袋埋回去，柔聲道：「也不會太久。」

馮憐容在他懷裡抽噎起來，片刻，她在袖中掏一掏，摸出一樣東西道：「送給皇上的。」

趙佑樘接過來一看，是一張信箋，上頭字跡娟秀，寫著一行詩：「聞君明日要離別，猶記髮間梅花香。寒風夜冷難入夢，一縷相思幾時絕？」

這是她承諾過要寫給他的詩。趙佑樘拿著看了又看，起先還有點兒想笑，仔細一想，卻又覺得不易，畢竟她是第一次寫。

馮憐容不太好意思地道：「原本還想多花些時間琢磨，可皇上突然親征，妾身就想早點送給皇上。」

「挺好的。」趙佑樘道，尤其是第二句，令他想起那日給她親手插上的臘梅花。「朕會隨身帶著。」他小心疊好，塞進袖子。

馮憐容知道他要走了。她抬起頭來，凝視他的臉，好像要再看一看，認真地記著。

趙佑樘卻低下頭，吻在她的唇上。他的手也越摟越緊，把她用力箍在自己胸口，好一會兒，才放開她。

鍾嬤嬤跟俞氏帶著兩個孩兒，這時才上前。

趙佑樘又看看孩子，告別而去，離開延祺宮後，他走到乾清宮前，對嚴正道：「你留下來，夏伯玉那裡，朕已經吩咐過了，若有什麼事，及時告知皇太后。」

嚴正忙點頭。

「貴妃那兒，若是朕一個月還不曾回，你寫信告知朕。」他頓一頓。「或者請貴妃自個兒寫。」

嚴正心想，那必須得請馮貴妃寫。他又點頭。

趙佑樘想一想，沒有遺漏的事情，這才重新前往城門。

皇帝離開京城，去了華津，整個宮裡都好像冷清下來。

頭幾日，馮憐容都無精打采的，做什麼都提不起勁兒，鍾嬤嬤起先還當她生病了，請了金太醫來看——這金太醫乃原先的金大夫，馮憐容升了貴妃之後，他醫術也是突飛猛進，今年三月剛升任為太醫。

金太醫私下道：「病確實有，不過是心病。」

鍾嬤嬤明白了，這是思念皇上呢。可皇上遠在華津，不知何時能回來，這次又不像去山東，打仗可不一定，幾個月、半年都有可能。

鍾嬤嬤每日又開始默唸各路菩薩，希望皇上能早日回來。

不過時間久了，馮憐容又好一些。

眼瞅著過去一個月，嚴正這日連忙過來延祺宮，叫馮憐容寫信。

聽說是趙佑樘吩咐的，馮憐容自然一刻都不耽擱，讓珠蘭給她磨墨。

不過寫什麼好呢？她歪著腦袋，拿筆桿在書案上輕敲著，過一會兒，提筆開始寫信，嚴正在旁邊看著，只覺一會兒工夫，她就寫了五張信箋。過一會兒，又是五張，整整十張，這才交給嚴正。

嚴正心想，盡是些雞毛蒜皮的小事，也不知道皇上有沒有耐心看！但又一想，可能寫少了皇上還不高興，不然也不會點名讓她寫了。他拿好了，笑道：「奴才這就派人送到華津。」

馮憐容叫住他。「城池還沒奪回來嗎？」

「現在還沒，不過聽說瓦勒已經有撤退的跡象。」嚴正說著嘆口氣。「就是人死得挺多的，這瓦勒是真野蠻。」

瓦勒占了城池，又很凶殘，那城裡百姓……馮憐容都不忍心想下去，嘆了口氣。

趙承衍過來拉住她衣角問：「父皇怎麼還沒回來？父皇去幹什麼了？」

「你父皇去打仗了。」馮憐容摸摸他的腦袋。

「打仗是什麼？」趙承衍問。他是個喜歡發問的孩子，這一點在他漸漸長大後，更是明顯起來。

「打仗啊……」馮憐容低頭看看他手裡的蹴鞠。「這東西小羊很喜歡吧？若是有人要拿走再也不給你了，小羊會答應嗎？」

趙承衍眨巴著眼睛。「誰要拿？」

「比如母妃啊。」

趙承衍一聽，立刻就把蹴鞠給她了。「送給母妃。」

馮憐容笑起來，這孩子沒白養，看看多孝順。「那鍾嬤嬤要呢？」

「那就給嬤嬤啊。」

「那大黃呢？」

「也給啊。」

馮憐容問著問著無言了，這孩子原來是真心大方，誰要他都給，她頭疼了，只得道：「那有人要搶母妃呢？母妃被搶走了，就再也見不到小羊了。」

「啊！」趙承衍吃驚。「那不行。」

「那小羊是不是不准？」馮憐容道。「有人要搶，小羊不准，小羊就要跟他打起來了，這差不多就是打仗的意思。」

國與國的紛爭，她也不知道怎麼解釋，便先這麼說說。

趙承衍聽得似懂非懂，但也不繼續問了。

不過馮憐容有些在意他太過大方的事情，問道：「這蹴鞠是母妃送給你的，你怎麼能隨便給人？」

趙承衍笑道：「他們都對小羊很好的。」

「那小羊不認識的想要，小羊還給嗎？」

趙承衍搖搖頭。

馮憐容鬆了口氣，她可不想趙承衍做個敗家子，雖然他是皇子，將來定然是富貴非常，可也不能亂花錢的。不過這孩子當真心好，這麼點兒大就知道鍾嬤嬤、大黃對他好，他也要對他們好了。

鍾嬤嬤聽著自然高興，誰都希望主子是個善良的，這樣手底下的人日子也好過些。

一個月後，瓦勒戰敗，終於從華津撤退。

此時，意見出現分歧，有主張乘勝追擊的，有主張見好就收的，但趙佑樘此行親征並非只為收復平城，他想徹徹底底打敗瓦勒。

趙佑樘在短暫的思索之後，作出了決定。「全軍追擊，追到瓦勒的老家湖木哈去！」

「得塔木人頭者，賞金千兩！」

將士們高聲呼應。

趙佑樘又與四位將軍商議一番，把軍隊分成兩隊，一隊輕裝上陣，全速追擊，一隊擔負糧草，可稍許慢行。

整頓完，他即刻啟程，率領大軍渡過大河，穿越荒漠，死死咬著逃亡的塔木。

不過人終究還是要休息的，在歷經好幾日的連夜趕路之後，四位將軍勸道：「皇上稍許歇息會兒吧，不然兩軍對戰，將士們也都沒有力氣。」

趙佑樘便下令紮營，又派遣斥候密切注意塔木的動向。

營帳一會兒便搭好，連接幾天的追擊，將士們也確實勞累，留下站崗的士兵，其餘都去歇息。

趙佑樘步入了營帳，可不知為何，他竟然難以入睡。興許是他這輩子第一次親臨戰場，滿身熱血，興許是他覺得終於要把瓦勒徹底打敗了，興許是還有些擔憂，前途未測。

他仰面躺了一會兒，想到什麼，同唐季亮說了一聲，唐季亮連忙把一樣東西拿過來——那是馮憐容寫的信，他一直沒有空看。

唐季亮又給他點了燭火。趙佑樘半側著，一張一張看，時不時地笑了笑。

她寫得很瑣碎，連起來細細看時，就好像自己就在她身邊，對她前日、昨日、今日做了什麼，瞭若指掌。

那是她的風格，自從她好像知道自己嫌棄她寫的字少之後，每回她都這麼寫。

他看完，把信摺好再讓唐季亮收起來。這時，他心想，該給她怎麼寫回信呢？

又過一個多月，這都七月了，趙佑樘還是沒有回來，聽說他去追擊瓦勒了，雖然數次追上，可瓦勒的大汗塔木，運氣特別好，每次都能逃脫，據說這都追第三回了。

這事兒以前馮憐容並不是很清楚，這次聽嚴正說，見鍾嬤嬤又在求各路神仙，她說道：「一定要抓住塔木，抓到他，皇上自然就會回來。」

鍾嬤嬤一想，可不是，所以每日早上她都開始唸叨塔木。

這日，坤寧宮那邊派了知春來傳話。

「明兒三皇子週歲，得抓週了，還請娘娘早上抱過來，仍在壽康宮進行。」

馮憐容嘆口氣，上回趙承衍的抓週，趙佑樘是在的，這回卻不是。她把趙承謨抱過來，搖了搖道：「阿鯉，你要去抓週了呀。」

趙承謨看她一眼，眼睛跟塊黑寶石一樣，能映出她的臉蛋，他不笑也不動，只探究地看著馮憐容。

「這孩子。」馮憐容伸手揉揉他腦袋，對鍾嬤嬤道：「也不知道他是聰明，還是笨，現在是既不笑，也不哭。」

鍾嬤嬤笑道：「那麼小哪兒看得出來，不過三皇子老早就會喊人了，怎麼也不會笨的。」

「這倒是。」馮憐容伸手捏捏趙承謨的小臉。

趙承謨只歪了歪腦袋，也沒有不讓。

第二日，她給趙承謨穿上件雲紋大紅夾衣，這就抱去了壽康宮。

太皇太后最近比往常更是不露面，自從趙承煜被立為太子之後，又因懷王之死，她好像人也懶了，什麼都不管，這回還是皇太后說小孩子抓週熱鬧熱鬧，她才勉強出面。

不過見到趙承謨，太皇太后還是高興的。「都會喊什麼了？」

「差不多都會喊。」馮憐容笑道。「阿鯉，快叫曾祖母。」

趙承謨倒沒有立刻出聲，還過得一會兒才道：「曾祖母。」

三個孩子中，這是懂得叫人最早的。

太皇太后笑道：「是個聰明的孩兒，快，去抓兩樣自個兒喜歡的。」

馮憐容把他放在大案上，眾人都把視線集中在他的身上，結果趙承謨就是不抓，坐在大案中央，一動都不動。
方嫣看著嘴角微微一挑，嘴上卻道：「該不是餓了，想吃東西？」
馮憐容皺眉。「回娘娘，才餵飽出來的。」
「那倒是奇了。」方嫣笑道。「莫非這些他都不喜歡？」
太皇太后也奇怪，跟皇太后道：「怎麼就不動了？哀家一把年紀，見過的孩兒可多，要抓週時，哪個不喜歡到處摸摸。」
「是啊。」皇太后也道。
眾人等得一會兒，太皇太后越看越覺得不對勁，叫宮人上前看看，馮憐容也忙跟著去，結果兩人蹲下來，那宮人沒忍住，噗哧一聲笑，道：「回太皇太后娘娘，三皇子睡著了。」
「什麼？」太皇太后一聽，哈哈笑起來。「哎喲，這孩子，這都能睡著？馮貴妃，妳是沒讓他睡飽就抱出來了？」
馮憐容這會兒別提多憂鬱，她現在都懷疑是不是真如太皇太后說的，他原本還想睡，可自己抱他出來的。
「妾身……妾身也不記得了。」她低聲道。
太皇太后看她迷糊的樣子倒也不討厭，畢竟這做妃子，越是精明才越叫人提防，她聽那些宮人說，馮憐容有時候就是會犯傻，當下也不在意。「那就算了，其實抓不抓週也沒什麼，他既然想睡，妳趕緊抱回去，讓他好好睡一覺。」
方嫣在旁邊都忍不住想笑。這馮憐容兩個孩子，一個愛吃桃花、拿胭脂，一個什麼都不抓，果真是教養得好呢！

馮憐容答應一聲，抱起趙承謨告退後，在路上，就問鍾嬤嬤：「早上，明明是他自個兒醒的吧？」

鍾嬤嬤也被趙承謨弄得糊塗了，想了想道：「好像也不是？」

兩人大眼瞪小眼。

鍾嬤嬤道：「得，回去問奶娘去。」

兩人回到延祺宮，鍾嬤嬤立刻就把俞氏叫了來。

俞氏道：「醒了啊，不是還吃奶了？」又安撫她們兩個。「不過三皇子是比大皇子愛睡，大皇子那會兒愛在床上翻來滾去的，三皇子翻兩下就不愛動了，有時候就直接睡著了。」

「那也不能不抓週呀！」馮憐容恨得拿手指戳了戳趙承謨的腦袋。「下回你爹爹回來，我怎麼好交代？」

問起來說，什麼都沒抓，真是……馮憐容忽然覺得自己好失敗。

俞氏把趙承謨抱過來，放床上去睡。他倒是真睡著了，好一會兒都沒有醒。

這次抓週事件讓馮憐容又一次受到了打擊，這幾日，她就總盯著趙承謨，生怕這孩子哪裡有點兒不正常，結果也沒發現什麼，就是睡的時候不太挑時間。

到得八月，趙佑樘那邊總算有好消息，在歷經三次之後，他終於逮著塔木，砍了塔木的頭，但他最後還是沒有趕盡殺絕，只因湖木哈荒漠裡還有別的外夷，如若瓦勒全滅，別族勢必會獨大。

畢竟湖木哈荒漠太廣闊了，景國百姓又無人願去此處居住，那裡定會成就一方勢力，他重新在歸降的瓦勒裡立了新的大汗，令每年來景國朝貢，歸順景國。

唐季亮帶來這消息的時候，還給馮憐容送了兩盆東西。

馮憐容一開始只當是回信，結果竟然是用小木箱子裝來的。她叫黃益三、大李等人打開來一瞧，裡頭放著兩盆花。

這花長得很奇怪，葉子十分長，翠綠翠綠，有點兒像蘭花葉子，卻更加輕盈一些，至於花朵更是特別了，花瓣竟是淡綠色的，六片葉子尖尖的往外略張，淡黃色的花蕊毛茸茸的。就是因為獨特，讓人一眼看見就喜歡上了。

她低頭一嗅，微微的香，細細回味，卻像是帶著高山上冰冷的寒氣，這是她從未聞過的味道。

「這是什麼花？」她詢問。

唐季亮笑道：「奴才也不知道，皇上問過荒漠裡的人，好似這花兒也沒有什麼正式的名兒，皇上說回來再取一個。」

馮憐容的眼睛閃閃發亮。「皇上，什麼時候回來呀？」

哪怕是面對著唐季亮，她的聲音也是膩得發甜，只因她想到他，這甜蜜就從心裡湧出來一般，擋也擋不住。

唐季亮只覺自個兒皮膚上都起了細粟，面上一紅，不由自主退了一步道：「應是快了。」

馮憐容又問：「這花兒，皇上怎麼找來的？」

唐季亮有些猶豫，不知道要不要說。

那日追到塔木之後，徹底打贏了這場仗，眾將士立時紮營慶祝，皇上也很高興，喝了不少酒，晚上也不睡，忽然就說出去走走。他跟在皇上身後，就見皇上往山上爬，一邊爬一邊還說，好像白天瞧見的，怎麼晚上就沒了，結果皇上叫他弄個火把來，找啊找的，終於發現這花了，立刻弄下來，叫他負責裝好了送給馮憐容，並沒有叮囑別的。

唐季亮道：「奴才也不知。」

馮憐容倒也沒在意，反正等趙佑樘回來，她還可以問他的。她笑嘻嘻的叫黃益三把花匠找來，問清楚怎麼伺候好這花兒。

本想皇上送的，一定得養好了！結果宮裡的花匠也不認識，一問說是湖木哈的，花匠直搖頭。

馮憐容著急。「養不活？」

「難養。」花匠為難。「回娘娘，只能勉強一試，最近幾日千萬別澆水，有太陽出來，就給它曬著，沒太陽就搬回來，先看看。」

馮憐容連連點頭，當下就叫大李把花搬到外頭去曬。今日天氣特別好，暖洋洋的好像夏末，教人容易犯睏，只是快要到傍晚，也只能曬一會兒。

大李剛把花盆放下，抬頭就見小李領著一個人進來，他定睛一看，來人穿著寶藍色長袍，頭戴玉冠，唇紅齒白，就是身量還不太高，年紀尚小，不然定是個風流人物。

他忙上前行禮。「奴才見過四殿下。」

趙佑梧擺手叫他起來，直接就進去了。

趙承衍看到他，老遠就在喊四叔。馮憐容這會兒也在院子裡，沒想到趙佑梧會來，當下有些吃驚，牽著趙承衍過去行禮。

趙佑梧還是小孩子心性，擺擺手，轉身就從侍從袁三手裡取來一樣東西。這東西是個葫蘆樣子的瓶子，有半個手臂長，顏色粉綠粉綠的。

馮憐容還沒見過，好奇地問道：「這是什麼？」

「響葫蘆。」趙佑梧笑咪咪道。「送給我侄兒玩的。」

趙承衍好奇地過來，拿手摸摸。

趙佑梧示範給他看，拿嘴在上頭一吹，只聽這瓶子突然就發出「騰騰」的聲音，接著他力氣小點兒，那瓶子又發出「噗噗」的聲音。

趙承衍興奮地瞪大了眼睛，跳起來道：「我也要玩。」

趙佑梧看他喜歡，自個兒也很高興，叫袁三拿塊紗緞蓋在瓶口上道：「你得用這個，你還小不知道控制力氣，會把這東西弄壞，傷到嘴的。來，過來。」

趙承衍過去，把嘴壓在紗緞上吹，只聽那瓶子噗噗噗響個不停，他高興得格格直笑。

馮憐容道：「多謝四殿下送小羊這麼好玩的玩意兒，不過這是哪兒買的呀，妾身都沒見過呢。」

「是我小時候玩的。」趙佑梧說著，眸色暗了暗，當年皇上跟胡貴妃都很疼他，他年幼時，不知道有多少玩的，這不過是其中一個。

馮憐容觀他面色，見他是想到以前了，便忙不再提，只笑道：「瞧著像是琉璃做的，顏色這麼好看。」

「是琉璃。」趙佑梧道。「宮外有個琉璃坊，什麼都能做，這響葫蘆大概也是從裡面出來的。」

馮憐容點點頭，又拿手揉揉趙承衍的腦袋。「你四叔難得來一趟，你不能光顧著玩兒，先得謝謝你四叔。」

趙承衍抬起頭，想了想，忽然屁顛顛跑了，一會兒過來手裡捧個蹴鞠給趙佑梧。

趙佑梧哈哈笑了。「送我的？這是回禮？」

趙承衍點點頭。

收到這麼小的孩子回送的東西，還是自己的小侄兒，趙佑梧覺得挺有意思，立刻讓袁三收了。

馮憐容也很滿意，自家孩子真懂禮貌，這蹴鞠給趙佑梧其實沒什麼用，他那麼大了，哪裡會玩這個。

他上回還送了塊玉珮，可馮憐容想來想去，卻也不知道送什麼答謝他。

她除了日常得的分例，便只有趙佑樘送她的東西，那都是女人用的，而她回報的要麼是泡點酒，要麼是做些女紅，要麼就是好好伺候他，讓他高興，可要給趙佑梧送些自己親手做的，一來她拿不出手，二來也不適合。

「小羊，這響葫蘆你下回玩，先陪你四叔走走。」

既然趙佑梧喜歡趙承衍，就叫他好好陪著了。其實說陪著，還不如說是趙佑梧帶趙承衍玩呢。

兩個人一大一小的，嘰哩呱啦也不知道說了些什麼，在院子裡東走走、西走走的。趙承衍累了，趙佑梧又帶他回正殿。

馮憐容忽然想到。「四殿下今兒不聽課？」

「今兒難得休息。」趙佑梧笑笑。

「怪不得。」馮憐容又問：「三殿下去睢寧，可寫信給你了？」

「寫了，上個月才收到的。」趙佑梧眼裡閃著光。「哥哥說在那兒過得可開心呢，經常跟曹大人出去巡視，他自己也走了好幾個縣城，去看四處的江河，學到很多東西。還說睢寧的風景好，魚特別好吃。」

馮憐容聽得笑起來。「那三殿下去睢寧真是去對了。」

趙佑梧點點頭。「我以後也去。」

馮憐容納悶。「三殿下是因為喜歡水利才去的，四殿下莫非也想學？」

「這個……」趙佑梧撓撓頭，他還不知道自己的喜好。

「慢慢來，總有一日會發現想學什麼的。」馮憐容正在吃核桃，說著給趙佑梧幾個。

趙佑梧一看，都剝好了的，便拿了。

兩個人吃了一會兒核桃，就見天要暗了，鍾嬤嬤過來問晚膳的事情，馮憐容隨便點了幾樣，點了一半才想起趙佑梧還沒走。

「四殿下，要不今兒在這兒用膳？」她試探地問。

結果趙佑梧點頭。「好啊。」

馮憐容就有些發愣，不過也沒怎麼，只問他要吃什麼，趙佑梧也點了兩樣。

晚上當真就在這兒吃了。

趙承衍看到他一起用膳，特別高興，兩個人坐在一起，說說笑笑，馮憐容看著，雖然覺得奇怪，不過又有點兒欣慰。

第二十二章

再過十日，趙佑樘終於回京，剛到京城就升職了隨行四位將軍，此去的兵士們也都各有獎賞。

這時，方嫣、皇太后這會兒都在太皇太后的壽康宮，等著他來。

太皇太后一見到趙佑樘，笑道：「總算回了，可把咱們擔心的。皇上，以後切莫再輕易親征了，皇上的安危勝過一切。」

趙佑樘點點頭。「朕知道，皇祖母，教您擔心了。」又給皇太后、方嫣賠罪。

皇太后道：「我是無甚，到底母后年紀大了，不過皇上平安歸來，此事便不提了。」

幾人說一會兒，趙佑樘又看看趙承煜，這便先告辭回乾清宮。

趙佑樘一路往前走，結果遠遠就見宮門口立著一個人，那身影他太熟悉了，他的嘴角一下子揚了起來。沒想到不等他去，她自己來了。

馮憐容聽到聲音，也等不及，提起裙角就飛奔過來，可到他面前時，她又不太敢造次，直盯著他的臉叫道：「皇上。」

趙佑樘唔了一聲，也看著她。她仍是老樣子沒什麼變化，只是今兒顯然是打扮過了，描眉點唇，一樣不少，光豔照人。

見他一直不說話，馮憐容又道：「皇上。」聲音裡有些哭腔，有些期盼，有些欣喜。

他笑了，嘆一聲，伸手把她摟在懷裡，嘴裡卻輕斥道：「一點規矩都沒有。」

馮憐容當作沒聽見，知道他回來，她就急著想見他，一刻也耽擱不得，就來乾清宮。她的兩隻手緊緊抱著他，貪婪地呼吸著他的味道，鼻子忽然發酸，又恨不得在他懷裡好好哭一頓。

趙佑樘把頭低下來，在她髮頂親了親道：「想朕了？」

「想得不得了。」馮憐容拿頭蹭他。「作夢都在想，生怕皇上還不回來，妾身又要得病了。」

「嗯？」趙佑樘一怔。「怎麼？」

馮憐容輕聲道：「相思病，金太醫說的。」

趙佑樘噗地笑了，抬起她的臉道：「朕怎麼沒看出妳得這病了，看，養得多好，白白胖胖的。」

「誰說的，瘦了好些。」馮憐容道。「一開始，妾身都不想用膳，後來覺得萬一皇上回來了，妾身真瘦得病了，好像也對不起皇上，不得讓皇上心疼嘛，所以妾身又吃了，但還是瘦的。」

她挽起袖子給他看。她的手腕雪白纖細，在光下就跟細膩的白瓷一樣，趙佑樘伸手捏了捏。

「唔，好像是瘦一點了。」

「不過皇上也瘦了。」她伸手在他臉上摸了摸。「不過妾身怎麼覺著，皇上比以前好像更好看呢。」

他意氣風發，眉眼間神彩逼人，經歷過戰場殘酷的歷練，又與以前有些不同。

她專注地看著他，眼裡絲毫不掩飾對他的感情，趙佑樘的面色也越發溫柔，握住她的手拿下來，牽著去乾清宮裡，一邊道：「小羊跟阿鯉呢，妳沒帶來？」

「沒帶。」馮憐容道。「妾身知道不該來此，故而見到皇上就滿足了，反正皇上一會兒總會來看小羊跟阿鯉的。」她的手指在他掌心裡動了動。「妾身現在也該回去了。」

趙佑樘卻不捨得放。「來都來了，又何必回去？」

一路奔波，風塵僕僕，他原本回乾清宮也是打算沐浴。

馮憐容微微張嘴。「皇上要清洗呢？那妾身……」

那她待在這兒幹什麼？

趙佑樘看她迷糊不解的樣子，也不說，只等到宮人準備好了，拉著她就去了洗漱房，外頭的宮人、黃門都心知肚明，把門也關上了。

馮憐容瞪著眼前的大浴桶，臉騰地紅了。

她僵立著，趙佑樘卻自顧自地脫衣服，等到她回過神往他一看，臉更加紅了。

看她羞澀的樣子，他嘴角挑了挑，跨入浴桶道：「服侍朕洗浴。」

馮憐容的小心肝撲通撲通跳起來，過得片刻才道：「真……真要妾身來？」

「君無戲言。」他揚眉。

馮憐容往下看去，就看到他赤裸的胸膛。他不是那種文弱的人，因喜狩獵，自小就拉弓射箭，練習騎馬，故而他的身子很結實，馮憐容想到抱著他的感覺，心裡那種羞怯又沒了，笑著走過去。

趙佑樘身上很快就被弄濕，可不知為何，雖然她拿著汗巾，他卻好像能感覺到她修長的手指在自己身上到處遊走。這種感覺不是很好受，讓他渾身都熱起來。

此時卻聽她在耳邊道：「皇上趕路定是累了，妾身給你捏捏？」

趙佑樘好奇。「妳會？」

「跟鍾嬤嬤和珠蘭學了一點兒。」馮憐容心想一直都沒派上用場呢，這次正好試試，她挽一挽袖子，把手放在他肩膀上。

她的力道有些小，趙佑樘閉目感受了下，可是按的地方很準，很舒服，他笑起來。「還真會。」

「皇上覺得舒服？」她很高興。

「還不錯，就是妳力氣小了點兒。」

馮憐容一聽，連忙更加用力，趙佑樘倒真舒服了，好一會兒沒說話。

過一會兒，他才睜開眼睛，見馮憐容還在賣力按，問道：「不累？」

「不累。」她默默吐出一口氣。

趙佑樘回頭一看，嘴角抽了起來。這還叫不累？瞧這滿頭的大汗！

「真是笨蛋！」趙佑樘斥道。「朕不說停，妳就不停了？朕又不想妳的手斷掉！」

馮憐容訥訥道：「看皇上舒服得都要睡著了。」說話間，一滴汗珠從她額頭掉下來，啪嗒落在趙佑樘的肩膀上。

趙佑樘好氣又好笑，手一伸就把她給拽過來，在她髮間嗅了嗅。「一股汗臭，洗洗。」

他摟著她又一甩，馮憐容撲通一聲就摔在浴桶裡，跟落湯雞一樣。

趙佑樘哈哈笑起來。

馮憐容驚叫道：「我、我還穿著衣服呢。」

「那脫了就行了。」他看著她。

馮憐容耳朵都燒了起來。怎麼這樣，大白天的還要看著她脫衣服。

她不好意思，整個人縮成一團，往下一蹲，打算在水裡脫，結果下一刻她就跟坐到刺蝟身上般彈起來。

「你、你、你……」她臉頰赤紅地看著趙佑樘。

他剛才在水裡幹壞事啊！

趙佑樘又笑了，笑得很放肆，眼睛盯著她身體。「嗯，站著脫也好。」

馮憐容徹底無言了，結果仍是乖乖脫了。

趙佑樘瞧著瞧著，眼睛越來越亮，這笑容也越來越邪惡，最後自然還是馮憐容遭殃，宮人進去收拾殘局時，只見桶裡的水有一半潑灑在地。

馮憐容此刻被擦得乾乾淨淨，裹在趙佑樘的衣袍裡，待在裡間。

「去延祺宮拿身貴妃的衣裳來。」趙佑樘吩咐嚴正，他剛才用力過度，也累了，懶洋洋地半躺在榻上。

馮憐容坐在他旁邊，低著頭，等到嚴正走了，趙佑樘把她的臉抬起來看一看。「過兩天就好了。」

馮憐容氣道：「兩天才好不了呢，明兒就青紫青紫的了！」

剛才趙佑樘在桶裡玩得不盡興，還去桶外，不小心就讓她的嘴磕在桶上，那嘴唇立刻就腫起來。

趙佑樘咳嗽一聲道：「要不叫朱太醫給妳瞧瞧？」

馮憐容輕輕哼了哼，像這種傷至少得七、八天才消，她其實也不只為這個生氣，也氣他太凶殘了，她本來看看他就走的，結果弄成這樣，傳到外頭不知會變成什麼樣，而且她後日還要去給皇后請安。

看她不高興，趙佑樘知道這次是自己野蠻了點兒，哄她道：「怕什麼？就算妳這臉都腫了，朕也不嫌棄。」

馮憐容斜睨他一眼。「騙人。」

真腫了，他肯定就看不上自己了。

趙佑樘道：「要不把妳臉弄腫了試試？就知道朕騙不騙人了。」

馮憐容嚇得。「不要！」

「那妳信朕不？」

馮憐容忙道：「信。」

不信都不行啊！她發現他越來越喜歡欺負自己了，也不知道何時有這個毛病的？馮憐容瞅瞅他，明明前世做了皇帝，看起來那麼冷厲，竟然一點都不像了。

嚴正這會兒拿了衣服來，馮憐容穿上就回去了，趙佑樘忙給她叫了朱太醫。

朱太醫跟過去一看，暗道，就這點小傷也說得那麼嚴重？明明就是個搽搽藥膏的事情嘛！

朱太醫也是無語，留下一小瓶藥就走了。

趙佑樘睡了一會兒覺，一醒來便精神舒爽地去壽康宮用膳。

方嫣暗地裡看了他好幾眼，心裡是氣得癢癢的。那馮憐容不懂規矩去看他，他就可以順勢留她，白日宣淫了？不過她氣歸氣，到底還是沒說，畢竟他親征才回來，在那方面是飢渴了些，馮憐容正好撞上去，那要說起來，也是馮憐容不對。

太皇太后倒是有話跟趙佑樘說，特地留他下來。

「麗芳跟三個孩子，哀家見過了，哀家想問問皇上，到底如何安置他們？淑兒是女兒家，倒沒什麼，紹廷、紹顏可不小了，總得唸書吧，就一直住在那院子裡？」

雖然懷王造反是大罪，可他的骨肉，太皇太后還是不忍心這樣對待他們。

趙佑樘沈默了一會兒。「那依皇祖母的意思是？」

「倫兒既然葬在華津，不如就讓他們回去。」太皇太后道。「紹廷是嫡子，原本封個郡王也是應當，不過哀家知道你為難，便罷了。」

因為懷王的事情，趙佑樘對太皇太后也有愧疚，當下便道：「那便聽皇祖母的，雖然不封郡王，俸祿照樣給他。」

太皇太后頗是欣慰，點了點頭，她慢慢躺下來，同趙佑樘道：「哀家這幾日總是夢見你皇祖父，想想哀家這年紀也差不多了。」

趙佑樘眼睛一紅。「皇祖母您千萬別這麼說，您的身體一定會大好的。」

太皇太后擺擺手。「哀家現在也沒什麼好擔憂的，就是去見你皇祖父，哀家也不怕。」她朝他笑了笑。「佑樘，雖然你也讓哀家傷過心，可你將來必是個好皇帝，哀家也不怕景國會有什麼。」

趙佑樘不知道說什麼好，輕輕握住太皇太后的手，過好一會兒，他才離開。

太皇太后正要合眼歇息時，景華道：「陳貴人求見。」

太皇太后怔了怔，片刻之後嘆口氣道：「又有何好說的，妳把那長案上一盒珍珠拿給她吧。」

景華取了，拿去給陳素華。

陳素華面色一變。「太皇太后娘娘不肯見妾身？」

「已經睡了，太皇太后娘娘身體不太好。」

陳素華接了珍珠，暗地冷笑幾聲，也不多說一句轉身就走了。

等她回到屋裡，把盒子打開來瞧了瞧，見裡頭珍珠都是上好的貨色，顏色各異。只是再好又有什麼用？

陳素華狠狠把盒子一摔，兩個宮人趕緊攔住，才沒有讓珍珠滾下去。

「主子又何必如此？這些珍珠也算值錢呢，可見太皇太后娘娘還是看重主子的。」

陳素華好笑，看重如何不見？說起來，她也真是倒楣，原本以為入宮了，憑藉太皇太后，不說做貴妃，將來做個妃子定是穩穩的，總好過嫁給那姓林的混帳。若非親姊那段時間病得嚴重，她哪能得到入宮的機會，誰想到宮裡形勢竟如此不利！

太皇太后自從懷王去世後，竟然沒心思理事，根本也不管她。別說妃子，現在就是要被臨幸都很難！

陳素華在這待了一年多，總算明白了，什麼都得靠她自己，要不，她就等著跟那些先帝的妃嬪一樣老死宮中好了。

這日，趙佑樘早朝回來就去延祺宮看兩個兒子。

結果一見到馮憐容，她嘴唇果然紫了，好像吃完桑葚沒有擦乾淨一樣，他看了就想笑，但因是自己一手造成的，又忍住了，摸摸她腦袋道：「也不醜，過兩日就好了。」

馮憐容在此前都已經照了一會兒鏡子，怎麼看怎麼醜，輕哼一聲道：「皇上還不是嫌棄，不然……」

趙佑樘挑眉。「不然？一早就跟朕使性子！」他想了想，低頭在她嘴唇上琢了琢。

「剛才路上想到一件事，阿鯉上回抓週，抓到什麼了？」他算算時間，正好錯過三兒子抓週，剛到門口就想著這個。

馮憐容不知道怎麼說，手指放在嘴邊咬了咬。

「怎麼？」看她這樣子，趙佑樘猜測。「莫非又抓了胭脂？」

「也不是。」馮憐容頭更低了，聲音好像蚊蠅一樣。「什麼都沒抓，睡著了。」

「睡著？」趙佑樘呆了一會兒，忽然哈哈大笑起來，命俞氏過來，從她手裡抱過趙承謨，捏捏小臉蛋道：「你挺有意思啊，居然會睡著，怎麼想的？」

他越說越覺得好玩，又笑了一會兒，只可惜自己不在。

馮憐容看著他，莫名其妙的，怎麼不抓東西，他那麼高興呢？

趙承衍這會兒也撲上來，一迭聲地喊著父皇。

趙佑樘把他抱起來，一手抱一個。「小羊也長大了。可曾想父皇？」

「想，天天想！」趙承衍小臉湊上去，在趙佑樘臉上蹭了蹭。「父皇還去……去打仗嗎？」

趙佑樘看看馮憐容。「妳說的？」

「嗯，妾身也沒想到他一下就記住了。」

「父皇不去了，以後都陪小羊。」

趙承衍高興地格格直笑，又拉著他的袖子，要給他看趙佑梧送的響葫蘆。

趙佑樘還吹了吹，逗完兩孩子，他才又跟馮憐容說話。

「那兩盆花現在好好的，花匠說了不要澆水，光給它們曬太陽，好像挺有用的，前兒冒出了兩片小葉子。」

趙佑樘點點頭。「這就好了。」

「皇上哪兒找來的？這花的顏色真奇怪，花匠都不知道是什麼花。」她好奇。

要說怎麼找來的，當然是他看到且親手挖來的，當時回到營帳時，滿身滿手的泥，趙佑樘現在想想，有些好笑，可能那會兒是醉了。

「這花長在湖木哈的山上，有回朕上去觀察地形發現的，也不知叫什麼名兒。」他頓了頓，看著馮憐容。「就叫憐容吧。」

「憐容花？妾身的名字？」馮憐容湊過來。「真這麼叫？」

「就這麼叫，下回養好了，在園子裡種上一大片。」他笑笑，應該挺好看的。

馮憐容腦袋發暈，抱住他胳膊道：「不知道為什麼突然有點透不過氣。」

他笑了，把她抱在懷裡。

馮憐容靜了一會兒問：「湖木哈什麼樣的？皇上打瓦勒時一直在哪兒嗎？」

「待了兩個月。」趙佑樘語調有些悠遠。「湖木哈很大，有沙漠，有草原，也有很大的湖泊，但是風很大。在那兒，覺得很空曠，也會讓你忘掉很多事。」

那天夜晚，他就這樣躺在地上，看見漫天的星星，不知怎麼就想到日蝕，人在天地之間，顯得特別渺小。

馮憐容靜靜聽著，完了嘆了一聲。「真想跟皇上一起去。」

「打仗也不怕？」他問。

「不怕。」她手環著他的腰。「只要皇上在身邊就行了。」

真要打仗，真有危險，她跟他一起死也沒什麼。

她雖然沒有說出來，可是趙佑樘能感覺到她的意思，一時也不知說什麼，只把她擁得更緊一些。

第二日，馮憐容去坤寧宮請安，鼻子以下蒙了層面紗，進去時，引得貴人們紛紛猜測。方嫣見到，也有些奇怪，問道：「怎麼回事？可是哪兒不舒服？」

她聽說那日之後，朱太醫去了馮憐容那兒，但只是小事，沒想到今日在臉上罩了這個。

馮憐容頗為尷尬，小聲道：「摔著撞傷了。」

方嫣一聽，抿了抿嘴。她真不想細想，生怕自己又要惱火，便不談這個。「太皇太后近日頗有精神，過幾日在園中設螃蟹宴，屆時妳們準時前來。」又點了幾個貴人助興。

馮憐容正在想去年的中秋節，她那會兒正在坐月子，沒想到一年就過去了，耳邊忽然就聽方嫣問：「不知馮貴妃有何可助興？貴妃出自官宦之家，想來也是琴棋書畫，多有精通吧？」

眾人的目光又集中到她身上。馮憐容知道方嫣是想取笑她，說起來，她確實沒什麼拿得出手的，從小家裡就窮，父親正直，光拿些俸祿，將就只夠用於全家吃喝，哥哥還要唸書，哪裡再有閒錢請人教她這些。且她平日裡也不敢打擾哥哥看書，只學些識文斷字。

可馮憐容並不覺得羞愧，不疾不徐道：「妾身父親生於寒門，克己奉公，母親亦出自貧寒之家，故而妾身幼時並無機會學得這些，還請皇后娘娘諒解。」

眾人都露出驚訝之色。

方嫣原本是想藉此諷刺，可馮憐容這番話說出來，不卑不亢，她竟不知道怎麼說了，難道還能嘲笑官員之家貧窮？可越是窮，兩袖清風，越是說明他這官不貪。

方嫣只得笑笑。「此事何須道歉，貴妃當以妳父親為榮。」

話說到這兒便不提了，今日也到此為止，眾人紛紛起身告退。

螃蟹宴，確實是太皇太后一時興起所辦。她最近身體有所好轉，想著自己這年紀也未必有幾年好活，臨近中秋，打算慶賀慶賀，還叫宮中樂人排了嫦娥奔月的戲曲。

御膳房自是一番忙碌，除了要處理螃蟹，別的吃食、瓜果都不能少，因螃蟹寒涼，還備了半甜黃酒。

太皇太后此時正要出來，皇太后親手給她披上披風，一邊說道：「到底是晚上，有點兒風，母后真要去？」

「去啊，怎麼不去？都說好了的。」太皇太后笑笑。「原先我年輕時，哪一年中秋不出來賞月，叫著眾人高興一下？最近也常想起以前了。」

她說著朝皇太后看看。「不過妳啊，妳才幾歲呢，也學我老人家成天不出來，以後等妳腿腳不方便了，想走還走不動。」

皇太后笑道：「兒媳木訥，向來喜歡清靜。」

太皇太后拍拍她的手。「也莫要太過了，嫣兒年輕，其實宮裡事務都交給她處理，哀家尚有些不放心，妳以後多看顧些。妳的那幾個孫兒，也要妳看著長大了才好，哀家到底是有心無力了。」

皇太后聽著未免心酸，往常這宮裡都靠她，如今是不一樣了，她點點頭。「兒媳知道。」

等她們到園子裡時，眾人都到了。

趙佑樘也在等候，見太皇太后過來，親自迎上去。

太皇太后四處看一眼，只見宴席已經設下，園子裡滿當當的人，三個曾孫也在，都會喊曾祖母了。她緩緩入座，恍惚間就似真的看到以前。回首一生，她總是得到的比失去的多，可多數時候並不開懷，但不管如何，她對得起丈夫，也對得起自己，至於三個兒子，她也已經盡力，問心無愧。

太皇太后吩咐眾人落座，樂人開演。

馮憐容此時正坐於趙佑樘的左下側，方嫣坐在他右側，其他一些妃嬪、貴人坐成兩排，各自有自己的案几。

眾人一時邊看戲曲，邊吃螃蟹。

馮憐容見趙承衍吃了好多，珠蘭都不肯給他了，就拿手巾出來給他擦擦嘴。「這東西不能多吃，多吃了肚子痛。」

「啊。」趙承衍驚訝。「可現在肚子好好的。」

「等會兒就不好了，你這個蟹蓋吃完就行了，別貪吃。」馮憐容叮囑。

趙承衍很聽話，即便還饞，但母妃說了就能忍住。至於趙承謨，馮憐容給他吃了兩小口，這孩子從不鬧騰的，現在坐在她懷裡，只是瞧著樂人，眼睛眨巴眨巴的。

馮憐容顧好兩個孩子，自個兒才開始吃，吃得一會兒抬頭瞅趙佑樘兩眼，見他並不在看戲曲，有點兒心不在焉，可能在想朝堂上的事情。

她隔一會兒偷覷幾眼，就被趙佑樘抓個正著，兩人目光對上，馮憐容臉忽然有點紅，好像偷偷喜歡一個人，被那人知道自己在偷看他，不免露出害羞之色。

趙佑樘感到好笑。她明明都生了兩個孩子了，幹什麼呢？不過他也歡喜，對她微微一笑。

馮憐容的心跳快了兩下，片刻之後笑起來，拿著桌上的蟹蓋輕揮，示意他也吃，別再發呆了。

趙佑樘下意識嗯了一聲。

方嫣發現他們眉目傳情，微微抿了抿唇，對趙佑樘道：「妾身也知皇上喜愛馮貴妃，只這喜愛又能多久？皇上現越是寵著貴妃，將來皇上再臨幸旁人，貴妃豈不是越加傷心？」

趙佑樘一怔。

「妾身現已是皇后，也無須與她計較，只是看皇上如此，不只替眾貴人覺得不公，便是對馮貴妃也頗擔心，畢竟皇上，您是皇上啊！」

想要一生一世一雙人，不是作夢？她當年還未嫁入宮中便已明白，如今馮憐容又憑什麼？

方嫣又道：「還請皇上三思。」

趙佑樘尋常只把她的話當耳邊風，吹過便罷了，但今日，這番話卻叫他心有觸動。「朕明白妳的苦心。」

方嫣微微一笑。

這會兒太皇太后也乏了，起身離席，趙佑樘要去送，太皇太后擺擺手沒有讓，只讓皇太后一起走了。

見狀，方嫣也回坤寧宮。

蘇琴原本也要離開，陳素華一把拉住她，在她耳邊道：「妳莫走，走了，以後還有何盼頭了？」

她記得趙佑樘當時第一眼看到蘇琴的眼神，如果自己真的不想在宮中老死，就得好好利用她，打破現在馮憐容一人獨寵的局勢。

蘇琴沒反應過來，就被拉走了。

趙佑樘正跟馮憐容在說月餅的事情，問她還想不想吃桂花月餅？想吃的話，便叫御廚到時候多做幾個。

二人正說著，陳素華與蘇琴過來，馮憐容見到後者，身子不由立得更直一些，趙佑樘原本神情溫柔，也收斂了。

陳素華行禮笑道：「見過皇上、娘娘，妾身與琴妹妹是來告辭的，中秋夜，祝皇上、娘娘安康如意。」

她說完便要告退。可站直時，腳好像一崴，整個人向左倒去，蘇琴嚇一跳，連忙去扶，陳素華乘機伸手用力推她。

那角度十分之準，蘇琴不察，踉蹌著往前幾步。

趙佑樘原本就在前頭，眼見蘇琴撞過來，下意識就伸手去扶。他的手落在她肩膀上，她藉著這力道沒有摔倒，只身子軟綿綿的，全靠他扶著才沒有滑落，她抬起眼，正對上趙佑樘的目光。

她的臉騰地紅了，可是又有一些驚慌，輕聲說道：「皇上，妾身失禮。」

夜色下，她年輕的臉清麗無雙，一雙眸子跟湖水般清澈，趙佑樘心頭一跳，連忙放開了手。

下一刻，他好像想起什麼，往馮憐容看去。

馮憐容很安靜，眸色靜靜的，並沒有悲喜，像是沒看到這事一般。

陳素華跪下告罪，驚得臉色慘白。

趙佑樘這會兒沒有心思責罰她，叫她退下。

陳素華暗地裡笑了笑，忙拉著蘇琴走了。

等到兩人走遠，趙佑樘才道：「朕送妳回去。」

馮憐容點點頭。兩個人沈默地往前走著，趙承衍好像也感覺到什麼，小腦袋兩處看看不敢出聲。

馮憐容雖然心有不快，可她知道自己是因為愛著趙佑樘才會如此，她並不想生他的氣，當下笑道：「剛才說到月餅，妾身想到一種，放了火腿的，也很好吃。」

趙佑樘側頭看她一眼。她的笑容有點兒慘不忍睹，可是並沒有像上回那樣不理他。然而，不知為何，他心裡卻不舒服。

那種感覺十分詭異，詭異到，饒是他聰明絕頂，也不明白。捫心自問，他第一眼看到蘇貴人時，便有些好感，就跟當年看到馮憐容一樣，可當年，他可以毫不猶豫地臨幸馮憐容，那今日的蘇貴人呢？他不過扶了她一下，怎麼自己就忍不住要去看馮憐容的臉色？

趙佑樘忽然惱怒起來，轉身走了。

馮憐容吃驚，在他身後道：「皇上……」

趙佑樘沒有理她，走得更快，只眨眼工夫，就融入夜色裡，再也看不見他的身影。

馮憐容默默地轉過頭，暗自回想了一下，自己好像也沒有做錯，就算當時她看到他扶了蘇琴，有些不高興，可她也盡力沒有表現出來。

畢竟他是皇帝啊，她能要求他什麼？而且她也主動說話了，還給他介紹月餅吃，怎麼他就生氣了？難道哪裡疏漏了？

馮憐容一頭霧水地回去延祺宮。

且說趙佑樘大踏步地來到乾清宮的書房，心裡還是很悶，說不出的古怪。

見嚴正縮著脖子躲在後面，他手指勾勾，叫他上前。

嚴正腦門上開始冒汗。剛才明顯皇上在跟馮貴妃鬧情緒啊，自己又要遭殃了！

趙佑樘叫他關上門，這才問道：「你說朕能召蘇貴人侍寢嗎？」

嚴正傻了，這是什麼問題？

「奴才耳朵，沒有聾吧？」嚴正嚇得跪在地上，不然就是皇上傻了，他要誰侍寢，關他什麼事啊！

趙佑樘大怒。「聾什麼，就是問你這個！」

嚴正只得硬著頭皮道：「皇上想、想的話，就召唄。」

「如此簡單？」

「皇上是皇上，全天下的女人只要看上的，要哪個不行？」嚴正奇怪，皇上肯定是氣糊塗了。

是啊，他要誰不行，可如今不過是扶一下，他都為難。趙佑樘嘆口氣，身子往後微微一仰，一抬頭就看到馮憐容的字正在橫樑上貼著。她真是無處不在。

這個問題糾纏了趙佑樘好一陣子。

這日早朝回來，嚴正過來道：「皇上，聽說馮孟安的妻子生下孩兒了，是個兒子。」

他原本不敢這麼說，可趙佑樘最近心情一直不好，明明想去看馮貴妃，卻又不去，正好現在有椿大喜事，給他臺階下。

趙佑樘一聽，斜睨他一眼。他要去看馮憐容，還需要藉口？光兩個兒子，他想看就去看！

他哼了一聲，嚴正心裡一抖，本來當還是不去，結果卻見方向正是延祺宮。

此時的馮憐容也在猶豫，要是往常，他怕都來了兩、三回，可現在一次沒來，她還想要不要寫封信，金桂卻滿臉笑容地在外頭道：「皇上來了。」

她連忙站起來，到處摸摸，見沒有不好的，才出去。

趙承衍當先就撲到父親懷裡，趙佑樘笑道：「又長高了，真是幾天不見就變個樣。」說著看向馮憐容。

馮憐容沒有走那麼近，她只立在門口，嘴角微微彎著，只等到他毫不猶豫的走過來，她才上前行禮。

趙佑樘盯著她，過一會兒道：「怎麼沒使人來？」

馮憐容一怔。「來做什麼？」

「妳不想見朕？」他質問。

馮憐容委屈。「不是皇上不想見妾身嗎？那天……」

「那天？」

「那天皇上生氣走了，妾身也不知道哪兒錯。」馮憐容垂頭扭著手指。「想了好幾日也沒想出來。」

趙佑樘垂下眼眸。「妳自是不知。」

「皇上不告訴妾身？」馮憐容忙問。

趙佑樘沒回答，進去後道：「妳大嫂生了個兒子。」

「真的？」馮憐容一下又高興起來，拉著他袖子問。「幾斤重的，現在好嗎？大嫂生了孩子，身體怎麼樣？」

「朕怎麼知道這些。」

馮憐容垂頭喪氣，要是她在家就好了，說起來，大嫂長什麼樣她都沒看到，但想著又很歡喜，現在爹、娘、哥哥肯定高興壞了。

這是馮家的長子呢，以後家裡就會慢慢熱鬧起來。

趙佑樘看她傻樂，坐下來道：「妳那金鎖呢，朕讓人給妳送去。」

馮憐容忙叫寶蘭拿來，趙佑樘讓嚴正收了。

馮憐容心有不甘，大著膽子道：「皇上，能否讓妾身寫封信回去呀，再……再讓他們回信過來。」她搖一搖袖子。「就這一次。」

趙佑樘想了想。「寫吧。」

馮憐容趕緊讓珠蘭磨墨，她挽起袖子寫信，趙佑樘站在旁邊看。她一邊寫一邊笑，左邊臉上的梨渦一現一隱的，好像這是多麼歡快的事情。

趙佑樘心想，他大概最喜歡的便是這樣的她，像是無憂無慮，什麼都不管地那麼愛著自己。

可是，事實上，並不是這樣，她的傷心都藏著。

他這幾日想到好些事情，譬若：她那次突然病倒；去年中秋晚上見到他時的神情；那天知道他隱瞞狐裘的生氣……他終於明白她的心思。

雖然她一句都沒有提過，然而他卻在乎，就這樣一天天他好像被她束縛起來，故而他只是扶一下蘇貴人，他也怕她傷心，第一時間就想看看她的反應。

他是生氣這個，氣著自己，又氣馮憐容真會為此難過。

正想著，就見馮憐容筆一收，笑道：「寫好了。寶蘭，再把我那印章拿來。」

聽到印章，趙佑樘好奇問：「妳還有印章？」

「是啊，哥哥刻給我的。妾身第一回生孩子時，隨著信一起拿回來的。」馮憐容得意地給他看，指指側面。「看，上頭有大魚、小魚呢，大魚是哥哥，往常也不捨得用。」

趙佑樘看看，刻得還可以，但是玉質太差了，他問道：「不過印章素來只用於字畫上，妳這用了幹什麼？」

他低頭看信箋，結果看到信箋上不只有她寫的字，在底下還畫了一幅圖，一隻小羊跟一條鯉魚，還有條小魚，三個很歡快地在玩，一個個都怪模怪樣的，他噗哧就笑了，可笑著笑著，臉又陰了，點一點上頭。「妳不覺得少了什麼？」

「什麼？」馮憐容一頭霧水。

看她完全想不起來，他大怒。「就你們三個？朕呢？」

馮憐容嚇一跳，印章都掉在桌上。

「皇上……皇上也想畫進去？」她眨巴著眼睛，她本來也是一時興起，給家人看著好玩的，可畫他，怎麼畫啊？

趙佑樘道：「添進去。」

馮憐容為難。「妾身怕畫不好。」

可一看趙佑樘的臉色，她也不敢不畫，只得磨磨蹭蹭的拿起筆，先小心地畫了個蛋。

趙佑樘嘴角抽了抽。

她想著，這蛋確實也奇怪，就又給它添了手腳，腰間還懸把寶劍，再披個披風，立時就增了幾分英武。

趙佑樘嘴角微微翹起，拿起信箋點點頭道：「就這樣吧，來蓋妳的印章。」

馮憐容把印章在紅泥上按了按，「啪」一聲就在畫下方蓋印。

趙佑樘笑笑。「字確實刻得不錯，挺好看的。」

馮憐容蓋完章了，側眸看到他拿著信箋的手，調皮之心頓起，一下又把印章按在他手上。她的名字立刻紅豔豔的印於手背。

趙佑樘正在發怔間，耳邊就聽到她樂不可支的聲音。「這畫按了印章便是我的，皇上也是我的。」

趙佑樘抬起頭來，看到她笑得極其燦爛的臉，一時只覺四周好似都安靜下來，唯獨只聽到他自己的心跳聲。這一刻，她好似比世上任何東西都要來得耀眼。

見他那樣看著自己，馮憐容有些奇怪，只當他生氣，連忙拿起綢巾道：「妾身把它擦了。」

趙佑樘一拂袖。「不用。」

他站起來跟嚴正道：「你收一下。」說完就走了。

第二十三章

回到乾清宮，趙佑樘坐了好一會兒才開始批閱奏疏。

那印章一直都沒有擦掉，嚴正立在旁邊，竟然發現他在批字的時候出錯了，塗改了好幾回，這是從未發生過的。

趙佑樘批了一會兒，總算慢慢安靜了，這些天想的事情也越來越清晰。其實就算他臨幸了蘇琴又如何，他心裡永遠也放不下她，那麼既然自己在乎她，又何必要讓她傷心？她傷心，他也不好受，兩敗俱傷。

趙佑樘突然又站起來，嚴正趕緊跟上，結果就見他還拿了桌上的玉璽，再次去延祺宮。

馮憐容這會兒正在曬太陽，見到他又來了，她也滿心納悶，站起來道：「皇上……」

趙佑樘拉著她的手就往裡走，一邊道：「把紅泥拿出來。」

鍾嬤嬤不知道他要幹什麼，但看著架勢有點兒不正常，她連忙叫珠蘭去拿，一邊緊緊跟在後面。

待珠蘭把紅泥放在桌上，趙佑樘對馮憐容道：「手伸出來。」

馮憐容猶豫地伸了，然後看到他拿了個通體淡黃的玉璽沾了紅泥，按在了她的手背上。

那玉璽好大，在她手背上只按了半邊。

「另外一隻手。」趙佑樘道。

馮憐容又伸出來，他也給她按了玉璽，一隻一半，合在一起便是完整。

「整個天下，能讓朕在手上按玉璽的，只有妳了。」

天下美人何其多，但馮憐容也只有妳一個。

馮憐容卻嚇傻了。他這麼嚴肅，該不會是為報復她之前在他手上蓋印章，以後不准她洗掉吧？

趙佑樘低頭就看到她驚慌的表情，挑眉問：「不喜歡？」

馮憐容心道，雖然是玉璽，可這字蓋在手上好醜，怎麼喜歡啊！可她不敢說，誰叫她剛才也給他蓋了一個。

「喜歡是喜歡，瞧著也挺……」她把手併在一起看看，點點頭。「挺威風的。」

誇得十分勉強，趙佑樘氣得要揪她耳朵，他覺得被她戳個印很有意思，怎麼到她這兒，好像就被嫌棄了。

他把玉璽遞給嚴正收起來。「既然喜歡就留著。」

「留著？」馮憐容忙道。「怎麼留，不、不准洗？」

果然自己的預感是正確的！

「不是喜歡嗎？自然就留著了，每天拿出來看看多好。」趙佑樘摸摸她的頭。「旁的人想要，還沒有。」

鍾嬤嬤在旁邊心想，奴婢肯定不想要。

馮憐容也不想要，她感覺自己搬石頭砸在自己腳上了，剛才好好的，幹什麼要給他按那個印章！她輕聲道：「可每天都要洗手呢。」

「那就不要洗了。」

「髒了呢？」

「妳又不用做這做那的，髒什麼？」

趙佑樘看她煩惱的樣子又想笑，誰叫她那麼傻，一點兒不知道他的心意，不過算了，也無須她知道，她就這樣挺好的。

馮憐容也沒辦法，聖旨一下，別說蓋在手上，就算蓋在臉蛋上，她也得受著。

這會兒去馮家的唐季亮回了，跑得滿頭大汗，因今兒不是休沐日，一封信送到馮家，還得去衙門找馮澄跟馮孟安，兩個人都看過了，由馮孟安負責寫回信，所以這一趟是花費了不少工夫。

趙佑樘賞了他，把信給馮憐容看。

馮憐容一邊看一邊給趙佑樘說：「原來孩子生下都有十來天了，現在有八斤重。啊，真是胖啊！比小羊跟阿鯉都胖。大嫂身子也挺好的，還在坐月子，現在院子挺大的，哥哥謝我呢，說手頭也不拮据了，家裡新買了兩個奴婢，娘也不用那麼累，叫妾身不用擔心。」

她翻到下一頁信箋，只看一眼就哈哈大笑起來。

趙佑樘湊過去一看，眼角直抽。果然是一家人，這馮孟安居然也畫了幅圖來，圖上有一個大元字，一條大魚，還有隻小兔子，遠一點是一對鳥，仔細看看，好像是鴛鴦。

趙佑樘無話可說，這兄妹二人之間的溝通真是非同尋常。

馮憐容笑道：「原來我這外甥的乳名叫阿元。」

她又翻到第三頁，這回不是信箋了，是一張宣紙，上頭畫了個人，雖然是草草幾筆，卻叫人一看就很清楚。

「這是我大嫂。我在信裡問了，哥哥就畫給我看呢，看來大嫂是個美人兒，哥哥想必很疼她。」馮憐容看完，把信疊好，放回信封裡，一臉心滿意足，又把手主動伸上去握住趙佑樘的。「謝謝皇上，妾身現在總算放心了。」

趙佑樘道：「妳從來就光知道說。」

「那皇上要妾身怎麼答謝？」她很真誠地詢問。

趙佑樘手指摩挲了兩下她的掌心，像是在思考，過一會兒便叫所有宮人退下，說道：「給朕掏耳朵。」

「啊？」馮憐容一怔。「可上回皇上不要啊。」

「朕這回想要，不行？」趙佑樘瞪她一眼。「話這麼多，一會兒天都黑了！」

馮憐容往外一看，果然天邊一片紅霞，太陽只像個小小的鹹蛋黃。

「哦，那妾身給你挖。」

她正要去喊寶蘭拿銀耳勺時，趙佑樘拉住她。「自己找，別叫她們來。」

馮憐容愣了，盯著趙佑樘看了看，忽然噗哧一聲笑了。

「笑什麼？」趙佑樘斥道。「還不快些！」

馮憐容暗地裡又笑了幾聲，才去找挖耳勺，並搬來一張小杌子叫他坐。「皇上太高了，妾身看不見。」

趙佑樘就坐到小杌子上去。

「腦袋往左歪。」她坐在後面的高凳子上。

趙佑樘聽話地往外歪了歪。

「再歪一點。」馮憐容又道。

趙佑樘還是聽從。

馮憐容看他那麼聽話，咳嗽一聲道：「妾身看光的方向不太對，還是往右歪吧。」

趙佑樘騰的一聲站起來，臉色跟下雨天一樣，一把揪住她的手腕。「別逼朕把妳辦了！就在這兒，妳信不信？」

馮憐容嚇得花容失色，忙道：「不敢了。」

趙佑樘哼一聲又坐下來。

這回馮憐容老實給他掏了，這種感覺十分陌生，趙佑樘有些不習慣，身子微微挪了挪。

馮憐容忙道：「疼了？」

「沒有。」他又坐直。

馮憐容道：「皇上不要怕，妾身會很輕的，就像給小羊掏一樣。」

「朕會怕這個？」他心裡卻很高興，他見過她給兒子挖耳朵的，要多溫柔有多溫柔。

馮憐容給他挖了一會兒，他漸漸就適應了，覺得越來越舒服，難怪自己一直忘不了她那天挖耳朵的事情，看趙承衍跟趙佑梧的表情，就知道不是件壞事兒。

因她挖得很小心，花費的時間著實不短，趙佑樘都差點睡著了。

晚上他又留下用膳，要不是今兒的奏疏還沒批完，定然就不走了。

馮憐容跟著他到門口，伸手給他看。「皇……上，真不能洗？」

趙佑樘很堅決。「留著。」

他憋著笑離開了延祺宮。

馮憐容無精打采地回去，越看這手越頭疼，要是不洗掉，指不定上頭的紅泥會把被子都弄髒呢！

「嬤嬤，妳給我擦了。」她想想，把手伸到鍾嬤嬤面前。

鍾嬤嬤心道，她還不想死。

「娘娘就留著吧，這可是皇上親手蓋上的，這是多大的殊榮啊，可不能擦了。」鍾嬤嬤安慰道。「興許過幾日，自個兒就沒了。」

馮憐容皺眉。「這麼多，怎麼會沒了？還是嬤嬤擦掉好了，難道皇上還會怪責嬤嬤啊？到時候我就說是嬤嬤不小心擦掉的。」

鍾嬤嬤咳嗽一聲。「娘娘，奴婢這還忙著呢。」拔腳就走了。

馮憐容四處一看，寶蘭、珠蘭也不知道什麼時候跑了出去。

只有趙承衍還在，奇怪地看著馮憐容的手，剛才自個兒母妃一直伸著，這上頭紅紅的是什麼啊？

「母妃怎麼了？」他問。「手疼嗎？」

「也不是。」馮憐容嘆口氣。「這東西是你父皇弄的，不准母妃擦掉。」

趙承衍哦了聲，小手抓住她的手看了看。「為什麼父皇不准？」

「你父皇……」

那是因為他太混蛋了，欺負她，可在兒子面前，怎麼好說他父親的壞話？

她笑了笑道：「是在跟你母妃玩，看看母妃自個兒不擦，怎麼把這給弄沒了。」

趙承衍好奇拿手指上去摸了摸，只見那紅泥立刻到自己手上了，他想了想歪頭道：「那小羊給母妃擦，母妃不就不用自個兒擦了？」

馮憐容眼睛一亮。「小羊真聰明！」

兒子擦掉了，他還能怪他不成？馮憐容一下覺得自己得救了，不用睡一覺，還怕這紅泥弄到臉上。趙承衍得她誇獎，伸手就要擦。

馮憐容道：「可不能弄髒手。」

趙承衍想想，去問銀桂。銀桂給端來一盆溫水，還拿了皂莢，她自己也不敢洗，只在旁邊立著。趙承衍就把馮憐容的手放到溫水裡，有模有樣地給她塗皂莢。

馮憐容笑嘻嘻地看著，又問：「小羊啊，要是你父皇生氣，小羊給母妃擦掉了，小羊怕不怕？」

趙承衍奇怪。「為何爹爹會生氣？」

他眨著大大的眼睛，臉蛋粉嫩粉嫩的，讓人看一眼就心軟。

馮憐容心想，算了，趙佑樘肯定捨不得說他的。

趙承衍替馮憐容洗掉了，還像個小大人般給她擦擦手。

馮憐容可高興了，俯身抱起他，在他臉蛋上親了兩下。「小羊真好，可比她們好多了，比鍾嬤嬤也好。」

趙承衍不明白她在說什麼，只聽說他好，嘻嘻一笑。

危機沒了，幾個宮人跟鍾嬤嬤又很自然地走進來。

馮憐容瞅她們一眼。「這個月的月俸都交出來，妳們比小孩子還不如呢。」

幾個人老實交了。鍾嬤嬤還罰了自己十兩銀子。「奴婢對不起主子。」

可給她再大的膽子，她也不敢擦掉皇帝用玉璽蓋的印章啊！

馮憐容知道她們為難，罰過後，便不再提。

過幾日，趙佑樘問起此事，嚴正回稟道：「聽說當天晚上大皇子就給貴妃娘娘洗掉了，用皂莢才洗乾淨。」

趙佑樘笑起來。沒膽量的傢伙倒是很狡猾！

入冬後，安慶長公主進宮探望太皇太后。

太皇太后年紀大了，天氣冷了更是不再露面，聽說她來，勉強見了見。安慶長公主很是禮貌，噓寒問暖，還帶了好幾根野人參來。

見面不打笑臉人，太皇太后也態度溫和。

安慶長公主說得一會兒，就提到趙佑梧。「如今三弟也不在京城，孫女兒想請四弟去府中住一住，熱鬧熱鬧，畢竟孫女兒也不能時常進宮。」

原來是為這個，太皇太后笑了笑。「你們一母同胞，感情是比旁人深一些，不過這事兒哀家作不得主。妳去皇上那兒一趟吧。」

安慶被拒絕，沒法子，只得硬著頭皮去乾清宮。

趙佑樘聽說她求見，宣她進來。要說他們這兄妹兩個，委實沒什麼感情。

安慶行禮後道：「皇上，妾身想把四弟接到府裡住幾日。」

趙佑樘看看她，唔了一聲道：「妳嫁到謝家也有數年了，頭一回要接人回去，現今三弟也不在，不如等三弟回來，朕命他們一起去，如何？」

安慶被噎得說不出話，咬一咬牙道：「便是看四弟在此冷清，妾身才……」

「出去吧，朕剛才已經說過了。」不等她說完，趙佑樘就打斷她。

安慶再怎麼樣也不敢多說，只得咬著嘴唇走了。

趙佑樘微微皺了皺眉。他這兩個弟弟，他算是瞭解，可這妹妹便不一定了，便吩咐下去：「以後安慶長公主不得隨意入宮。」

話剛說完，門外小黃門急匆匆跑過來道：「皇上，太皇太后娘娘暈了！」

趙佑樘連忙起身前往壽康宮。

皇太后與方嫣此時已經到了，皇太后正詢問景華，景華跪在地上道：「安慶長公主告退之後，太皇太后娘娘原本要歇息，奴婢扶著往下躺的時候，太皇太后娘娘就說頭很沈，奴婢連忙使人請太醫，回頭就見太皇太后娘娘已不省人事。」

皇太后聽著未免心驚。她的祖父便是這樣離世的，前頭還好好在睡，忽然就起來說頭暈，等到大夫來，人已經不行了。

方嫣安慰道：「母后莫擔心，有朱太醫在呢。」

趙佑樘沒說話，只在屋裡走了幾步，便立著不動了。

過一會兒，朱太醫出來，什麼話都沒說，撲通一聲跪在地上，腦門抵著大青石板道：「下臣死罪，治不好太皇太后娘娘！」

見他老淚縱橫，趙佑樘心頭一震。「你是說……」

「皇上，太皇太后娘娘薨了！」

隨著這句話，哭聲立時從四周響起，整個壽康宮頓時陷入了沈痛之中。

消息傳到延祺宮裡，宮人、黃門都頗是驚訝，畢竟上回中秋節太皇太后還露面慶賀的，怎麼說沒就沒了。

鍾嬤嬤進去告知馮憐容。馮憐容原本在跟趙承衍一起吹響葫蘆，聽到這個，臉色一白。

太皇太后竟然去世了？提早了大半年呢。原本上一世她聽得這消息，自己也是臥病在床，沒多久便……

可現在她沒空想這個，連忙換一身素服，帶兩個兒子急匆匆出去。

趙承衍笑嘻嘻地問：「母妃，是要去見曾祖母嗎？」

馮憐容嘆口氣，不知道怎麼跟他解釋，想一想道：「曾祖母年紀大了，人年紀大了，都要去往別的地方，以後都見不到的。」

趙承衍啊的一聲。「曾祖母現在就要去了？」

「是啊，咱們是去跟曾祖母告別，曾祖母以後就在別處過得開開心心的了，不過曾祖母這會兒也不能說話，你遠遠看著就好，不要打擾曾祖母。」

趙承衍點點頭，馮憐容又看向趙承謨。趙承謨只歪著腦袋聽他們說話，一臉好奇。

一行人很快就到壽康宮，遠遠就聽見哭聲。

趙承衍問：「是要送曾祖母，所以都不捨得，哭了？」

「是啊。」馮憐容摸摸他的頭。

到宮裡，她第一眼就看到趙佑樘，他立在太皇太后的床榻前，雖然不知道是什麼表情，可馮憐容心想，他一定是極為難過的。

她想著，眼睛也紅了。

天紀三年十一月三日，太皇太后離世，全國上下一片縞素，因是冬日，這幾天又下雪，天地間好像都只剩下白色，讓人心情沈鬱。

馮憐容最近有些心思，睡到早上就作了噩夢。

寶蘭先發現的，被她面上神情嚇一跳，又聽到她發出痛苦的聲音，連忙俯下身喚醒馮憐容。

馮憐容額頭上全是汗，睜開眼睛，看著淡綠色繡蟲草的蚊帳，都說不出話。

夢裡，她回到前一世，她要死了，然而，又有些不同，這回她有孩子，馮憐容捨不得孩子，臨死前，鍾嬤嬤抱著兩個孩兒給她看，她哭得昏天暗地，可是求老天爺，老天爺也聽不見，仍是要勾了她的魂。

她既害怕又難過，又無力。就是在這般的夢裡，被寶蘭叫醒。

馮憐容揉著心口，仍是能感覺到一陣陣的疼，眼睛裡也滿是眼淚，把枕頭都弄濕了。

「不過是作夢，娘娘，別多想。」寶蘭柔聲安慰，心裡卻在想，娘娘一定是作了很可怕的夢了，才會這樣。

馮憐容坐起來，要喝水。寶蘭忙去取了，又與鍾嬤嬤說。

鍾嬤嬤立刻去看馮憐容，結果馮憐容喝完水，忽然要見朱太醫。

鍾嬤嬤驚嚇。「娘娘是哪兒不舒服？」

馮憐容道：「只想問朱太醫一些事。」

朱太醫很快就來了，馮憐容急著問：「朱太醫，有一種病症，頭昏眼花，吃不下東西，人越來越瘦，到後來，眼睛都看不太見了，這病您能治好嗎？」

朱太醫一愣，奇道：「請問娘娘問這個是為何？」

馮憐容猶豫了一會兒，才輕聲道：「作夢夢到自個兒得了病，很害怕，才想問問您。」

她露出怯生生的表情是很惹人憐愛的，朱太醫不由想到自己的孫女兒，面上表情柔和了一些道：「回娘娘，作夢多是反的，娘娘不必在意，真要有什麼病，下臣一定看得出來。」

「可……」馮憐容道。「太醫，麻煩您想一想，我剛才說的，真不能治嗎？」

朱太醫見她有些執著，也就道：「這種病症少見，娘娘描述得也不清楚，除非真遇到了，才可能會想到對策，現在就光憑娘娘說的，真沒法子。」

馮憐容嘆了口氣。不過朱太醫說見到人，可能會有救，她有些安慰，忙謝過朱太醫。

等到朱太醫走了，鍾嬤嬤道：「不過是個夢，娘娘何必在意？」

馮憐容沒說話。這哪兒是夢，就是以前得的病，只自己身體一直不曾有這個症狀，她沒往那邊想，結果作了這種夢，她就想得一個確切的答案，到底能不能治好。

不過她什麼都跟以前不一樣了，未必會得，馮憐容心想，還是得吃好、睡好，身體養好呢。

因太皇太后去世，這一年過年很是冷清，趙佑樘一直不曾早朝，直到年後在眾位大臣的請求下才重新理事，但宮中久不聞絲竹之聲，誰都看得出來這次不比先帝駕崩，趙佑樘的守孝極其盡心，不說不近女色，就連膳食中都不帶葷腥。

故而馮憐容很少見到他，也不敢寫信或者使人去，就是覺得這一年真難熬，所幸有兩個孩子陪著，總是熱鬧熱鬧的。

一直到天紀五年，還是皇太后勸了趙佑樘，宮裡才恢復正常。

這日，戶部尚書華大人得趙佑樘召見，急忙忙前來。

結果人才到乾清宮正殿門口，就見裡頭飛出來一樣東西，猛地砸在他頭上，華大人被砸得頭暈眼花，差點一頭撲倒，唐季亮見狀攙扶了一下，他才站穩。

華大人低頭看看地上的東西，臉色發白，垂頭道：「臣見過皇上。」

「拾起來自己看看，」趙佑樘厲聲道。「十萬石糧食毀於一旦，此前竟不奏明？身為尚書，身負大任，不是讓你成天出去溜鳥玩的！」

華大人嚇得渾身發抖，他是喜歡溜鳥，可平時也不是只溜鳥啊！

他跪下來道：「皇上，京都糧倉因積壓過剩，乃常事，實無法解決，故而……」

「天下什麼事是不能解決的？」趙佑樘一拍御案。「糧食積壓，可當糧草，可賑災，甚至還之於民，哪樣不行？非是國庫之物便不能動之，你何曾告之於朕？」

華大人沒有應對之詞。

趙佑樘知道他是老臣，可做事如此拘泥，實在叫他不喜。「不只關乎糧食，去年國庫收入三千二百萬銀錢，支出卻達三千萬，所餘不過二百萬兩，如此下去，將來邊防告急，餉銀從何而出？你回去好好給朕想想，如何開源節流，不至於哪日還捉襟見肘了！」

華大人連忙應是。出來後，他就抬起手，拿袖子擦汗。

眼瞅著自個兒也要到致仕的年紀了，怎麼就弄出這等事？華大人滿心鬱悶，原本只想再做兩年風光回去養老，但現在看來，要這事兒處理不好，自己頭上的官帽指不定都要沒有！

他連家都不敢回，連忙去了王大人府上。

王大人乃戶部左侍郎，與他同朝為官，現戶部有事，他也脫不了關係。

果然華大人一說，王大人也覺事態嚴重，二人立時就商議起來，過兩日，給趙佑樘推薦了一個人，此人名叫何易，現任湖州知府，稱他曾在幾年前上過奏疏，便是提到景國財政上的改革，只當時先帝沒有採用，還詳細提了其中兩點。

趙佑樘一聽便覺這何易是有真才實學的，當下問道：「此人以前在哪裡任職？」

「那年皇上去山東，何大人曾任大莊縣知縣。」

趙佑樘仔細想了想，記起來了，這個何易很有點意思，因他那會兒是太子不能任用，登基後又忙於削藩，一時竟也忘了。他點點頭道：「讓他再上一道奏疏。」

華大人鬆了口氣。

趙佑樘心情略有好轉，見完兩位大臣之後就去延祺宮。

但此刻，馮憐容並不在延祺宮，春暖花開，今日晴好，她帶著兩個兒子出去園子玩了。

兄弟兩個手牽手，在前頭慢慢走著，她在後面，見到有好看一些的花兒就叫珠蘭摘下來，一會兒帶回去插上。

趙承衍牽著弟弟很高興，還給他講解。「看，這是蝴蝶，飛來飛去的，好看吧？」

趙承謨瞅瞅，點點頭，他不太愛說話。

馮憐容問：「小羊、阿鯉，要去看魚嗎？母妃帶了吃食的。」

「要、要！」趙承衍忙道。「母妃說還有鳥兒的，是不是？」

「是啊，有鴛鴦，還有白鷺。」她領著兩個兒子往西走。

結果到得魚樂池，卻見好有些人在那兒，除了趙承煜，宮人、黃門得有二十來個。

趙承衍看見，笑嘻嘻地道：「是二弟呢！」一邊就走過去，揮著手道：「二弟，二弟，你也來看魚啊。」

趙承煜今兒穿了身玄色的長袍，小小年紀打扮得極為威嚴，頭上還戴個羽冠，就是這身材略胖，臉也圓，看起來就極為好笑了。

趙承煜奶聲奶氣道：「大哥、三弟。」

他們尋常不太見面，但有時候馮憐容去請安，方嫣就會要求她把兩個孩子帶過去，或者趙佑樘也會讓三兄弟見面，所以彼此還是熟悉的。

馮憐容四處一看，問宮人：「太子殿下來了？皇后娘娘呢？」

宮人回答：「皇后娘娘今兒忙。」

馮憐容心想，那難怪要派這麼多人了，就是生怕出個閃失。

趙承衍這會兒已經走到池子邊。馮憐容把魚食給他，他往下面一扔，只見成群五彩斑斕的魚兒就游出來，一團團地搶著吃。

趙承衍高興地直笑。趙承謨也低著小腦袋看。

「這是什麼？」趙承煜納悶，轉頭問隨身伺候的黃門花時。「咱們沒有嗎？」

花時心想，小祖宗你一開始只說出來玩鐵圈，可沒說看魚，怎麼會帶魚食？

他忙道：「奴才這就去拿來給太子殿下。」

趙承煜一聽沒有，就不高興，伸手向趙承衍要。「給我。」

趙承衍很大方，立刻分了一點給趙承煜。

趙承煜也扔進去，看著魚兒游過來搶，看得津津有味，一會兒又看鴛鴦跟白鷺，不過這會兒沒東西餵了。

趙承煜想想，看向自己的腰間。馮憐容也跟著看，就見他腰間還掛了一個荷包。

「這是什麼？」趙承衍問，指指它。

趙承煜嘻嘻一笑。「吃的。」

他把荷包打開來，裡頭有好幾樣吃食，什麼棗糕、糖饊子、龍眼乾、肉乾都有，一股香味飄出來。趙承衍看得有點兒饞。

趙承煜道：「拿這個可以餵鳥。」

「可以餵。」趙承衍道。「不過這，咱們也能吃啊。」

「嗯，是啊。」趙承煜想著也不捨得了，拿了塊肉乾出來就往嘴裡塞，嚼得很香。

趙承衍跟趙承謨在旁邊看。馮憐容瞧出自己兩孩子是饞了，連忙就要拉著走。

趙承煜忽然良心發現，拿了塊棗糕出來給趙承衍。「給你吃，你剛才給我魚食呢，還有三弟。」他給了個水晶捲。

兩孩子一人拿一個，趙承謨不知道是不是手小，反正沒拿穩，直接就掉在地上，這下可把趙承煜惹生氣了。

「你怎麼扔了我的捲兒！」趙承煜大叫，狠狠瞪著趙承謨。

趙承衍連忙擋在弟弟面前。「是他力氣小才掉的，不是扔。」他已經五歲，說話很順溜，趙承煜比他小，但也不笨，氣道：「反正就是掉了！」

趙承衍道：「可你本來就是送給阿鯉的。」

趙承煜氣得鼓起嘴。「是吃的。」

「是吃的，但阿鯉是不小心掉了，本來也是吃進去的。」

馮憐容見狀，不能讓孩兒吵起來，過來道：「太子殿下，這捲兒咱們尋常也吃的，要不一會兒我叫人做了賠給你，你要幾個就是幾個。」

趙承煜抬頭看看她，悶聲道：「不要了。」

趙承衍把棗糕還給他。「那這個我也不要了。」

「給你的就是給你的。」他是太子，母后常說一言九鼎，送出去就是送出去了，他不能要回來，但給吃的也就是吃的，別人不能不聽。

趙承煜氣呼呼地轉身走了，一干宮人、黃門也連忙追上去。

趙承衍手裡還拿著棗糕，有些不明白地問：「是孩兒做錯了？」

馮憐容道：「不關小羊的事，是阿鯉沒拿穩捲兒讓太子生氣了，不過阿鯉也不是故意的，對不？」

趙承衍用力點點頭。

「那就沒有誰對誰錯，只是個意外，小羊下回見到他，還得高高興興的，別想著這事兒了。」說完，馮憐容帶著他們回去。

路上趙承衍問：「母妃能給小羊也做個荷包掛著嗎？」

馮憐容想到趙承煜那些吃食，又想到他的小胖臉，拒絕道：「荷包是放錢的，怎麼能放吃食？小羊要是餓了，就跟母妃說一聲，想吃什麼都行。」

小孩子長身體，多吃點兒沒什麼，可要是一直不停也不太好。

到得延祺宮，馮憐容剛踏入門口，就見小李過來道：「娘娘，皇上來了，在書房呢。」

她高興極了，快步走進去。

趙佑樘正在看書案上的宣紙，上頭寫了幾個字，歪歪扭扭的。

「皇上。」馮憐容一陣風進來，笑咪咪挽住他胳膊。「皇上怎麼來了，早知道妾身就不出去了。」

趙佑樘看她今兒穿得一身嬌豔，面色也柔和一些，笑道：「也不少這一會兒。」他指向宣紙上的字。「妳教小羊寫的？」

「是啊，昨兒寫的，皇上看怎麼樣？」

「妳說呢？」趙佑樘挑眉。「平常別慣著他，他這年紀該好好靜心唸書、寫字了。」

馮憐容道：「才五歲呀。」

「五歲如何？本朝八歲都有考中秀才的。該學就得學，不過也別累著他，朕下回再來，要是這字還這樣，瞧朕怎麼罰妳。」

馮憐容委屈，怎麼要罰她？她又不是夫子。

趙佑樘要訓的訓完了，又去看一看兒子，叫趙承衍背了經書給他聽，至於趙承謨還小，倒沒什麼。

教導了孩子之後，趙佑樘把馮憐容又拉到書房，美其名曰，要教孩子練字，先把自己的字兒給練練好，結果他指點指點就把馮憐容給折騰了一回。

要說也是憋得狠了，為守孝，他一直沒碰她，年後才臨幸她兩回，一回比一回猛，這回又忍不住，叫馮憐容坐在他身上。

馮憐容羞得滿臉通紅。幸好兩孩子沒在外面喊她，不然可真不知道怎麼辦。不過一想，大概鍾嬤嬤也攔著了。

「下次可不能再這樣。」馮憐容請求道。「小羊也要懂事了呢，皇上可不可以等天色晚一些再說？」

這樣兩孩子應也去睡了，不會想到要找她。

趙佑心想也是，畢竟還得顧忌到兩個孩子，道：「朕會注意下，要不下回妳直接來乾清宮。」

「皇上真好。」她湊過去，在他臉上親一口。「謝謝皇上。」

趙佑樘嘴角一勾。「要謝得這麼謝。」

他握住馮憐容的細腰微微抬起，又猛地往下一按，馮憐容輕呼一聲，才發現自己又被填滿了，暗道一聲討厭，人卻軟得跟豆腐似的，隨他心意來動。

兩人好一會兒才完，趙佑樘叫人備熱水。

卻說方嫣這會兒也在用膳，今兒她忙著管內宮的帳務，沒空陪兒子，只叫人帶出去玩了一圈回來，聽說還遇上馮憐容跟兩個皇子了，問一問，是沒出什麼事兒，就是趙承謨把太子給的水晶捲給弄掉了。

方嫣就跟趙承煜道：「掉一個吃食不算什麼，下回再這樣，你得叫他賠禮道歉，別的就算了，你是太子，得大氣些。」

「可母后不是說，不聽孩兒的是不對的？」

「那是另一回事，你還小。」方嫣摸摸他的頭。「母后以後再給你說，乖，吃飯吧。」

趙承煜看到一桌子的菜，又高興了。

方嫣知道他喜歡吃什麼，一樣樣都挾過來，只是一想到趙佑樘今兒又是在馮憐容那兒用膳，她這心裡就不高興。

要說自己的孩子才是太子，真算起來，趙佑樘見那兩個兒子可比見自己的孩子多，這麼下去，還能得了？父親跟孩子的感情深厚可不容小覷。

方嫣心想，趙承衍已經五歲，要說單獨住出來，也不是不可以了。

這日，方嫣就帶著趙承煜去景仁宮向皇太后請安。

太皇太后去世，對皇太后打擊甚大，她雖然口頭上答應要出面管理內務，可事實上她比以前更深居簡出，要不是方嫣主動去探望，根本也見不到。

皇太后慢慢走出來，只穿了一身家常襦裙，坐下後道：「早說了尋常不用過來，妳平日裡也忙。」

「這是兒媳該做的，不來過意不去。」方嫣關切道。「您要注意身體，多出來走走呢。」一邊輕推了下趙承煜。

趙承煜脆生生道：「孫兒見過皇祖母。」

皇太后看著他肥嘟嘟的小臉。「承煜又胖了啊，個兒也高，長得真是快。」

「他是愛吃。」方嫣笑道。「還最愛吃葷腥、甜食，不吃素菜，兒媳是每日費老大勁兒才叫他吃一點兒進去。」

皇太后知道她是疼兒子，不捨得說，可這樣下去不是件好事兒，便招招手叫趙承煜過去。

「你可願意在皇祖母這兒住幾天啊？」

方嫣一怔。

趙承煜倒沒有不願意的，點點頭道：「好啊。」

「乖孩子。」皇太后又看向方嫣。「我這兒確實冷清，既然承煜難得來一趟，就陪陪我好了。」

方嫣沒想到皇太后來這一齣，可想來想去也沒有不好的地方，當下也同意，又提起趙承衍的事情。「宮裡規矩，皇子這年紀早該搬出來自個兒住了，不過兒媳也是為人母親，知道馮貴妃怕是不太捨得，母后您看，是不是要跟皇上說一聲？」

當年，皇太后為了培養趙佑樘的獨立性，讓他年方五歲就自個兒住，前提是他身邊的人都是自個兒挑好的，不能叫那些黃門、宮人給帶壞，可趙承衍……那是馮憐容生的兒子。

皇太后雖說不理事，但這幾年她看得出來，趙佑樘是真的寵愛馮憐容，不然也不至於那些妃嬪碰都不碰，這與當年先帝寵愛胡貴妃並不一樣，先帝再怎麼樣，到底還是碰其他人的。

「哀家會與皇上提的，妳既然與哀家說了，再見到皇上，便不必提此事。」

方嫣笑了笑，解釋說：「兒媳也是為承衍好。」

皇太后明白她的心思。畢竟身為皇后，看一個貴妃獨寵，不會覺得舒服，她提點道：「妳也要多與皇上親近親近，皇上不是什麼刻板的人，他喜歡的那些，妳多與他說說，人與人的感情都是慢慢起來的。」

方嫣點點頭。其實她也不是沒有這樣，可不知為何，她不說馮憐容，他也得扯上，談到那兩個兒子，或多或少就會跟馮憐容有關聯，她忍不住就生氣。

為此李嬤嬤都說過多少回了，但她改不了，這樣的話還不如少說些，也能減少些矛盾。

方嫣一走，皇太后抽空就叫人請趙佑樘來。

趙佑樘剛看了何易上的奏疏，覺得他的提議都很好，已經升任他為戶部右侍郎，即時入京，此時他心情頗為愉快地走入景仁宮。

皇太后叫膳房上了兩碗瑪瑙糕子湯，笑道：「這糕子湯不稠不稀的，這會兒正好填填肚子，也不耽誤晚膳。」

趙佑樘謝過，端了吃。

二人期間也沒說話，只把湯喝完了，皇太后才道：「哀家是有一件事問皇上。」

「母后請說。」趙佑樘放下碗。

「佑楨現雖還在睢寧，可年紀擺這兒，不小了，哀家不知皇上是如何想的，到底他將來要去就藩，還是便留在睢寧了？」皇太后隱隱有點明白他的意思，可又總覺得哪裡不妥。

趙佑樘道：「三弟喜歡治水，以後便讓他治水，朕瞧著他在這方面頗有才華，曹大人都頗稱讚。至於成親的事，朕也想過了，等年後讓他回來一趟。這事兒朕原本也想與母后商議，畢竟是三弟的終身大事。」

皇太后道：「皇上不顧及百官？」

趙佑樘笑了。「朕之家事，何須他們插手？」雖然溫煦，可從中透出的態度是強硬的。

皇太后心中一凜。他果真不同於先帝，實在很有自己的主張，她便沒有再提，只道：「還有承衍，不說宮裡歷來的規矩如此，他到底是男兒，與生母常住一起總是不便，皇上打算何時讓他搬出來？」

比起方嫣原先的說法，皇太后是柔和多了，聽起來還是在詢問趙佑樘的意思。

「母后說得也對。」趙佑樘頓一頓，想到馮憐容，心知她必是不太捨得，不過就她那性子，也實在太溫柔了些，他怕兩個兒子將來缺少男子氣，當下就道：「搬是早晚要搬出來的，朕看不如等到他七歲。」

七歲，一般的孩子都很懂事了，別說趙承衍比一般的孩子還要乖巧。

往後推遲兩年，也算可以，皇太后點點頭。「那就按皇上說的辦。」她又笑一笑。「這幾日承煜住我這兒，實在是看他太胖了。」

趙佑樘一聽，也道：「是，朕也覺得胖，這孩子愛吃東西。朕最近因戶部的事情倒忘了與阿嫣說，孩子管不住嘴可不好，沒個自制力！」

「你也莫怪她，她生下承煜不容易，自然是當寶的，見他小她就不捨得說，故而我才留承煜下來。」

趙佑樘笑道：「那就有勞母后了。」

他自小也是皇太后養大的，清楚她的性子，要說柔也可以柔，但要硬起來，也是叫人害怕，故而他習慣從來都很好，自然放心地將趙承煜交給皇太后。

結果那幾日，趙承煜就慘了，一頓飯就只給一樣葷食，還只有一點兒，別的全都是素菜，趙承煜不肯吃就餓肚子，那些黃門、宮人也不敢偷偷給他，也不准他出去，最後還不是照樣吃素菜。

方嫣得知後很心疼，好幾次想去都被李嬤嬤拉住。

「娘娘不下狠心，也怪不得太后娘娘，這還不是為娘娘好呢？」李嬤嬤道。「去了，娘娘怎麼說？」

方嫣一想也是，她現在跟皇太后的感情還算不錯的，也不能為此鬧得不愉快，當下只得忍了。

過幾日，馮憐容早上去請安，一看方嫣的臉色有些憔悴，只當她是病了，後來還是銀桂告訴她，說太子在景仁宮，由太后娘娘管著呢。

馮憐容便知道方嫣是在擔心兒子，不過既是為改掉挑食的毛病，那總是好事，要說起來，皇太后對太子還挺有心的。

從坤寧宮出來，馮憐容因是貴妃，貴人們都得主動讓開，經過蘇琴時，她的腳步不由頓了一頓。

趙佑樘為太皇太后守孝了一年，卻還沒有臨幸過那些貴人，故而馮憐容這回見到蘇琴，心思頗是複雜。她原先一直都擔憂這件事發生，到最後自己都得死心了，可結果卻出乎她所料，他並沒有像前世那般。

馮憐容想著又搖搖頭，反正是弄不明白。

後面的陳素華看著她背影，牙齒把嘴唇都咬破，本來她們貴人的處境就不好，偏偏還遇到太皇太后去世。

一年過去，皇上更不可能還記得她們這些貴人了！

第二十四章

馮憐容回到延祺宮，趙承衍第一個撲上來，母妃、母妃的叫。

趙承謨則慢慢地走在後面，到她跟前了才笑著叫一聲母妃，他雖然還小，卻已經看得出來將來的沈穩。陽光下，他的眸子光芒璀璨，像是塊閃亮的寶石，跟趙佑樘一模一樣。

馮憐容蹲下來笑道：「阿鯉，來。」

趙承謨把手伸出來，摟在她脖子上，馮憐容把他抱起來，一隻手牽著趙承衍。

她發現自從生了兩個兒子後，力氣越來越大了，以前單手抱個三歲大的孩子還抱不動呢，現在卻很輕鬆。

三人走向殿門，結果還沒到，就見遠處原本整潔的地上堆了好些土，馮憐容奇怪地問：「在弄什麼？」

珠蘭也不清楚，對著前頭喊了一聲。

黃益三聽見，過來道：「回娘娘，花匠養好憐容花了，這會兒給娘娘準備種一大片，是皇上吩咐的。」

馮憐容驚訝。「真養好了？」

她這兒一直都只有兩盆，好不容易從根部長出了枝椏，讓花匠去培育了，後頭她也沒怎麼上心。她腳步加快，走過去一看，見到園子裡好大一塊地方都插了枝椏，不由驚喜道：「全是上回那枝椏發出來的？」

「回娘娘，正是。」花匠笑道。「這花喜光，少澆水、多上肥就能長好，去年奴才試了試，串了很多出來。不過這花兒也容易得病，但娘娘放心，奴才已經知道怎麼治。」

「好。」馮憐容很高興。「辛苦你了。」她讓寶蘭拿銀錢出來賞他。

花匠謝恩，又去忙活了。

馮憐容站著看了看，幻想到時候花全數盛開時的情景，定然好看，不過這好看也比不上她心裡的滿足。她最高興的是，趙佑樘記得這事兒，還有這花是她的名字，這比什麼都重要！

傍晚，趙佑樘來延祺宮的時候，還沒到門口，就見馮憐容從裡頭跑出來，身穿一身嬌豔粉嫩的裙衫，眉眼都描畫過，頭上插一支他以前親手給她選的黃玉桃花簪，美得不算驚心動魄，可卻叫人心頭直癢。

馮憐容一頭撲在他懷裡，髮間的忍冬香味竄到他鼻尖，更令他的心像是被貓兒撓似的。

周圍人自覺都散開來。

趙佑樘摟住她的腰，手掌摸索了兩下，聲音微啞地道：「上回朕來，妳說要顧及兩個孩子在。」他手慢慢移到她臀部，微一用力。「那妳現在，是要朕等到晚上呢，還是要朕帶妳去乾清宮？」

馮憐容臉頰微紅。「妾身叫他們去書房了，金桂、大李幾個都在。」她湊過去，親親他的臉頰。「皇上，妾身等你好久了。」

聲音像沾了糖的糯米糕似的，趙佑樘立時就把她拖去正殿辦了。

這回她是主動投懷送抱的，兩人都很熱情，不過累的還是他，趙佑樘舒服是舒服了，可也躺在床上好一會兒不想動。

馮憐容趴在他懷裡，跟隻小貓似的，還拿手時不時地摸摸他的臉、鼻子、眼睛、嘴唇，哪一處都不放過。

趙佑樘抓住她的手，在嘴邊輕咬了一下。「淘氣，亂摸什麼？」

「越看皇上越好看，妾身在想到底怎麼長的？忍不住就想摸。」她的手指動了動，又順勢碰他的嘴唇。

趙佑樘笑開了。過一會兒，他問：「今兒是怎麼回事？」

往常他這樣，她還總是害羞。

「為皇上給妾身種的憐容花啊，妾身自己都忘了，皇上還記得，妾身高興。」她把臉蛋貼在他臉上，輕聲道。「就為這個。」

趙佑樘笑起來。「那看來朕要常做這事兒。」

馮憐容拿手指在他身上劃來劃去。「皇上哪有這些工夫，不過一、兩件，妾身就滿足了，多了，妾身也不知道如何回報皇上。」

「妳要怎麼回報？」趙佑樘垂眸看看她的身體。「用這個就行了，朕什麼沒有？」

馮憐容這回又羞了，拿被子蒙住自個兒半邊臉。「妾身還會泡酒的，給皇上按摩，做做裡衣。」

趙佑樘不屑。「就這點兒還好意思提，還不如說掏耳朵呢。」

馮憐容眼睛一亮。「這也能算？」

「能。」趙佑樘覺得這個最舒服，按摩也還行。

馮憐容想一想。「那要說起來，妾身還會剪指甲，梳頭髮呢。」說著就坐起來，叫來寶蘭給她拿梳子。

寶蘭把梳子放在床頭，見二人還躺床上，趕緊紅著臉又退下。

「梳什麼頭髮？」趙佑樘道。「朕又不是沒人。」

馮憐容不管，伸手把他拉起來。

趙佑樘懶洋洋地不想動，半靠在床頭。馮憐容拿梳子給他通頭，通了一遍又一遍，趙佑樘越發睏了。

馮憐容問：「舒服不？」

「挺好。」

「還要嗎？」

「繼續。」

馮憐容就一直給他梳，結果他舒服得睡著了。她見狀，偷偷摸摸給他在頭頂梳了個小辮子，一個人樂了半天，後來還是沒有膽子，把辮子給弄散了。

趙佑樘這一睡就睡了半個時辰，兩孩子都吃完飯了，他才起來。

馮憐容早穿好衣服在等他。

趙佑樘倒有些不好意思。「餓了就先吃，等什麼。」

「不等皇上，妾身也吃不下。」她替他把筷子擺好。

趙佑樘的碗筷都是自己專用的，幾個小黃門隨身帶著，他看著忽然覺得麻煩，說：「朕留一副放這兒，省得拿來拿去。」

又看看她的食具，上回他給了她一支調羹，她一直在用，不過筷子不配套，他跟嚴正道：「再拿雙筷子來。」

馮憐容吃驚。「送給妾身的？」

「是，用吧。」

馮憐容拿著新筷子，只覺沈甸甸的，這筷子奢侈精美，亮眼是亮眼，可不習慣，不過他賜的，怎麼都是好。她笑嘻嘻地拿去挾菜。

趙佑樘看看，二人兩副筷子一模一樣，看著也順眼一些。

鍾嬤嬤跟兩個宮人暗地裡咋舌。以前只聽說胡貴妃怎麼怎麼受寵，如今自家這主子只怕也不遑多讓。

兩人用完飯，趙佑樘又帶趙承衍去書房指點他寫字，當然，現在也教不了什麼，畢竟還小，力道不夠不說，腦袋也跟不上，所以只是瞧瞧姿勢對不對，對待練字又是什麼態度。

馮憐容在旁邊看著，有點心疼兒子。她教的時候和風細雨，從來不說重話的，趙佑樘卻比她嚴肅多了，不過幸好趙承衍喜歡他爹爹，不覺得有什麼。

因這桌子、凳子都是專門訂製，即使趙承謨那麼矮小，也能看見。

趙佑樘教了一會兒，看看小兒子，招招手道：「阿鯉，你來寫個看看。」

馮憐容忙道：「他才幾歲啊。」

「看妳擔心的，不過是好玩，來，阿鯉，別怕。」

趙承謨聽話地走過去，小手一伸，準確地握住毛筆，與剛才趙承衍的姿勢分毫不差，十分標準。

兩個人都很吃驚，趙承衍都叫道：「弟弟會呢！」

馮憐容嘴唇微張，盯著趙承謨看。「阿鯉，那你會不會寫字？」

趙承謨抬頭看看她，好像不太明白。

趙佑樘又把筆拿回來，寫了一個「一」。「阿鯉，你也寫。」

趙承謨小手動了動，歪歪扭扭寫了一字。

馮憐容驚得嘴裡能塞顆雞蛋，這孩子怎麼厲害！想當初趙承衍寫一字，得有四歲呢，可他還不到三歲。

趙佑樘卻很高興，誰不希望自己的兒子聰明？不過他還是叮囑馮憐容。「今兒是玩的，他還小，寫字還得等到五歲，不然手會長不好。」

馮憐容點點頭。

幾人出去，這會兒趙佑樘要走了，他也不敢留在馮憐容這兒，指不定晚上又弄一回，他明兒還要早朝。

馮憐容問：「泡酒可喝光了？」

「怎麼喝得光，妳一罈一罈的送。」趙佑樘道。「也不能經常吃的，妳若閒，不如做些別的？不是說會弄葡萄酒嗎，妳就釀這個。」

「葡萄酒啊？」馮憐容道。「這會兒哪兒有，再說葡萄可貴呢，不然我娘當初也不會自己種了。」

趙佑樘笑起來，在他面前說葡萄貴，也虧她能擔心這個。

「那妳也種點兒？」趙佑樘道。「反正這延祺宮園子大，種這些不算什麼，要嫌不夠，再把旁的地方拆了添土。」

「這……可以？」馮憐容眨巴著眼睛，真可以，那她再種點花，也省得老去御花園了。

「怎麼不行？妳想怎麼著就怎麼著，不過葡萄得種上，朕明兒吩咐他們去弄些葡萄苗來，到時候結果子也挺好看的。」

馮憐容想了一下，一串串是很可喜的，那會兒家裡就種了好些，後來長出來全都掛著，紫黑色的。她拿籃子跟娘親、哥哥一起去摘時，娘親那會兒就會說，要怎麼釀葡萄酒才會好喝、不會酸，哥哥又說葡萄酒賣多少價錢最是合適，怎麼樣才能叫人來買。那時候她多開心，以為自己永遠都能這樣生活在父母跟哥哥身邊……

看她一直不說話，趙佑樘道：「怎麼了？」

馮憐容搖搖頭，覺得喉嚨堵得厲害。原來一晃都這麼多年了，她離家許久，到現在也沒能見到他們……

趙佑樘覺得不對勁，伸手把她下頷抬起來看，只見她的眸子一動，兩顆淚珠滾下來，好像珍珠一般。「怎麼了，妳這是？」

馮憐容只是哭，嗚咽聲從她嘴裡輕輕洩漏出來，好像夜間淡淡的悲歌。

趙佑樘忽然就明白了，伸手把她摟在懷裡，柔聲道：「阿容，可還記得朕曾經答應過妳的事？」

馮憐容一愣，一開始沒懂什麼意思，後來一想，喜得差點跳起來。「皇上允許妾身見家人了？」

說得好像他不准似的，可他尋常忙於朝政大事，哪裡能事事都想得周到？她不提，他自然會有疏漏的地方。

趙佑樘的語氣就有些埋怨。「朕以為妳光寫個信就滿足了，自己又不說。」

馮憐容幽幽道：「妾身也以為滿足了，可今兒想到，忽然又難過。」

趙佑樘嘆口氣，撫摸一下她的頭髮。「也不是什麼大事兒，妳想見，明兒朕派人去妳家裡說一聲。」

「那妾身的哥哥、大嫂能來嗎？」她眨著眼睛。

「妳要他們來，他們就能來。」

馮憐容高興地湊上去，在他臉上親一口。「皇上真好！」

她暗自心想，其實她想見的還不只他們，要說她那些親戚，人可多呢，光外祖母家就還有兩個舅舅、舅母，一干子表親，連馮家也有堂親，但她哪裡真能說。

趙佑樘笑笑。「妳想哪日見他們？」

「明日？」她說著搖搖頭。「不，後日吧，妾身準備準備。」

趙佑樘道好。

第二日，早朝回來，趙佑樘就去了坤寧宮，方嫣上來行禮。見她眼睛下面有些發青，趙佑樘道：「不過少吃幾日葷腥，能有什麼？妳也莫擔心了，母后又不是不會養孩子。」

方嫣聲音裡有些哭腔。「怕承煜害怕，他還小。」

趙佑樘皺一皺眉道：「朕等會兒去趟景仁宮。」

方嫣這才鬆口氣。皇太后是她婆婆，雖然是為趙承煜好，可一連幾日見不到兒子，她總是會胡思亂想，可身為兒媳也不好說什麼，現在趙佑樘肯出面，那再好不過。

趙佑樘又道：「承煜回了，妳也莫一味順著他，現在小其實胖點兒沒什麼，可這挑嘴的毛病不改，對他身體不好。」

方嫣點點頭。「妾身知道。」

兩人說一會兒閒話，趙佑樘便提起馮憐容的事情。「馮貴妃自從入宮後還未得見家人，朕已經准了，馮家人後日過來，妳安排一下。」

方嫣有些不滿，其實這事兒原本得先通過她，但現在趙佑樘說了，也是知會的意思，倒不好說什麼。

方嫣想起皇太后叮囑的，笑道：「也是該見一見，妾身到時自會派人去接應。」

趙佑樘頗為滿意，回頭去了景仁宮。

趙承煜被皇太后教育幾天，老實多了，這會兒給什麼吃什麼，那些宮人、黃門私下也不敢送吃的。

皇太后覺得孺子可教，讓趙佑樘帶回去了。

且說馮憐容明日就能見到娘家的人，前一晚是興奮得沒睡好覺，大早上起來就叫人打掃屋子，院子也掃一遍。接著她又寫菜單，準備要御廚好好辦一桌，請他們吃頓飯。

看她精神亢奮，笑嘻嘻的，鍾嬤嬤也替她高興。

畢竟閨女嫁出去了，尋常人家只要不是遠嫁的，每年總能回一趟娘家，可宮裡不一樣，能通個信兒都是皇上開大恩。

翌日，馮澄帶著一家子去宮裡。到得宮門前，黃門往裡通報，方嫣聽說馮家人來了，立時就派兩個宮人前去迎接，然後領到延祺宮。

馮憐容千盼萬盼，好不容易才聽到外頭黃益三大喊一聲：「馮老爺攜馮老夫人、馮大爺、馮夫人、馮小少爺求見。」

鍾嬤嬤道：「喊什麼啊?還不趕緊請進來!」

馮憐容可等不到他們來，一路跑出去，遠遠看見自己的父母親，眼淚忍不住嘩啦啦地往下流。

馮澄的眼睛也發紅，可還得講規矩啊，要先行禮。

結果馮憐容一把就拉住他，哭著叫爹爹，又撲到唐容懷裡喊娘，唐容自然也忍不住，母女兩個哭成一團。

馮澄覺著不太好，連忙勸。唐容也知是大好事，不該哭，可眼淚不聽話，就是不停地掉。

馮孟安見狀道：「娘娘，妳不看看妳大侄子？」

馮憐容抬起頭，是啊，轉頭就找人。

馮孟安的妻子吳氏抱著大元過來。「見過娘娘。」

馮憐容看到大侄兒，瞧見他白胖的小臉蛋兒，總算不哭了，笑著看馮孟安。「哥哥，好像你，眼睛細長細長的。」又看吳氏。「大嫂長得真好看。」

吳氏臉微微一紅。「娘娘謬讚，要說好看，妾身可比不上娘娘。」

她是頭一回看到馮憐容，說起來，她比馮憐容小三歲，可今兒見到，一點兒也看不出她是生過兩個孩子的人。她心想，到底是貴妃，吃的、用的都不一般，肯定養人。

馮憐容看到大嫂很喜歡，就把手上戴的一對羊脂玉鐲拿下來送給她，還給她親手戴上去，笑道：「大嫂的手腕也很細。」

吳氏連忙推卻。鍾嬤嬤道：「娘娘給的，馮夫人還是收了罷。」

馮憐容是可親可近的，一點沒有貴妃的架子，反而鍾嬤嬤一個奴婢，倒是威嚴氣十足，吳氏不敢說不要。

馮孟安拍拍她的手。「妳妹妹給的，拿著沒事兒。」

馮憐容對哥哥一笑。

馮孟安好些年沒見著她，只見她這笑容還是同以前一樣，心頭一暖，忍不住伸手摸摸她的腦袋。

鍾嬤嬤跟幾個宮人、黃門都很吃驚。畢竟馮憐容是貴妃，除了皇上，哪個敢亂碰她。

可馮憐容高興壞了，給馮孟安摸著，就好像回到年少時，她跟哥哥常依偎在一起，哥哥教她寫字，唸故事給她聽，帶她出去玩兒，在他身邊，她總是覺得很安全。

鍾嬤嬤還是看不過去，提醒道：「娘娘，是不是該請進來坐坐？」

「都忘了！」馮憐容笑起來，拉住唐容的手。「娘，快來看看我住的地方，好大的，這兒都算是我的呢。」

現今還在院子裡，眾人四處一看，都忍不住咋舌。

他們可沒有入過內殿，沒想到宮殿這麼大，光一座院子都比他們住的地方大上幾倍，前後都很寬敞，地上鋪著大石板，中間一大塊是花圃，左邊有假山，旁邊種植各種花樹，右邊一大塊種了不知名的花兒，還有塊空著。

馮憐容想起一事。「娘，這兒要種葡萄呢，娘來了，正好給我說說怎麼釀葡萄酒。」

唐容奇怪。「妳是娘娘了還釀酒啊？」

「是啊。」她紅著臉小聲道。「給皇上喝的。」

就像說起自己的相公，那麼得意、幸福、害羞。唐容見她如此，也不知是喜是憂，看起來，皇帝對自家女兒還是很寵的，不然也不至於生了兩個兒子，可是，這種寵愛又能持續多久？

唐容心疼女兒，可也不會說什麼喪氣話，疼愛地摸摸她的臉，笑道：「一會兒娘教妳，現在娘的手藝也進步了，妳爹說，比外頭賣的都好。」

馮憐容連連點頭。

俞氏此時牽著趙承衍跟趙承謨在門口等著，眾人一見，都知道這是兩位皇子，一時也頗是激動，瞧了又瞧，都讚嘆這兩個孩子生得好。

馮憐容帶著家人把正殿、側殿都走一遍，馮澄跟馮孟安兩個大男人，神情比較平靜，唐容跟吳氏就不一樣了，這宮裡各種裝飾、家具，奢華富貴得讓人不能想像，看得她們眼睛都發花。

唐容這會兒總算明白皇宮是個什麼樣子，以前別人說起她女兒是貴妃娘娘，她只知道擔憂，並不是特別清楚她的身分。如今看看，才知道，貴妃在宮裡是過這種生活的。

難怪養那麼好，唐容忍不住摸摸她的臉，這跟入宮前差別也不太大，只人豐腴了一些，也成熟了。

「容容。」她把鹹魚乾給馮憐容。「妳外祖母要我拿來的，也不知道妳還愛吃不？」

馮憐容瞪大了眼睛。「鹹魚啊，外祖母的鹹魚做得最好吃了！」

看她喜歡，唐容笑道：「妳外祖母有先見之明，倒是為娘不知道送妳什麼。」她摸出兩雙鞋。「往常做的，妳的腳應該是沒怎麼變。」

「娘要送什麼呀，女兒看到妳就很高興了！」馮憐容拿過鞋，嘻嘻笑道。「不過有還是比沒有好，這鞋做了一陣子了？」

「是啊，本來想等著下回送信看看能不能拿過來，沒想到可以見到妳。」唐容目光溫柔地看著她，就想看久一點，等會兒離開了，她能記得清楚。

馮憐容鼻子一酸。「我會好好穿的。」又叫銀桂去膳房傳飯。「我叫御廚做了吃的，你們在這兒用頓飯。」

最好可以待久一些，下回再要見，還不知道什麼時候。

唐容點點頭。「想來是很可口。」

「是真的好吃。」馮憐容說到這個眉飛色舞。「御廚能把尋常的飯都燒得很美味，一會兒你們都多吃些。」

馮孟安打趣道：「難怪吃胖了。」

「哥哥討厭，我才沒胖呢！是不是娘？」

馮孟安哈哈笑起來。

唐容道：「胖點兒好，太瘦還不好呢。」

馮憐容搖著她的胳膊。「娘，沒胖嘛。」

唐容被她撒嬌著，笑道：「好、好，不胖，咱們容容一直都很苗條的。」

見他們四個其樂融融，吳氏心想，怪不得公公、婆婆跟相公都那麼想念她，今兒見了確實是討人喜歡，可惜就這麼入了宮。

吳氏微微一嘆，她來自書香門第，見識是不淺的，雖然覺得馮憐容得寵，但這樣一直在深宮裡，也有些悲涼。

馮憐容又問起其他親戚，一家人有說不完的話。

這頓飯也是吃了許久，可天下沒有不散的筵席，時間差不多了，他們還得與馮憐容告別，唐容這回也不哭了，生怕又惹女兒傷心。

可等他們走了，馮憐容還是哭了一番，鍾嬤嬤安慰道：「總算是見過了，娘娘家人都好，娘娘也該放心吧！」

馮憐容心道，放心是放心，可心裡就跟有個大洞似的，怎麼填也填不滿，原來不見會傷心，見了更傷心。她想到家人離去的背影，眼睛又濕了。

趙佑樘過來時，她還在哭。

「怎麼不高興？」他奇怪，明明是件好事兒，他原本以為來了，她還能跟上回一樣，撲上來謝謝他，結果竟然不是，瞧著不知道多讓人心疼。

馮憐容抽泣道：「見了更想，也不知道下回什麼時候能見到他們？」

趙佑樘感到好笑。「妳想多久見一次？」

馮憐容抬起頭，這是在問她？難道還可以見？她試探地道：「兩年一回？」

「看來也不是很想呀。」

「一年？」

趙佑樘嘴角微微挑起。

「半年？」

他看著她，這回眉頭挑了挑。

「算了。」馮憐容握住他的手拍了拍。「妾身很容易滿足的，皇上，就一年，好不好？」

這動作……怎麼弄得好像在寬慰他？

趙佑樘伸手就戳她腦門，斥道：「朕看妳就是個得寸進尺的！兩年吧。」

「一年嘛。」馮憐容纏著他，又想起什麼，叫鍾嬤嬤把鹹魚拿來，誘惑道：「妾身請皇上吃這個，這是外祖母親手醃的呢。」

鹹魚味道直衝鼻子，說不出的古怪，趙佑樘從來沒聞過，嫌棄道：「這東西能好吃？」

「當然了，保證好吃，明兒皇上來吃。」馮憐容恨不得發誓。「所以還是一年嘛，反正對皇上來說，又不算什麼。」

她當時想見，他立時就同意了，原來不過是說句話的事情，根本算不得什麼。

趙佑樘看她這樣兒，眼眸眨了眨，慢悠悠道：「妳就那麼想見家人？要是朕讓妳回去，妳是不是就不想回來了。」

馮憐容呆了呆，腦子有點兒糊塗。

見她沒說話，看起來在思考，趙佑樘的臉就黑了。原來在她心中，自己的地位也不是那麼重，不過把她家人擺出來，她這就不知道選誰了！

趙佑樘煩躁起來，冷笑道：「妳想什麼，當真以為能回去？」

馮憐容嘟嘴。「原來皇上逗妾身的！」

趙佑樘哼一聲。「朕走了。」

馮憐容忙拉住他胳膊。「皇上，剛才的事兒還沒說完。」

「下回再說。」趙佑樘不高興。

馮憐容把鹹魚乾拎起來再給他看看，繼續誘惑道：「那皇上要記得明日來吃哦，很好吃的！宮裡沒有吧？」

趙佑樘瞅一眼，也沒說吃不吃就走了。

馮憐容吩咐金桂。「讓大黃他們弄條繩子，把這鹹魚乾掛起來，不過不能放在有太陽的地方，得陰涼點兒的。」

金桂就去吩咐黃益三幾個。

馮憐容晚上睡覺時就在想怎麼燒鹹魚，好像家裡有蒸著吃的，也有跟豆腐放一起燒的，要不再問問御廚？

她想著想著就睡著了。

第二日大早上，鍾嬤嬤還在睡，就被珠蘭喚醒。

鍾嬤嬤年紀大了，需要充足的睡眠，晚上有時候值夜睡不好，早上就要補補，被珠蘭這麼一弄，頭昏眼花，揉揉腦門才道：「怎麼回事？才什麼時辰呢！」

珠蘭輕聲道：「出事了。」

鍾嬤嬤連忙起來。「什麼事，妳慢著點兒說。」

「早上大李起來去看了看後面掛的鹹魚乾，一點都不剩了！」

「什麼？」鍾嬤嬤嚇死。「沒找找？」

「找了一會兒，可沒找著。」珠蘭道。「天又黑著呢，這不就想跟嬤嬤商量一下。」

鍾嬤嬤就去看黃益三跟大李幾個。

現今黃門都有八個了，外頭還有護衛，鍾嬤嬤也是來火，詢問道：「有人把鹹魚偷走了，你們就沒發現？」

黃益三忙道：「是咱們失職，嬤嬤就說怎麼辦吧。」

鍾嬤嬤嘆口氣。「你們還知道這鹹魚，今兒皇上指不定還要來吃呢？如今沒有了，你們說怎麼辦？」

眾人聽了差點跪下來。他們只知道鹹魚是馮貴妃的娘家人拿來的，哪知道還能跟皇上扯上關係。

黃益三道：「嬤嬤，您得救救咱們！」

鍾嬤嬤腦門發疼，想了想道：「你們就留幾個人下來，其他的都去找找，問問清楚，昨兒晚上有誰路過這兒。」

黃益三道：「問過幾個，都說沒瞧見，奴才也在想，哪個敢偷延祺宮的鹹魚。」

又不是什麼值錢東西，要說掛一串珠寶還有可能，可鹹魚，外頭集市上哪兒沒得賣，也便宜，何必要偷這個？可偏偏，這鹹魚乾就是不見了。

黃益三也是惱火，只得領著人又去找。

到得天亮了，鍾嬤嬤也給他們拖延一下時間，只要馮憐容不問，她就先不說起，指不定就找著了。她也是看自家主子很饞這鹹魚，知道沒有了可能會傷心。

這鹹魚乾丟失的事情，很快就傳到宮裡好些黃門、宮人耳朵裡，知道延祺宮的人在找，有點兒線索的都來告知，為在他們面前立個好印象。

只有馮憐容還不知道。她慢吞吞地在吃早膳，跟兩個兒子說說笑笑，雖然昨兒趙承衍見過馮家人了，但他不清楚其中的關係，即使馮憐容解釋過了，也是滿腦袋漿糊，只問：「今兒他們還來嗎？」

他本能的覺得他們都很喜歡自己，會對自己好。

馮憐容嘆了口氣，現在希望就繫在鹹魚乾上了，說不定趙佑樘吃得高興，就讓她和家人一年或者半年相見。

她眼睛一亮，問鍾嬤嬤：「那鹹魚乾要不早點拿去問問王大廚？」

鍾嬤嬤的臉黑了。怎這麼早就提啊！

看鍾嬤嬤表情奇奇怪怪的，馮憐容道：「怎麼了？」

鍾嬤嬤這會兒也只能老實回答。「鹹魚乾不見了，不過娘娘別急，黃益三他們都在四處找，四處問呢。」

馮憐容急道：「還有人偷鹹魚乾？」

「定然是這魚太香了。」鍾嬤嬤違心道。「不過這麼多，別人偷了也吃不完，肯定能找著的。」

「會不會是貓兒吃掉的？」馮憐容想了想道。「以前在家時，掛外面也怕被貓吃呢，所以都掛得很高。」

「他們便是掛很高，貓兒哪兒搆得著啊，再說，宮裡也沒貓兒，即使有，怕驚擾到娘娘們，一發現就得被抓走。」

馮憐容咬著嘴唇，她一向脾氣很好的，也真生氣起來。「那是我外祖母親手做的，到底誰會偷？原本今兒還要請……」她臉色一變。「晚上皇上來了怎麼辦？」

鍾嬤嬤心想，皇上沒得吃就罷了，總不會怪在馮憐容身上，就是外頭那幾個要慘了，宮裡掛東西還能被人拿走，一點兒沒察覺，這是事情沒辦好啊，指不定還得挨板子！

鍾嬤嬤道：「總是再找找吧。」

馮憐容很嚴肅。「是得叫他們好好找！」

主子又發話下來，黃益三幾個為自身安危，現在是想方設法、絞盡腦汁，恨不得自個兒鼻子都能變成狗鼻子，這麼一聞就能發現了，甚至還拜託錦衣衛中相識的，看看有沒有什麼線索。

第二十五章

他們這動靜不算小，很快就傳到坤寧宮。

方嫣問知春：「真為個鹹魚乾，鬧得雞飛狗跳？」

「回娘娘，是的，都在猜是不是夜貓打哪兒溜進來的，有些人就去抓貓了，還有人平日裡結仇的，就說看見誰像是吃過鹹魚，有那味道，也有錦衣衛幫著去看過，說是人偷走的，貓兒沒這本事。」

方嫣大怒。「不過是鹹魚乾，值得如此大費周章？這馮貴妃真把自己當什麼了，要整個宮裡的人圍著她那點兒小事轉？」

她派人去把司禮監提督太監張本叫來。

李嬤嬤沒有勸。這些黃門是有點兒不像話，該給他們受點兒教訓。

結果這一下午，內宮監、神宮監、都知監、鐘鼓司、酒醋麵局、膳房，上上下下三十來個人都被責罰了，輕點兒的只罰跪，重點兒的都被打板子。

乾清宮裡，趙佑樘聽嚴正說這事兒。

「反正是鬧得挺大，好些監局都被驚動到。」

「他們沒查到？」

嚴正心想，都毀屍滅跡了，能查得到？去的又是一等一的高手，他忍不住偷眼看看趙佑樘。

他跟隨趙佑樘也有十餘年，不說十分瞭解，可大體是摸得準他的心思，可這回，他是真不知道，堂堂皇帝，竟要去偷鹹魚乾，且還不是為了吃。

他那眼神明顯是不喜歡吃，卻還不給人家馮貴妃吃，損人不利已，這是為什麼啊？嚴正打破腦袋也不明白。

趙佑樘又問：「是張本去管的？」

「是。」嚴正回答。

趙佑樘嘴角微微一扯。為個鹹魚乾，宮裡也能鬧出一場好戲，只是大概馮憐容什麼都不知道，就她這性子，外頭怎麼鬥，下邊的人怎麼想，她都不會察覺的。

這樣的人，有時候想想，又如何能在宮裡生存？要不是有他，也不知怎麼被人欺負。

趙佑樘起身，邁步前往延祺宮。

馮憐容正著急，那些黃門都說找不著鹹魚，要是趙佑樘來了，她拿什麼給他吃，昨兒還保證說一定好吃的，現在連魚影子都沒有！怎麼交差？

她在屋裡走來走去的，這時銀桂在外頭道皇上來了，馮憐容心裡撲騰一跳。

趙佑樘幾步進來，就看見她想笑又笑不出來的樣子。

他倒是覺得樂，先不說什麼，只叫兩個孩子過來，一手抱一個，問問今兒學了什麼？

趙承衍道：「沒學，母妃今兒沒教呢，只讓孩兒自己寫字。」

馮憐容一天都在想鹹魚的事兒，哪有心情做別的。

趙佑樘抬頭看看她，馮憐容拿手指放在嘴邊咬了咬。「是為讓他溫故知新。」

寫兩個字，還能溫故知新，這藉口找的……

「明年得請講官給小羊講課，這年紀能聽了。」

馮憐容一愣。「這麼早？」

「早什麼啊，朕這會兒也聽課了。」

馮憐容哦一聲，又笑起來。「那正好跟四殿下一起聽課。」

「佑梧學得多了，哪裡還能聽淺顯的。到時候就他跟承煜，若是阿鯉能聽懂，也一起去。」

馮憐容有些捨不得，明年兩個兒子要一起去，她這兒就顯得空蕩蕩的，再說，趙佑樘以前聽課時，都是大早上出去，得傍晚才回。

趙佑樘看她這樣，本來還想說趙承衍等到七歲要搬出去的事情，這會兒又嚥了回去，還是等明年再同她說。

孩兒的事兒講完了，眼見天色不早，得用膳了。

馮憐容看趙佑樘也沒有走的意思，只得硬著頭皮道：「皇上，鹹魚吃不成了。」

這語氣悲傷無奈，好像丟了重要的東西一般。

趙佑樘嘴角挑了挑。「那妳不是食言了？說好請朕吃的。」

馮憐容賠禮道歉。「是妾身沒用，沒把魚看好了，早知道，妾身得掛在屋裡，昨兒晚上還想了好些能燒的菜……」

嚴正在後面聽著，拿眼睛看了看罪魁禍首。

罪魁禍首很淡定，昨兒他氣不順，才讓人拿走馮憐容的鹹魚，也讓她吃不到，故而語氣淡淡地道：「不過是鹹魚，沒有就算了。」

那味道難聞，說實話他一點兒都不想吃，瞧著還好像是發霉，那會兒怎麼給放進來的，沒仔細看看？檢查的人怎麼做事的？

可馮憐容還在難過。「妾身沒得吃就算了，可皇上也沒嚐到，妾身是心想，皇上平日裡也吃不到這個的，這鹹魚不比一般人做的，外祖母做這個可絕呢，瞧著味道不好聞，可吃到嘴裡，不比宮裡的東西差，但現在沒了。」

趙佑樘怔了怔，問道：「是因為朕吃不到，妳才這麼傷心？」

「是啊，妾身在家裡經常吃的，算什麼。」她雖然是為了籠絡他，可也是真心想讓他嚐嚐她喜歡吃的東西，何況那是外祖母做的，意義不同。

趙佑樘沈默，過了一會兒道：「朕叫人去妳外祖母家裡再拿幾條。」

馮憐容驚喜。「真的？」

「又不是什麼大事兒。」

馮憐容總算高興了。「那妾身還是可以請皇上吃。」

「這算是妳請的？」趙佑樘挑眉。「魚是朕派人去拿的，也是朕請妳吃吧，妳出什麼力了啊？」

馮憐容心道，那是我的外祖母啊！她做的啊！

可他有時候在她面前，就是一點不講道理，馮憐容只能屈服說：「是皇上請的。」

趙佑樘還威脅她。「到時候要是不好吃，吃得朕不舒服，妳也等著受罰。」

馮憐容無語。

趙佑樘說完又舒坦了，起身去外面，把一干子黃門、護衛都集中到院子裡來。

眾人嚇得臉色蒼白，知道肯定是鹹魚乾的事情暴露了，自己屁股要遭殃了。

果然趙佑樘沒有猶豫，當即就令嚴正使人一個個看著，每人打了十個板子，這板子不算狠，可也是很重的警醒。他雖然派了高手，可真的能偷到鹹魚，足見這院子裡的防範並不嚴密。

不過就馮憐容對誰都溫溫柔柔的態度，他們不知道厲害是正常的，人就喜歡欺軟怕硬，得意了私下還容易拉幫結派，不然為個鹹魚，能扯出這麼多人？

所以眼下兩個孩子是還小，大一些以後，這宮裡定然會生出不少事兒，歷來都是如此，他是看慣的。

趙佑樘聽著板子落下來的聲音，臉微微沈了沈，回去時淡淡道：「那張本年紀也不小了，明兒你去接任提督一職。」

嚴正大喜過望，撲通一聲跪在了地上。

城門失火殃及池魚，其實張本沒做錯什麼事兒，他不過是聽方嫣的命令，罰了那些人而已，結果就被撤職，由嚴正頂上。

要說嚴正，他算是皇帝最親信的黃門，而且自從趙佑樘登基後，他這品級一直沒怎麼升，如今做個提督算不得什麼，可問題是，時機不對。

故而方嫣也是氣得要死。她打那些人是為了壓壓馮憐容的氣勢，也讓那些宮人、黃門明白，向著馮憐容沒什麼好處，結果自己被弄個沒臉。

李嬤嬤看她摔了兩個花瓶。「皇上也打了貴妃娘娘那兒的人。」

「還不是為鹹魚嗎？」方嫣怒道。「不然能打他們？」

「那也不必每個人都打，是因他們把這事兒鬧大了，自個兒尋尋便是，牽扯這麼多，皇上也算是懲處了。」

方嫣咬一咬嘴唇。「可馮貴妃還不是毫髮無損。」

李嬤嬤嘆口氣。「娘娘，今兒既出了這事兒，可見皇上並不喜歡娘娘這般立威，也是奴婢的錯，沒有勸娘娘。其實這延祺宮，那些黃門、宮人越發不成體統才好呢，不是？娘娘何必去管，若是為整頓，不必牽扯上馮貴妃。」

這話，方嫣聽懂了。宮裡的那些奴婢不好好做事，她可以管，但是不能因為是馮貴妃，她才去管，這就顯得私心太重。

方嫣冷笑，她是做錯一點兒，趙佑樘就挑三揀四，對那馮憐容可曾如此？她又會什麼，除了服侍人，生了兩個兒子，她有什麼叫人值得稱讚的地方？

她越想越是惱火。

卻說趙佑樘隔幾日派人去馮憐容外祖母那兒拿了些鹹魚回來，現天兒暖，不好存放，去晚了，差點都沒有了。

馮憐容這回得了鹹魚，不敢掛外頭，鹹魚離奇失蹤讓她留下了嚴重的心理陰影，只敢掛在屋裡，兩邊開著窗也算通風，她起先是拿了兩條給御廚。

即使御廚十八般武藝精通，沒有不會的，見著這鹹魚的樣子也實在是有些吃不消，等處理過後方才下手。

晚上燒了一盤鹹魚河豚乾，一盤鹹魚蒸花腩，趙佑樘如約過來，馮憐容獻寶似地要挾給他吃。

可趙佑樘也記著那鹹魚的樣子，還是有點兒嫌棄。「等會兒吃。」

馮憐容撇撇嘴，自個兒先吃了，一口咬下去，臉上笑開了花，又給兩個兒子吃，兩個兒子也吃得香噴噴。

趙佑樘看著，就有點兒饞，可他不信馮憐容，她對吃食不太挑的，便問趙承衍：「這東西好吃嗎？」

趙承衍連連點頭。「好吃，以前沒吃過。」

趙佑樘又看趙承謨，趙承謨也點頭。

既然兒子都說好，趙佑樘下手了。

這鹹魚，味道有點兒奇怪，就算是御廚做了還是帶著點兒腥，可這腥又不難聞，肉吃在嘴裡有種……

他細細品嚐，忽然就笑了。這或許是一種尋常人家的味道，樸素甚至是粗糙的，卻讓人覺得安心。

他抬眼看看馮憐容，她沒在吃，也在看著他，目中跳躍著歡快的光，問道：「皇上，好吃嗎？」

他輕輕笑了笑。「還行。」

還行應該算是不錯的，馮憐容也滿足了。畢竟他是皇帝，什麼美味沒有吃過，如今只是她家裡的鹹魚，他能吃下去，那是很難得的事情。

她想著，眼角突然有些濕潤。假使他不是皇帝該多好？他如果只是她的相公，是他們馮家的女婿，在簡陋的宅子裡，在這昏暗的燭光下，與他和孩子，吃著簡單的飯菜，那該多好？這才是她期盼的日子。

可是，她很快就被自己的想法嚇了一跳。在想什麼呢？她這輩子到底還是入了宮，得他寵愛，給他生了孩子，沒有比這個更好的了。

馮憐容輕輕呼出一口氣，拿起筷子，繼續用膳。

三月，何易入得京城，趙佑樘召見了他好幾次，慢慢就制定了幾個條例出來，首先是向百姓徵收稅糧，不用再直接收取糧食，而是折合成銀錢，這樣就解決了京都倉庫糧滿為患的問題，二是清查土地，三是裁減冗員，四是皇家宗室問題。

為了這些得以施行，趙佑樘是從早忙到晚。

這日剛剛早朝回來，唐季亮滿臉笑容的告知：「皇上，貴妃娘娘有喜了。」

趙佑樘笑起來。真是爭氣啊，又懷上一個！

他拔腳往延祺宮走。

馮憐容剛被鍾嬤嬤扶去美人榻上歪著，見到他就要起來。

「坐著吧。」

馮憐容聽話，看他坐過來，順勢就把人靠在他懷裡，笑嘻嘻地問：「皇上，您猜太醫說這孩兒是男是女呀？」

原先答案都是他知，她不知，這回反過來了，不過趙佑樘一點兒不覺得難。「是女兒。」

他一下就猜出來了，馮憐容覺得好沒意思。「皇上怎麼知道的？」

「瞧妳這臉蛋就知道了，要是沒精神，肯定是男兒。」

馮憐容笑道：「那倒是，本來金太醫還不肯說。我說，若他不說，我一會兒問皇上，金太醫就說可能是個女兒。什麼可能呀，每回說可能，九成都是的。」

她特別高興，上次就想要個女兒，總算是如願。

「那妳更得好好養胎了，朕最近忙，沒空顧著妳，妳想要什麼，派人跟嚴正說一聲。」

現在嚴正是提督太監，下頭都是他管。

馮憐容道：「皇上也別累著了。」

趙佑樘點點頭，又叮囑幾句便走了。稍晚，皇太后跟方嫣也派人過來看了看。

這段時間，馮憐容便專心養胎，前三個月就算趙佑樘來，她也伺候不了，所以日子閒是閒，她也覺得冷清，還好有兩個孩子。

趙承衍得知她要給他們生妹妹，興奮得很，每日為這個就得問上好幾回，後來聽說要到過年才有妹妹，他等得望眼欲穿。至於趙承謨還小，這會兒正在慢慢成長。

這日，趙佑樘得知永嘉長公主來了，動身前往景仁宮。

皇太后見到女兒，十分高興，難得叫上樂人來吹了個曲兒，母女兩個相談甚歡。

趙佑樘一來，皇太后才把樂人撤了。

「皇姊，明年讓彥真、彥文參與科舉吧。」他提了個建議。

永嘉很是激動。「皇上說真的？」

「朕還能拿這個開玩笑？」趙佑樘道。「中了，是他們有能力，朕將來自然會任用他們為官，好過在家裡無所事事。」

永嘉笑道：「皇上當真英明！妾身會督促他們的。」

等到永嘉走了，皇太后納悶。「是只永嘉，還是別的長公主也……」

「一律如此。」趙佑樘道。「過往宗室子弟不得參與科舉，雖授予官位，卻無實權，原本有才識的就不該埋沒，或多或少可做些實事。」

在家裡閒著，一個個走雞鬥狗都成了紈袴子弟，白拿俸祿不說，這人也是一代代衰敗下去。

皇太后皺了皺眉，暫時沒有深究。「皇上既然來了，哀家這兒也有樁事情，這永福的終身大事，該是要商議商議了。」

惠妃所出的永福長公主今年十五，個性木訥膽小，雖然也是先帝之女，可總叫人感覺不到她的存在，但其母妃都過來哭了幾次，皇太后也不好不管，可比起太皇太后，她深居簡出，對那些文武百官是一點都不瞭解，所以才要問趙佑樘的意見。

趙佑樘想了想，這永福長公主也是他妹妹，除了不討人喜歡外，別的也沒什麼，他只是稍一沈吟就道：「這事兒朕會看著辦。」

皇太后見他像是已經有主意，當下自然交付於他。

六月，趙佑樘把永福長公主尚與王家二公子，王二公子家世算不得顯赫，但身家清白，現任禮部員外郎，性格樸實，為人和善。

皇太后早前聽說了，並沒有異議，像永福長公主這種性子，嫁個老實人是再好不過的，這樣她的日子也能順利點，故而永福長公主就這樣順順利利的嫁了出去，至於她本人願不願意，其實誰人也不知，反正問起來，她是點頭的。

嫁出去時，嫁妝也頗豐盛，不比安慶長公主差，就是她這人實在太安靜了，有沒有她，宮裡一點兒沒有變化。

這日，趙佑樘收到好些奏疏，心情不太愉快，一律都是彈劾何易的，說起來，他現在交予何易大權，讓他去執行這些決議，受到阻力是常事，可看看這些彈劾的官員，除了勛貴，也不乏尋常的官員，可見仍是有好些人並不支持財政上的變化，或者，興許是何易哪裡出了問題，他沒有立時回覆，暫時都留著不發。

轉眼接近新年，趙佑楨終於從睢寧回來。

趙佑樘接見他，笑道：「原本還想讓你再待幾年，不過母后念著你的終身大事。」

趙佑楨臉色微羞，不知道怎麼說。

趙佑樘瞧瞧他，當年的少年已經是個大人了，英俊魁梧，眉宇間褪去了青澀，他看著他總會想到先帝。他伸手拍趙佑楨的肩膀。「先去看看母后。」

二人前往景仁宮。

趙佑梧聽說哥哥回了，急忙忙也來，兄弟兩個一見面，抱在一起。

皇太后笑道：「當真是感情好。」

趙佑梧臉一紅，鬆開哥哥。

趙佑樘提到，既然要成親，就不能再住在宮裡了。

皇太后道：「這是自然。」

她說著看一眼趙佑樘，其實還是不太明白他的想法，藩王不就藩，留在京城，到底是好是壞？

「不如就住在福良街。」

福良街上有空置的府邸，原先是前朝明王住的，後來開國皇帝賜予華國公，華國公隨後又涉及謀反一事被抄家，這府邸便一直空著，空了有好幾十個年頭。

「那得讓人重新修葺一番。」趙佑樘想一想。「佑楨你暫時住宮裡。」

趙佑楨卻道：「以後臣弟還要回睢寧，這府邸哪兒用得上？」

皇太后笑了。「你以後成親了，還帶著妻兒四處奔波？再說，你去睢寧治水，不會沒個休息的時候？」

趙佑楨一想也是，點頭謝恩。他十分順從，沒有絲毫別的念頭。

趙佑樘看看他，笑道：「朕與母后會給你選個賢妻的，你放心吧。」

趙佑楨的臉又紅了。

馮憐容生產的時日將近，也得為未出世的孩子做考量。因俞氏年紀也大了，要有個新奶娘，鍾嬤嬤報上去，方嫣就叫奶娘府送了幾個來，讓馮憐容自個兒挑，後來選中一個姓方的，年方十八歲，性格頗是沈穩，便留了下來。

這是第三胎，馮憐容要說心裡壓力其實並不大，畢竟生趙承謨的時候十分順暢，就跟母雞下個蛋似的就下來了，連穩婆都說快呢，這回她也希望是一樣的。

趙佑樘得知她要生孩子了，早早來陪她。「這可是女兒，朕的小公主就全指望妳了，妳不能讓朕失望。」

馮憐容一聽壓力大了，苦著臉道：「皇上，您別嚇我。」

趙佑樘忙改口。「那妳隨便點兒，想怎麼生怎麼生……」

這回不光馮憐容，就連鍾嬤嬤都忍不住噗哧一聲，生孩子還能隨便跟不隨便的？

但趙佑樘很淡定，握住馮憐容的手道：「一會兒朕在這兒等著，妳別著急。」

馮憐容這時已經很安心了，有他惦念著自己，比什麼都好。她用這最後一點兒時間，把腦袋擠在他懷裡。「肚子疼得厲害，等會兒就要去生，皇上再抱抱妾身。」

趙佑樘笑起來，就這時候還想賴著他。「朕抱妳，妳也得答應朕，一定要好好的。」

馮憐容嗯了一聲，瞇著眼睛，跟小貓似的。他伸手抱住她，看她要生孩子，連頭髮都沒梳，還替她順了順。

稍後，馮憐容痛得更厲害了，穩婆連忙指揮鍾嬤嬤幾個人把她扶到隔間去。

趙佑樘坐在外面等。不只他，還有兩個兒子，趙承衍時不時就過來問他：「父皇，妹妹什麼時候有啊？」

「為何母妃被關起來了，還不放出來？」

「妹妹會長什麼樣？」

一開始，趙佑樘還好好回答，到後來腦袋就疼了，原來馮憐容不在的時候，大兒子話這麼多，看來平時都去煩他母妃了！

「這些父皇都不懂。」趙佑樘搪塞。「等母妃一會兒出來，問母妃。」

趙承衍奇怪。「父皇不是很厲害的？」

趙佑樘無語，轉頭看看小兒子。趙承謨被俞氏放在椅子上後就沒動過，也不吵，特別乖。

趙佑樘靈機一動，道：「小羊，來，你坐下與阿鯉比比，看哪個可以一直不說話，誰贏了，爹爹就帶誰去看馬兒。」

「馬兒？」趙承衍眼睛一亮。「可以騎的馬兒？」

他在書上、畫本上看過，但真的還沒見到。

見父親頷首，趙承衍立刻就道：「那孩兒不說話了。」

趙佑樘了鬆口氣，耳朵總算清靜了，不用再回答這些奇奇怪怪的問題！

過得一個多時辰，馮憐容才生完孩子，穩婆笑著出來。「恭喜皇上，是個小公主，娘娘也很好。」

趙佑樘連忙進去看。趙承衍聽見，歡喜地從椅子上下來，也把趙承謨抱下來，手牽手地去看妹妹。

馮憐容笑著說道：「這回還是很順利的，好像比生阿鯉還快一點兒，皇上，快來看咱們女兒。」

鍾嬤嬤看她要亂動，忙道：「生得容易是一回事兒，娘娘還是得注意，躺著吧。」

「是啊，躺著！」趙佑樘從鍾嬤嬤手裡抱過女兒，垂眸一看，愣了一愣，吃驚道：「長得不一樣。」

「什麼？」馮憐容著急。「怎麼不一樣？」

趙佑樘抱過來，問道：「妳看是不是？」

雖然也是皮膚紅紅的，可就是覺得哪裡跟之前兩個孩兒不太同，好似特別可愛，馮憐容嘻嘻一笑。「肯定像我。」

趙佑樘嫌棄道：「妳長得有多好？像我還差不多。」

馮憐容一怔，因為他說了「我」字，沒說朕。她好像很久沒聽到過這個字了。雖然當初覺得他說朕的時候好威嚴，好讓人心動，可這回一說「我」，卻像是回到那會兒他還是太子的時候。

她微微一笑，把頭埋在他胸口。

趙佑樘還沒有發現，只當她累了，同兩兒子道：「母妃要睡會兒，你們去鍾嬤嬤那兒看妹妹。」

鍾嬤嬤帶他們去隔間，順便把方氏、俞氏叫來。

「妳歇息吧，再怎麼說，還是累的。」

趙佑樘本打算走，結果馮憐容卻抱著他手不放，無奈之下，只得借她一會兒。

他坐著，忽然就想到她第一次生孩子，他也是這樣把胳膊給她抱著睡，原來一晃竟已這麼些年了，時間過得真快。他低頭看著馮憐容，她因生孩子，還是臉兒圓圓的，可現在她不怕這副樣子被他看見，明明當年還覺得她睡著的樣子醜，生怕他看了嫌棄，把臉埋起來呢，現在啊……

他輕聲一笑，是不是因為太熟悉，都忘了怕這些？

趙佑樘伸手碰碰她的臉，很壞心地道：「妳沒發現妳這臉都成大餅了？」

「啊！」馮憐容嚇一跳，急得連忙把臉藏起來。「誰說的……才不是大餅。」頓一頓，又無奈地吐出幾個字。「過陣子就好了。」

趙佑樘哈哈笑起來，戳一戳她的臉，也還是以前那個樣子。

馮憐容看他笑，又很生氣，本來都要睡著了，怎麼會有那麼壞的人，她大著膽子捏了他一把。

趙佑樘手臂一痛，知道是她做的卻也沒生氣，摸摸她腦袋道：「好了、好了，睡吧，不吵妳。」

馮憐容出過氣，又睡去了。

翌日，趙佑樘賜公主封號崇寧，名徽妍，又賞賜馮憐容黃金千兩，布疋兩百，珠寶玉石二十匣。

鍾嬤嬤把這些賞賜一樣樣拿給馮憐容看，馮憐容都看得累了。說實話她現在什麼都不缺，每回生孩子都有賞，庫裡堆得滿滿的，她又不出宮，根本也花不了，要說拿去打點宮人、黃門，可她身為貴妃，要有點事兒，別人都是趕著來，哪裡還需要她去求。

方氏抱著小公主來，笑著道：「小公主真能吃呢，一點兒不愛哭。」

馮憐容越看越喜歡。

趙承衍先有了弟弟，又有妹妹，最近也是只圍著妹妹轉。

年後，趙佑樘跟方嫣說起講官的事情。

「下個月李大人要在春暉閣給承衍講課，朕瞧著承煜也能聽了。」

方嫣還不知道，愣了一會兒才道：「皇上是說讓承煜與承衍一起聽課？那怎麼行，承煜是太子，怎麼同承衍一起，不得分開來聽課嗎？」

趙佑樘嘴唇一抿，他倒是沒想到方嫣一來就會反對，便淡淡道：「為何不行？朕當年也是與佑楨、佑梧聽同一批講官講課的。」

「那如何相同？」方嫣據理力爭道。「那時是因為有胡貴妃，要不是她，皇上何須如此？三殿下、四殿下原本也不該同皇上學這個！」

趙佑樘對她這番言論著實不喜。「現在孩兒還小，不過是學習淺顯的，有何不同？以後事，以後再說。」

方嫣看他神色不善，咬了咬嘴唇道：「既然皇上說還小，那就等等！」

她話裡還藏了意思。現在不與皇上爭論，以後過了幾年，皇上你也莫要再改。

趙佑樘臉色一沈。

李嬤嬤急得額頭上都冒汗，這段時間兩個人還算好，一直沒有再出過矛盾，誰料到剛過完年，為個孩子聽課的事情，這就要鬧起來，她恨不得上去扯方嫣的袖子。

幸好趙佑樘沒有發作，只沈著臉走了。

因兩個孩子過幾日就要去春暉閣，隨身都得有黃門伺候，一人四個，那得有八個，故而趙佑樘又叫嚴正撥過去十個黃門。

這日，鍾嬤嬤就跟馮憐容說要選哪幾個去服侍皇子的事情。

她們在裡頭說，外頭的黃門多數都很在意，畢竟這一跟著去，那是天天都待在兩位皇子的身邊，有點兒野心的，自然覺得比待在貴妃身邊好。

且看皇上對兩位藩王的態度，將來藩王也可能不就藩了，留在京城做事，即使去外地，他們這些自小就服侍的黃門也能跟去，不過將來是福是禍，仍是說不清楚，但人這一輩子，不搏一搏誰也不知道。

鍾嬤嬤其實早有打算。「奴婢看就黃益三、大李、方英孫、曹壽，再派四個新來的去，有他們四個老的領著，想必也妥當。咱們院子反倒平常沒什麼事兒，就小李留著，管管那幾個也夠了。」

黃益三跟大李都是資格老的，尤其是黃益三，還在皇上跟前伺候過，留在皇子身邊比較讓人放心。雖然這小子有些不安分，不過據鍾嬤嬤觀察，還是知道分寸的，至於大李，那是更加知根知底的人了。

馮憐容沒意見。「小羊也挺喜歡他們的。」

這事兒就定了。

趙佑樘這日過來，趙承衍一看到他，眼睛就發亮，撲過去扯著他袖子道：「父皇，年過了，您還沒帶孩兒去看小馬。」

為了看這個，他上回都憋著沒說話。

趙佑樘摸摸他的頭。「好啊，等父皇有空就帶你們去。」

馮憐容面露羨慕之色。「是去哪兒看？」

「去圍場吧。」趙佑樘笑道。「等天氣好一些，正好與三弟、四弟打獵去，也是好久沒去了。說起來，那兒景色也挺美的，到三月，滿草地都開了花。」

馮憐容聽得心裡癢癢，眼睛冒光。

趙佑樘知道她也想去，但偏不主動說。「到時候父皇帶你們騎馬，那邊還有很多小河，光是用手抓都能抓到魚。」

趙承衍跟趙承謨都很興奮，趙承衍道：「父皇快點有空啊！」

馮憐容在旁邊咬嘴唇。等到兩個孩子去外頭玩了，她才低聲道：「皇上……」

「嗯？」

「皇上。」她拉拉他袖子。「妾身也想去。」

趙佑樘就知道她忍不住。「妳怎麼去？妳還得坐月子呢。」

「再過一個月就好了，妾身生過幾個了，不似第一個，不用那麼久的。」她看向鍾嬤嬤。

「是不是，嬤嬤？」

鍾嬤嬤道：「是，注意些也沒什麼。」

第三個孩子了，休息兩個月應是足夠。

趙佑樘道：「朕再想想。」

馮憐容著急。「沒事的，皇上，妾身很想去，妾身來宮裡還沒有出過門，天天這樣很悶的。」

外頭的誘惑對她來說實在太大了，還能騎馬、抓魚，多有意思啊！

看她都要哭了，趙佑樘才道：「那朕帶妳去，有何好處？」

這都要好處……馮憐容想想，還能怎樣？自個兒上唄。

她摟上去親他的嘴，這會兒也不擔心什麼月子不月子，打從她懷了孩子，皇上照樣有留宿的時候，不管二人如何歡愛，反正沒出過事。

不過這次他也是憋得狠，馮憐容幫了他兩回才讓他滿足，以二人如今的親密關係，馮憐容自然不會看不出來，他真沒去臨幸過別人，就連皇后那兒都不曾。她當然高興，不過這高興中又很有壓力，回頭想想，還是跟作夢似的。

馮憐容微微嘆口氣，頭靠在他胸口道：「妾身對不住皇上。」

趙佑樘奇怪。「怎麼突然說這個。」

她沈默一會兒。「就是這麼想的，其實，皇上……」她頓一頓。「那些貴人，皇上就真沒有看上的？」

她說得頗為掙扎，雖然聲音輕輕的，可對她來說，每個字都很重。可是，她以後指不定還得懷呢，難道真能讓他一直這麼憋著？

趙佑樘聽了有些好笑，垂眸盯著她的臉。「妳的意思，是要朕去臨幸那些貴人？」

馮憐容又不想回答了。她是這個意思，但真想想又一萬個不願意，就像那回蘇琴的事情，她沒有資格去阻止，所以從來都沒有說出口。

「算了吧。」趙佑樘伸手拍拍她。「朕知道妳也不肯，就為了大方，非得讓自己不高興，何必呢？」

馮憐容愣了愣。「妾身……妾身沒、沒不高興。」

「真沒？」趙佑樘坐起來。「那朕現在就去瞧瞧那些人，看看哪個合適。」

馮憐容急得又連忙拉住他。

趙佑樘轉過來，俯身看著她。「到底高不高興？」

這突然變成逼問了，馮憐容嚇得不敢說。

若他是自己相公，自打蘇琴出現，她興許就有膽子說，不希望他再見她，然而，他卻偏偏是個皇帝。她能說嗎？

她緊緊抿著嘴唇，眼睛也想閉起來。她不想回答，又後悔剛才為什麼要說這個，她裝作不知道不就是了？

趙佑樘卻伸手翻她眼皮子。「看著朕，快說！」

馮憐容只得道：「沒有不高興。」

看她違心，趙佑樘倒有些惱火了，冷笑一聲道：「好，妳沒有不高興，那朕走了，臨幸蘇貴人！」

聽到後面一句，馮憐容猛地坐起來，抱住他胳膊不讓走。

「怎麼樣，妳還想送朕去？」趙佑樘挑眉。

馮憐容被他逼得沒法子，眼淚啪嗒啪嗒落下來，她雖然心裡這麼想，可是她如何能說出口，不讓他臨幸旁人？她害怕這句話。

趙佑樘看她都哭了，心裡一軟，只得哄著她。「罷了，朕不逼妳，別哭了啊。朕不去，只是不想去，又不是妳的錯。」

馮憐容點點頭。

看她只是一會兒工夫，眼淚就糊了滿臉，趙佑樘拿裡衣替她擦了擦。「這麼大的人了，動不動還哭鼻子，若是被孩兒瞧見，像什麼話！」

「那也是皇上欺負的。」她抽噎道。「不然我也不哭。」

「是妳先胡說的，」趙佑樘道。「膽兒就是小，沒膽子就別提，又不敢承認！」

馮憐容垂下腦袋，打定主意下回再不說了，讓他憋著。

兩人又躺了一會兒才起來，清洗完後，趙佑樘叮囑道：「小羊跟阿鯉去春暉閣，妳看著點兒，別去晚了，中間也別沒事兒派人去瞧，讓他們安心聽課。」

馮憐容還在捨不得。「其實這麼小聽了幹什麼？又不用考科舉的。」

「那妳是想要他們幾歲學，是不是最好不學，當個紈袴子弟，整天吃喝玩樂？」

「這也不是。」馮憐容忙道。「怎麼能吃閒飯呢。」

說到這個，趙佑樘又坐下來，也叫她坐。「妳好歹是他們生母，妳到底想沒想過他們以後做什麼？」

馮憐容笑道：「妾身瞧著跟三殿下這樣就挺好的，三殿下不是喜歡治水，妾身看他去了睢寧很高興，以後小羊跟阿鯉也一樣，找個喜歡做的事情就行了。」

果然是沒什麼大志向的人，對兒子也沒啥期望，趙佑樘心想，但這比較符合她的性子，要是個有野心的，也累人。

「現在就是趁小才要學，基礎打好了，以後學什麼都快，妳別管這些了。至於喜不喜歡什麼，也瞧不出來，這些等大了再說。」

馮憐容哦一聲。「皇上說什麼就是什麼了。」

「本來就得聽朕的。」

聽就聽唄，他這麼喜歡管，還省她的事，反正他是學問淵博，兩個孩子歸他管，難道還能學不好？

她又笑道：「那就都交給皇上了。」

趙佑樘點點頭，叫方氏把趙徽妍抱來。趙徽妍才一個多月大，小小的。

馮憐容道：「她也像小羊，不愛哭，即使餓了，也不過哭兩聲就停了。」

「那也是個乖孩子。」趙佑樘拿手指摸摸她臉蛋。「不知道長大了什麼樣？」

他看看馮憐容，微微一笑。女兒可能還是像她比較好。

兩個人圍著趙徽妍說了一會兒，趙佑樘才離開。

第二十六章

二月一日，趙承衍跟趙承謨開始聽課了，一大早起來，兩人眼睛都惺忪著，馮憐容未免心疼，拿溫熱的手巾給他們擦眼睛，又親手把外面衣服穿好，看著兩人吃完飯，才叫黃門領著去春暉閣。

那邊，坤寧宮也是一樣，方嫣還親自送過去。

兩方遇到了，兩兄弟過來見過母后。

方嫣瞧瞧，打扮得整整齊齊的，兩個孩兒長得也好，小小年紀已是能看出以後的俊俏。不過她這孩子也不差，方嫣叫他們坐成一排，訓誡道：「等會兒都好好聽課，別失了皇家體面。」

三個孩子都應一聲，等李大人來了，她才走。

李大人是經驗老道的人了，開頭就能講得有趣，趙承衍跟趙承煜兩個聽得津津有味，李大人也頗有成就感，結果講到一半，抬頭看看三孩子的反應，就見趙承謨這腦袋一直上下晃，然後砰的一聲，磕在桌子上。

李大人的臉黑了。趙承衍趕緊伸手去推自己弟弟。

趙承煜哈哈大笑。「原來是個瞌睡蟲！」

趙承謨被自己哥哥弄醒，耷拉著眼皮子繼續聽，結果一上午晃了幾次，害得趙承衍一直分心，專管著他。

李大人不高興了，跟黃益三道：「讓三皇子睡飽再來！」

黃益三知道李大人是個拗脾氣，還是教過皇上的，當下也不敢違抗，讓方英孫趕緊給領回延祺宮。

這事兒很快就被趙佑樘知道，他少不得想到趙承謨抓週的事情，那會兒也是睡著，再想想平日裡好像也不愛動，當下立時就把朱太醫派去給趙承謨看看，他生怕兒子身體太弱。

結果朱太醫看過之後沒發現有不對的地方，說可能就是年紀小，為此，趙佑樘只得把趙承謨的聽課時間推遲一年。

馮憐容很高興，大兒子去聽課，現在有小兒子陪著，她坐月子也是閒得慌，女兒還小沒什麼可交流，就盡跟趙承謨在一起，讀些詩書給他聽，跟他玩陞官圖、響葫蘆、九連環。

眼瞅著福良街上的府邸就要修葺好，趙佑樘因要給趙佑楨指個妻子，正頭疼中，看是看中了幾個，卻敲定不下來。

主要他覺得自個兒只是趙佑楨的大哥，真就這麼定了，萬一選到個不好的，到時候夫妻不和怎麼辦？

就這麼拖了兩天，他把趙佑楨叫來。

「別拘束，坐著。」趙佑樘道。「本就說今年讓你成親的，母后也盼著，朕看了幾家……但不知你的喜好。」

趙佑楨臉微微一紅。「全憑皇上作主。」

這不是作主不了嗎？

「叫你別拘束著了，你先說說，對將來的妻子可有什麼想法？」

趙佑楨愣了愣。「想法？臣弟沒想過。」

他在睢寧幾年，光顧著學治水，也不可能看到大家閨秀，這方面是一片空白。

趙佑樘皺了皺眉，這三弟夠遲鈍。「要說現在想，也不難，比如容貌要漂亮些，要懂琴棋書畫，還有性子得好，溫溫柔柔的，或者，人得聰明些……」

他想著想著，就想到馮憐容身上去了，趙佑樘才發現他要找馮憐容的優點，原來真簡單，一、二，沒了！他不由得笑起來，下回得跟她說說大家閨秀應該具備的優點，瞧她還厚臉皮不。

趙佑楨聽他那麼說，便道：「就按皇上說的。」

「朕說的那是十全十美的，你總有特別在意的幾樣吧？」趙佑樘心道，天下哪有這等好事，都全了，那是仙女。「你回頭好好想想，過兩日答覆朕。」

趙佑楨應聲，告退走了。

此時，唐季亮領兩個小黃門進來，捧著大堆的奏疏放在御桌上，趙佑樘早習慣了，伸手取下來看。

可今日情況不太一樣，他看了幾眼就惱火，早朝時就有幾位大臣提到宗室子弟不得科舉的事情，暗指他不按祖例行事，對不起先皇先帝，而今又上奏疏勸他收回成命，是為景國大計著想。

趙佑樘把奏疏一合，結果連翻了十數個，全都是反對的意見，便把奏疏扔在地上。

雖然登基不過數年，他也已經充分領教了這些大臣的本事，難怪當年先帝立個太子也得看他們臉色，實在是他們的權力過大，如今他打算任用宗室子弟為官，將來勢必會成為一股新的勢力與他們抗衡，這不就急了？其實區區一些宗室哪裡能撼動得了整個景國？真如此，前朝也不會強盛了百年。

他微微呼出一口氣，又看別的奏疏。這回又是彈劾何易，說起此人，果斷精幹，確實是個良才，只可惜據他觀察，缺點也多，一來太過自大，聽不進意見，二來操之過急。

是不是，真要把何易撤下來？可要找誰取而代之？

楊大人年邁，王大人正值盛年，可京中少不了他，李大人要講課，脾氣又暴躁，馮大人……

馮憐容的父親又太過正直，雖然他有心提拔，可處理這事兒並不合適。

他放下筆，揉了揉眉心。

過得兩日，趙佑楨來答覆。

趙佑樘聽他說了，見他滿臉通紅，遲疑一會兒才保證。「你放心，朕會給你指個好的。」

回頭他就忍不住，在延祺宮跟馮憐容說話時，道：「妳猜三弟想娶個什麼樣的妻子？」

馮憐容道：「三殿下脾氣很好的，應該也想找個脾氣好，還有，人得漂亮吧？」

趙佑樘搖頭。「錯了、錯了。」

「那是要知書達禮？」

「不對。」

「相夫教子的？」馮憐容又猜。

結果猜了好些都不對。

趙佑樘神神秘秘道：「他喜歡皮膚略黑的，覺得這種好看，還要豐滿些的，最好稍胖一點兒。」

馮憐容筷子都掉下來，三殿下居然……這也太特別了。

趙佑樘笑。「朕也沒想到。」

「可是皇上怎麼給他選啊？皇上哪知道哪家姑娘長這樣。」馮憐容都替他為難。

「這倒是沒什麼，朕想知道，就沒有不能知道的。」

馮憐容張大嘴。「難道皇上要派人去一家家瞧？」

「一直都瞧著呢。」趙佑樘說得很隨意。「哪家的事兒，朕不清楚？妳哥哥昨兒回去買了路邊小攤上的羊雙腸，好似買過好多次了，你們家是愛吃這個？」

馮憐容的筷子再次掉了下來，跟看鬼一樣地看著趙佑樘，覺得他太恐怖了。

「是不是？」趙佑樘追問。

馮憐容道：「是，是的。」

趙佑樘一笑，伸手拍拍她腦袋。「怕什麼，不做虧心事不怕鬼敲門。」

「皇上說得是。」

馮憐容心裡卻在想，下回爹、娘來，她得告訴他們千萬別在背後說皇上的壞話。

看她一臉驚恐，趙佑樘暗地裡好笑，只是編的而已，哪裡家家戶戶的任何事情他都知道，那羊雙腸的事兒，還不是只聽說一回，別的不過是猜的，瞧她這膽子……

過得一陣子，趙佑樘就給趙佑楨指了個妻子——通政司左參政金大人的大女兒。

按他要求，就是黑、豐滿，這金大人本身就黑，女兒便像他，至於容貌，也不算差，五官還是清秀的，趙佑樘也不想給他找個醜的，雖然他要求這麼奇怪。

他跟皇太后商議了一下，婚期定在四月六日，也好讓金家準備一下。

待趙佑楨的事情定下，很快就到三月。

這日，永嘉長公主突然來宮裡，怒氣沖沖。

趙佑樘一問，原來永嘉公主兩個兒子去參加科舉，不過是考個秀才，那考官居然不肯，說違背舊例，宗室子弟本就禁止入考場，永嘉被氣得不輕，旁的考官一味勸說，那考官硬是不准，以身攔著大門，永嘉這才來宮裡。

趙佑樘一聽也皺起眉頭。「那官員叫什麼？」

「叫劉石清。」

他的眉頭皺得更緊了，只因這劉石清的為人作風就跟他的名字一樣，像石頭，很硬。

宗室子弟可以科舉乃是他頒布的新令，雖然朝中現在還有官員並不贊同，時不時跳出來反對，可公然不從這還是第一個！

「皇上，這劉石清實在太不像話了，皇上的命令也敢違抗，若讓旁的官員仿效下去還能得了？」

她身為長公主也是第一次受這個氣！

趙佑樘立時下令把劉石清抓起來。

結果抓的人剛到，就聽說劉石清上吊自殺了，還寫了洋洋灑灑一篇文章，指責趙佑樘縱容宗室行凶。

趙佑楳這才知道，原來劉石清的兒子被殺了！

劉石清只有一個兒子，他與永嘉長公主爭執過後，等到學子們考完，他回到家，才發現兒子一直沒回，立刻請人幫他四處尋找，結果在護城河裡發現兒子的屍體，劉石清覺得定是永嘉長公主派人殺了他這兒子。

他自認鬥不過皇親國戚，一怒之下以死鳴冤！

這樁事情鬧得挺大，整個京城都傳得沸沸揚揚，甚至驚動到皇太后，畢竟關係到自家女兒，好端端地被扣個殺人行凶的罪名還能得了？

皇太后疾步就來到乾清宮。

「皇上，永嘉絕不會殺人的！」

一向冷靜的皇太后能親自來此，可見這件事對她的衝擊。

「朕也知皇姊不會，可此事非同小可。」

「皇上打算如何處理？」

「只能暫且收押皇姊。」

「什麼！」皇太后身子一搖。「這怎麼行？她沒殺人，如何能抓了她？」

趙佑楳知道她疼愛永嘉，解釋道：「劉石清雖然為人刻板不知變通，但剛正不阿，兩袖清風，在官員、百姓中都素有影響，這次以此方式鳴冤，博得眾人同情，朕若是不抓皇姊，不能平怒。不過母后請放心，這事，朕一定會查得水落石出，還皇姊清白！」

皇太后心知他說得沒錯，可到底難過，忍不住垂淚。

趙佑樘又寬慰幾句，親自送她回景仁宮，這才召了刑部左侍郎黃大人、大理寺卿洪大人來。

二人在路上就知道會發生什麼，無非是令他們徹查此事，故而到得乾清宮，趙佑樘問起時，二人都說已經派人仔細查了，便是城門都已封鎖，防止凶手出城。

趙佑樘手指輕敲了兩下桌面。「孩子落水一事來得湊巧，絕不是意外，你們有何看法？」

黃大人忙道：「定是栽贓嫁禍！」

「應是與長公主平日裡有宿怨之人。」洪大人也道。

趙佑樘其實也這麼想，他對永嘉很瞭解，雖然囂張跋扈，可不至於會殺人，且對方還是個孩子，但是，她手下的人卻未必。

「長公主府中眾人也不要放過。」趙佑樘緩緩說了一句，他知道他不說，各衙門未必敢有膽子去查。

兩位大人連忙應是。

為這事兒，他也夠心煩的，在屋裡走了走，方才坐下來看奏疏。

延祺宮。

馮憐容牽著趙承謨在院子裡看葡萄苗，葡萄苗種了一年總算長大了，在竹架上爬得滿滿，葉子綠油油地長在藤蔓上，垂下來，姿態也好看。

「這是葡萄藤，等到八月，就能長出一串串的葡萄來。」

趙承謨點點頭。「葡萄好吃。」

「是啊，酸酸甜甜的，母妃到時候還能拿來釀酒。」

「酒？」趙承謨的小眉毛皺起來。「酒不好喝。」

「你父皇喝的那是黃酒醇酒，當然不好喝，母妃釀的是葡萄酒，甜甜的，你喝了就知道，這法子啊，是母妃的娘教的。」

趙承謨一笑。「好。」

母子兩個正說著，趙佑樘來了，看到葡萄架，笑道：「長得很快，今年朕能有葡萄酒喝了。」

馮憐容道：「剛才正跟阿鯉說這個。」

趙佑樘嗯一聲，沒再說話，負手立在院子裡。

馮憐容見狀，叫鍾嬤嬤帶趙承謨去殿裡。

永嘉長公主的事情她也知道了，他現這會兒原本應在看奏疏，來了肯定是因為心情不好，她命人抬張案几來，上頭擺了茶具，左右設錦墊。

趙佑樘看一眼。「幹什麼？」

「喝茶啊，妾身一直覺得就這樣坐在外頭，邊曬太陽邊喝茶挺舒服的。」

趙佑樘坐下來。馮憐容也入坐，抬起手給他斟茶，倒完了，自己拿起慢慢品嚐。

趙佑樘喝一口。「是雲霧茶。」

「是呀，皇上真厲害，妾身到現在也還是分不太清楚。」

「這原本就要多喝才能分辨，妳平常只愛吃那些甜的，哪行。」趙佑樘又喝下幾口，轉頭看看旁邊的憐容花。「倒是真長出來了，下回挪一些到乾清宮裡去。」

馮憐容心裡一甜。「好。」

兩個人又沈默，馮憐容喝喝茶，看看他，怡然自得。

趙佑樘手裡拿著茶盞，全身被太陽曬得暖洋洋的，心情還真的慢慢好起來，指指耳朵道：「來，給我掏掏。」

「在這兒？」她問，把錦墊挪過去。

趙佑樘嗯一聲，側過來，上半身往下一躺，把腦袋擱在馮憐容的腿上，也不管下頭的錦墊不夠大，兩條大長腿沒地方擱，龍袍全拖在地上。

這會兒，跟她兩個兒子差不多。

馮憐容伸手摸摸他的臉，陽光照在他臉上，近乎於有種透明感，這一刻，她好似能看到他所有的疲憊。他大概真是累了，皇帝不好當呀！

馮憐容心疼地嘆口氣，給他挖耳朵。結果沒挖幾下，他就睡著了，在暖暖的太陽下，在她的腿上。

眾人遠遠看見，暗地裡咋舌。這種場景誰輕易能見著？

馮憐容也不捨得動，生怕驚醒他，雖然這坐姿有點兒累，可是他這樣睡著，她這樣看著，哪怕是一輩子，自己成了石頭，她也心甘情願。

後來，趙佑樘醒了，她真覺得自己成了石頭，一動都不能動。

趙佑樘爬起來，碰她一下，她就痠疼得叫起來。

鍾嬤嬤忙道：「坐久了。」

趙佑樘抽了下嘴角。她果然是蠢得什麼都幹得出來，他若睡到晚上，那又怎麼辦？

他俯下身，把馮憐容抱回裡間了。

過幾日，案子便有些端倪。

趙佑樘聽完回稟，好一會兒沒有說話，過得片刻道：「刑部、大理寺、都察院、順天府，針對京都所有宗室子弟，把往年沈掉的案子都翻出來！」

原來這些年，宗室子弟仗著自己身分，不知道做了多少壞事，即使不是自己做的，底下的奴僕也不老實，那些官員也願意包庇，故而導致了很多冤案，也堆積不少怨氣，其中定然隱藏了與宗室子弟有仇怨的凶手。

這次如此大的陣勢，從永嘉長公主擴展到了歷代皇親國戚的府邸，趙佑樘怕出事，又派出禁軍、錦衣衛，白日夜間巡查。

此次案件不知道涉及多少人物，一時京中人心惶惶，楊大人、王大人急忙入朝覲見。

「只怕如此下去，會引起大亂，皇上請三思而行。」

趙佑樘挑眉。「朕要任用宗室子弟，你們不肯。如今朕要清算宗室子弟，你們又不肯？到底是為何？」

兩位大人面面相覷。

「朕知宗室子弟因無法參政，整日無所事事，又因身分特殊，危害百姓，稱霸一方，也不可避免。今次清算完，朕便要修改宗室法令，嚴令他們執行，將來入朝為官，也與爾等相同！」

楊大人大驚。「原來皇上早有主意！」

趙佑樘淡淡道：「所以你們莫再說了，此事越快解決越好，既然起了頭，就絕沒有草草了斷的可能。」

楊大人與王大人只得退下。

到得四月，宗室子弟被定罪者有上百來人，其中大罪的有二十七人，當即就被處斬，許多冤案得以昭雪，百姓山呼萬歲。

永嘉長公主也被放出來，只因那幕後殺人者是為得到一個答案，他便是這些冤案的受害者，只可惜屢屢上告，都不被衙門接受，才想到此一下下策，來贏得眾人矚目。

當今皇上沒有讓他失望，他上得衙門自首，以死謝罪。為此，衙門又有一批官員被削官。

到得今日，此事才算有個了結。

趙佑樘馬不停蹄，又令刑部連日定下宗室新法令，昭告天下，不只是京城，便是整個景國的宗室子弟皆得遵循這一法則，宗室子弟危害天下的弊端算是得以一清。

這事兒完了之後，趙佑樘總算可以輕鬆輕鬆了。這日，就把兩位弟弟叫過來，要去圍場打獵。

趙佑楨笑道：「也是許久不去了，不知箭法可準？」

「試一試就知道。」趙佑樘笑，拍拍他肩膀。「那張弓朕還留著，你可要？」

當年因胡貴妃，趙佑楨不敢接受他的弓箭，現在不一樣了，他早就想得通透，笑道：「多謝皇上。」

趙佑樘叫唐季亮去拿弓箭，又讓他們去準備準備。

二人先走，趙佑樘隨後去坤寧宮。

「朕要去圍場，帶承煜去看看馬兒。」他跟方嫣道。

方嫣愣了下。「去圍場？那不是打獵的地方，承煜能去？他還小呢。」

「自然不會遇到虎豹，妳放心，小羊跟阿鯉也去。」

方嫣暗地裡撇撇嘴，果然到哪兒也離不了他們，既然那兩個也去，她這一個也不能落於人後，當下是千叮囑萬叮囑，才肯讓趙承煜去。

趙承煜很興奮，一路上問這問那的，趙佑樘半途把他交給唐季亮，又去了延祺宮。

兩個孩子高興得蹦蹦跳跳的，趙佑樘看一眼馮憐容。「妳不高興？只發呆。」

馮憐容瞪大了眼睛。「真帶妾身去？」

「朕還能騙人？」趙佑樘往後看一眼，一個小黃門立刻就把一套衣服拿過來。「拿去換上。」

馮憐容納悶，怎麼還給她送衣服。她拿進去一看，原來是套騎射服，裡衣是白色的，外頭是正紅色的，繡著飛鶴圖案，底下還有一雙鹿皮靴子，看著十分精巧，想必是京都哪家的成衣鋪子買的。

「鍾嬤嬤，妳說好不好看？」她問。

鍾嬷嬷笑道：「皇上送的，什麼都是好的，娘娘還問奴婢，這會兒高興壞了吧？」

馮憐容嘻嘻笑起來，可不是高興死了。她連忙換上。

鍾嬷嬷又叫珠蘭來給她梳頭髮，既然是去圍場，也不能弄複雜的髮髻，光是梳了個單螺，上頭插一支白玉簪子就完了；耳上給她戴了兩串雪白的珍珠，走起路來，一晃一晃的，襯得耳垂更加小巧可愛。

這麼打扮完，馮憐容從裡頭走出來。

趙佑樘一看，眼睛發亮。原來她穿這身衣服，竟會發生那麼大的變化，這變化讓他覺得新奇，像是一種從來沒有過的樂趣般。

看來，以後得叫她試試再穿別的。

馮憐容看他眼神直勾勾的，微微一笑問：「皇上，好看嗎？」

趙佑樘回過神，眉頭一挑。「能好看到哪兒去，妳就那樣了。」

馮憐容氣得牙癢癢，走過去牽著兩孩子就走，一邊問：「小羊、阿鯉，母妃穿這個漂不漂亮？」

趙承衍猛點頭。「漂亮！」

趙承謨也點頭。

還是自己兒子好啊，馮憐容滿足了，一左一右在兩人臉蛋上親親。

趙佑樘抽了下嘴角。她現在有兒子，氣果然壯了，還敢不理他！他幾步上去，把趙承謨抱起來，順勢就把馮憐容的那隻手握住，馮憐容掙扎了兩下，他又不放。

馮憐容心想，還說不好看呢，不好看還硬抓著，她又笑起來。

皇帝去圍場，於宮中來說算是一樁大事，護衛必不可少，御醫、御廚也一起帶上，不過這又與出巡不同，趙佑樘打算低調行事，故而並沒有坐龍輦，只叫嚴正準備幾輛普通的馬車，幾人坐著就出發了。

馮憐容與趙佑樘同乘一輛，三個孩子在另外一輛，趙佑楨兄弟兩個也是一輛。

出得宮門，馮憐容就有些不安分，原本在入宮前，出去逛逛於她來說真是小事一樁，因家裡窮，她可不像那些大家閨秀大門不出、二門不邁的，事實上，她常跟唐容去集市，馮孟安有空也願意帶她玩。

然而，這些年，她竟然一次都沒離開皇宮！

馮憐容偷偷把車簾掀起一角往外看。外面人來人往的，即便只是路人，她都覺得十分親切，那些吆喝聲飄入耳朵裡，比曲子都悅耳動聽，她甚至聳動了兩下鼻子，聞著空氣中的味道。那裡有燒餅味、塵土味、果子香、油煙氣……好些味道混雜在一起，那是她以前所熟悉且經常會聞到的。

看她恨不得跳出去的架勢，趙佑樘慢悠悠道：「要不妳下去看看？」

「真的？」馮憐容驚喜地轉過頭。

等看到他的表情時，她才知道這不可能，他又在逗她了，便放下車簾，嘆了口氣。

趙佑樘問：「妳就那麼想去走走？」

「當然。」馮憐容道。「妾身從小長大的地方，如何不懷念？不想才不對呢。」

這話倒是讓趙佑樘無話反駁。他不是生長在民間的人，自然無法體會，可外面的新鮮他是知道的，這裡與皇宮當然不同。

他伸手把馮憐容抱過來，笑了笑道：「以後若有機會，朕也可以滿足妳。」

馮憐容幽幽道：「皇上又在哄人。」

「誰哄妳，不過是去街上，有什麼了不得的。」他抬起她下頷，見她嘴唇紅潤飽滿，像是春日裡誘人的果子，忍不住就低頭親下去。

馮憐容抱住他脖子，任由他採擷這甘美，二人越親越纏綿。

行到城門口，嚴正掏了腰牌給守衛，守衛驚得立時要跪下來，嚴正叫他無須聲張，開了城門便是。

馬車很快就疾馳出城外。圍場在京城東邊二十里處，依山傍水，就算不打獵，那也是一處絕佳的風光之地，只被劃為帝王之物，尋常人不得進去。

此處圍場平日裡有百來守衛，入口處便是三座大宅，眾人聽說皇帝與太子、皇子、藩王要來，早早已經出來迎接，馬兒、弓箭一應都備好。

聽見外頭的聲音，馮憐容連忙拉好衣衫，一路上，他就沒消停，這兒摸摸、那兒捏捏的，把兩個人都搞得慾火焚身，這下可好，又辦不成，也不知是在害誰。

趙佑樘看她玉簪也有點兒歪，伸手給她插好，這才與她一起下車。

地上已經跪了一地的人。

「都起來吧，該幹什麼幹什麼去。」趙佑樘吩咐。

那些人應聲退走。

馮憐容四處一看，只見前方是莽莽草原，一片嫩綠，上頭還有一群群牛羊在悠閒地吃草，西側是群山，東側又是林子，她笑道：「原來圍場這麼美！」

三個孩子也好奇地四處張望。

趙佑楨道：「上回臣來時，尚是冬季，草木都已枯萎，確實不似春日裡來得好看。」

趙佑樘笑道：「夏天、秋天又是別樣的景致。」他命人牽來馬兒。

趙承衍三個都圍上去。這些馬兒既然為皇室所用，自然是景國最好的，一匹匹都精神抖擻，十分強壯。

馮憐容笑道：「馬兒真俊，不過孩子們騎會不會有危險？」

「好馬不會。」趙佑樘吩咐護衛，他們立刻挑了三匹最溫順的小馬出來，六個人負責一位皇子，生怕摔倒。

三個孩子騎在上面，別提多興奮，笑個不停。

馮憐容道：「從不曾見他們這麼高興的。」

趙佑樘瞧一眼那兩兄弟，見趙佑楨還在忙著教弟弟，趙佑樘親自給馮憐容挑了一匹。「這給妳騎。」

馮憐容驚得臉色發白。「這麼高！」

馬兒全身雪白，神駿無雙，脖子上鬃毛長長的，油光水亮，一點兒不比她的頭髮差，瞧著是真漂亮！

可馮憐容不敢騎牠，趙佑樘見她躊躇不前，也知道她膽小，便自個兒先上去，再俯身一抱，把她抱上馬背。

他一拉韁繩，馬兒立時就往前跑了。

馮憐容嚇得一聲尖叫，連眼睛都不敢睜開。還是跑了一會兒，她才慢慢定下心，這時往前看，只覺新奇，馬兒跑起來，兩邊的景色快速往後退去，人的心啊，也跟著馬兒好像要飛起來一樣。

「真好玩！」她終於笑了。「原來騎馬是這種感覺。」

趙佑樘有些驚訝，沒想到她適應得那麼快，只當她還得怕一陣子。

「來，繩子拿好。」他耐心道。「拉緊一些，牠就能跑快，若是想慢，就鬆一鬆，這邊兒拽是往左的。」

他講解一番，馮憐容道：「真叫妾身來？」

「有何不可？有朕在呢。」

馮憐容便拿起韁繩，結果才拽了一下，就疼得直叫。

趙佑樘連忙把馬停下來，看看她掌心，赫然有道紅印，她的手掌還是太嫩了，承受不住力道，繩子再磨一磨，得破了。

趙佑樘懊惱。「我忘了，得給妳戴上這個！」

他取出一塊皮革似的東西套在她手上，這是可以護手的。

馮憐容使了使，果然有用，她因帶孩子力氣不小，拉個馬兒的繩子完全沒什麼問題，當下倒是真高興起來，把轠繩拉得緊緊的，馬兒一路飛奔而去。

她時不時發出歡笑聲或驚呼聲，卻沒有害怕了，因為有他在身後。

趙佑樘感到好笑，伸手抱住她的腰，把下頷抵在她肩膀上。「行了，朕可以休息了，妳愛跑去哪兒就去哪兒。」

馮憐容得意說：「皇上覺得妾身騎得好不好？」

「好。」

「那咱們去東邊看看？」

「好。」

「去西邊？」

「也隨妳。」

茫茫大地，馮憐容往前看去，只見遠處天與地都連成了一片，她微微一笑問：「去天涯海角呢？」

趙佑樘聽她這麼問，側頭親親她的耳垂，低語道：「天涯海角，朕也隨妳去。」

馮憐容整顆心都麻了，暗自心想，這要是真的，該有多好呀。

看她傻乎乎的突然不動了，趙佑樘道：「不是要去天涯海角，還不走？」

他手裡鞭子一甩，馬兒疾奔如離弦之箭。馮憐容趕緊拉住轠繩，控制好方向。

趙佑楨在原地看去，只見那兩個人都快成了一個黑點兒，他笑道：「弟弟，咱們去追皇上！」

二人拿好弓箭，翻身上馬，領著一隊護衛也衝了出去。

馮憐容策馬一直往林子那邊走，廣闊的草原看過了，她現在想去林子裡看看。

趙佑樘見她停下，自個兒先下馬再把她抱下來。後面一隊護衛原本不敢鬆懈，此刻都忍不住微微低頭。

趙佑樘道：「林子裡可就得走了，妳不怕累？」

馮憐容抬起腳。「有這個。」

趙佑樘笑著看她。她眉宇間洋溢著歡快，這身騎射服穿在她身上，多了幾分英氣，讓她看起來更為明朗。

趙佑樘伸手給她攏一攏頭髮。「都亂了，瞧著像個野丫頭！」

馮憐容踮起腳也給他整一整束髮的紫金冠，學他的口氣道：「歪了，瞧著像個野小子！」

趙佑樘哈哈笑了。

眼見二人要進去，護衛趕緊當先開路，萬一裡頭有什麼猛獸，他們可擔當不起。

走一會兒，趙佑楨兩兄弟也趕來。

趙佑樘道：「天色也不早了，先打獵，妳沒看夠，下回再來。」

馮憐容連聲道好，眼睛彎彎得好像銀鉤。這種笑容最是甜美。

趙佑梧看看她，嘴角微翹，小聲跟趙佑楨道：「哥哥，你娶的娘子可有貴妃好看？」

趙佑楨嚇一跳，忙捂住他的嘴。「瞎說什麼啊你！」

趙佑梧納悶，他不過是好奇問問。他常去馮憐容那兒，就是覺得她長得美，人也好，還會給他掏耳朵，還有兩個侄兒也可愛。

趙佑楨道：「沒事別提貴妃，至於你嫂子，過兩日不就看到了。」

趙佑梧想想也是。

一行人又出來，現在便是要去狩獵了。

這狩獵可不是光騎馬，遇到獵物那得追逐、瞄準、射殺，不只趙佑樘三兄弟，便是那些守衛頭領也得參與，場面可謂激烈。

趙佑樘怕馮憐容受不了，自然不想帶她去，結果馮憐容偏不肯。

「妾身就坐在後面，絕不打擾皇上的，既然來了，妾身就想看看皇上的風姿。」

她從沒見過他狩獵，她見到的永遠都是在宮裡身為皇帝的趙佑樘，她想看看他身為一個獵人又是如何。

趙佑樘答應了，翻身上馬，她坐在他身後，負責給他看好箭袋。趙佑樘又叮囑留下的守衛看顧三個孩子，這才手一揮，命令他們出發。

這次馬兒的速度就不同了，跟一陣風似的，馮憐容側頭一看，眾人都騎著馬，飛也似地往前疾馳。

遠處飛禽走獸受到了驚嚇，一窩蜂地四處逃竄。

趙佑樘喝道：「箭！」

馮憐容趕緊給他遞過去。只見他拉弓上箭，略一停頓，咻的破空之聲，羽箭飛出去，遠處立時傳來一陣哀鳴。

馮憐容探頭看去，就見地上躺了一隻野鹿，怕牠掙扎逃走，趙佑樘毫不猶豫又補射了一箭，這時的他冷酷果斷，真是個無情的獵手。馮憐容突然又覺得獵物可憐。

「怎麼樣？」趙佑樘卻還想得她誇獎。

馮憐容忙道：「皇上好厲害，百發百中！」

趙佑樘爽朗一笑，雙腿一夾馬肚，又去追別的。

過了半個時辰，已是有很多收穫，趙佑樘看看差不多了，現正是春季，獵物交配的時候，多有獵殺也不合適，當下便停手，命人把獵物抬上車。

趙佑楨今日也射中不少，趙佑樘誇獎他。「你的箭法沒有退步，很好！」

趙佑楨笑道：「一開始還是有些生疏，可拉了兩箭，這感覺就好似回來了。」

趙佑梧氣餒道：「就臣弟沒有打到。」

趙佑樘笑道：「你得多加練習，說到射箭，佑楨便是與朕比，也差不了多少。」

說話間，三個孩子見他們回了，也都圍上來。

他們年紀還小，要想學會騎馬是不可能的，故而趙佑樘本也不指望，就是帶他們出來遊玩而已。

看看天色，已是下午，再趕回宮裡，也是要傍晚了，眾人上車返回。

三個孩子都累了，一到車上就睡著，一個挨著一個。

趙佑樘也覺得累，可能是前兩個月一直緊繃著弦，這回徹底鬆懈下來，又是騎馬又是射箭的，像是身體一下子沒有適應，他坐著就不太直，眼眸微微合著。

馮憐容說道：「妾身給皇上按摩。」

趙佑樘輕笑。「妳不累？別折騰了，等會兒再按得一身汗，現有風，指不定吹到就著涼了。」

「沒事的，妾身適可而止。」馮憐容保證。

趙佑樘又笑。「那好吧，肩頭、腿這兒。」

趙佑樘閉起眼睛，馮憐容一心一意地服侍，一開始也沒注意，後來按著按著就發現他像是睡著了，她停下來，打量他的臉。

這張臉總是百看不厭，雖然過了這些年，還是俊美如昔。她看了一會兒，目光又定住，好像睡得不太安寧？眉頭怎麼微微擰著呢？

她湊上去，仔細瞅著，發現他臉頰也有點兒紅。

馮憐容著急起來，連忙伸手在他額頭上碰了碰，這一碰，才發現他的額頭是發燙的，當下忙叫停車。

太醫坐的車在後面，嚴正忙派人告知，太醫嚇得差點一路滾過來。這次隨行的太醫，只有金太醫跟江太醫。

因馮憐容跟金太醫相熟，讓他先進來診斷。趙佑楨兩兄弟也很緊張地立在旁邊。

金太醫額頭上已經冒汗，在他印象裡，皇帝還沒生過病，這回在路途竟然病了，自己可不是運氣不好？若是出點兒差錯，那一家人的腦袋都得不保！他一邊想著又趕緊收斂心神，屏氣凝神替皇上把脈。

過一會兒，金太醫緩緩吐出一口氣，跟馮憐容道：「回貴妃娘娘，皇上這是得了風熱……」

正說著，趙佑樘睜開眼睛。「怎麼回事，不走了？」

馮憐容忙道：「皇上不覺得哪兒不舒服？金太醫說皇上是風熱。」

趙佑樘擺擺手。「小病而已，繼續走，這會兒也不能熬藥，耽擱什麼時間！」

「可是……」她頓一頓。「金太醫，可有什麼藥丸先給皇上吃了？」

「有。」金太醫連忙取出一個玉瓶。「有清熱解毒的，皇上可以暫且一用。」

嚴正取了水給趙佑樘服下，這麼停頓之後，車隊又往前走了。

馮憐容看他似也沒有多少好轉，想了想，叫嚴正把水拿來，她抽條帕子用水弄濕了，給他敷在額頭。

因皇帝病了，車隊速度也得加快，護衛在前頭開路，閒雜人等全都被趕到路邊，馬車一路狂奔，不多時便到了京城。

第二十七章

皇帝病了的消息很快就傳到方嫣耳朵裡。

方嫣就在生氣，她並不知道馮憐容竟然還跟著趙佑樘去圍場，在得知的時候，他們早已出發。可趙佑樘卻沒有知會她，甚至也沒有邀請她去！

方嫣趕去乾清宮，馮憐容跟三個孩子也在，見到她來，連忙退在一邊。

方嫣看她這打扮，火又旺了一層，果真玩得高興，還穿了騎射服。她咬了咬牙才忍住怒氣，坐在床頭道：「皇上可要好好養病，雖然不是什麼嚴重的，可皇上的龍體比什麼都要緊。」

趙佑樘道：「多謝皇后關心。」

多餘的話一句沒有，二人日漸離心，除了客套話，並無別的。

方嫣告辭，臨走時看一眼馮憐容。「妳也別打擾皇上。」

馮憐容自然不好再留下來，跟在她後面出去。

等到出了乾清宮，方嫣才發作，聲音同寒冰一般。「本宮一直以來都容妳放肆，現今看來，真是錯上加錯，妳可有一絲悔悟？今日還害得皇上病了，本宮不得不懲處妳。」她微微仰起頭，吐出一句話。「妳給本宮跪下！」

此刻，她們正在青石大路上，不說人來人往，總有人路過，馮憐容心頭一驚，雖說她向皇后下跪乃天經地義，可多少年，她沒有在她面前跪過了。

空氣彷彿凝結起來，這春日，連四處的鳥叫聲都消失無蹤。

金桂見此，不想主子受辱，搶先就要跪下來，結果被馮憐容拉住了衣袖，她驚愕地回頭一看。

馮憐容面色平靜，輕聲吩咐：「妳把小羊跟阿鯉送回去。」

今日方嫣的氣勢，她知道避無可避，便是自己身邊這些宮人、黃門去求情，也只是挨巴掌的分，既然如此，何必要他們多此一舉？不過，她卻不想在兩個孩子面前跪下。

方嫣聽了冷笑道：「為何要帶走？妳如今犯錯，正該要他們二人看看，以後得些教訓，萬不可學妳。」

這話一出，馮憐容忍不住道：「娘娘，妾身也就這一個要求，小羊跟阿鯉還小呢，能懂什麼？」

「既然不懂，為何要走？」方嫣挑眉。「妳雖然撫育了兩個孩子，可照理，他們是喊本宮為母后，妳又算得什麼？妳身為貴妃，私自與皇上出行不說，還讓皇上染病，如今本宮懲罰妳，妳可是不服？」

馮憐容忍氣吞聲。「娘娘訓話，妾身無有不服。」

「那妳還不跪下！」方嫣喝道。「莫非要本宮動手不成？」

馮憐容若不肯跪，她也有的是法子！

見此形勢，黃益三暗自心想，一直以來，皇后雖然對馮貴妃常有不滿，可明面上還是和氣，至少從沒有像今日這等居高臨下的訓斥，可現在皇后親自打破了這個平衡，原本安靜的湖面終於生了漣漪。
這是一個好機會。他朝大李使了個眼色，大李瞬間會意，立時製造混亂。
眾人只見大李突然就往前撲過去，看這架勢恨不得是要撲到皇后身上，皇后身邊的人大驚，只當他要做什麼，全都圍了過來，攔住大李。
知春訓斥道：「大膽奴才，你意欲何為？」
誰知大李只是撲到地上，一陣大哭。「還請皇后娘娘饒過貴妃娘娘！貴妃娘娘是無辜的，便是去圍場，也是皇上下令的，難道咱們貴妃娘娘還能不從？這不是沒辦法嗎，皇上生病也是因連日勞累……」
他一個大男人哭得眼淚鼻涕橫流，眾人的目光從一開始就被他吸引住了，黃益三乘機就從後面偷偷溜走。
到得乾清宮門口時，他氣喘吁吁，滿臉的汗，彎腰跟守門的人道：「趕緊把嚴公公叫來。」
嚴正就在門後，正打算出去，看到黃益三這樣子，皺眉道：「毛毛躁躁的，出什麼事了？」
黃益三竄上去，貼在他耳邊說了幾句話。
嚴正一怔。「皇上在休息呢！」
在嚴正心裡，誰也比不得皇上重要，那兩個女人管她們怎麼鬧去，反正皇上病了得休養。
黃益三大急，咬牙道：「要是貴妃娘娘出點事兒你可負擔得起？我來時，皇后娘娘已要貴妃娘娘跪下來，還要搧她耳光，這幾耳光下去，可不是一會兒就能消腫。到時候皇上得知，哼哼，我可是來告訴你了，你自個兒想好怎麼解釋！」

嚴正這才重視起來。說實話，他又不是傻子，哪裡看不出來趙佑樘對馮憐容的寵愛，連上個圍場都還帶著，可不是尋常的待遇。

嚴正一拂袖。「你等著。」

趙佑樘確實在歇著，御膳房的藥才開始熬，還得等一會兒，他昏昏沈沈地正要睡著，就聽嚴正在耳邊，猶猶豫豫道：「皇上……」

趙佑樘微微睜開眼睛。

嚴正看他這樣子，當真是不想說，可又怕他得知今日之事，自己沒好果子吃，只得道：「黃益三剛才來稟，皇后娘娘在路上罰貴妃娘娘下跪，聽說，還要別的懲處。」

趙佑樘一聽，立刻就從床上坐起來。

嚴正看他竟然要出去，想到太醫說的話，忙道：「太醫叮囑不能吹風，皇上您這……要不皇上下令，奴才去通報一聲？」

「不用，拿衣服來。」聲音像是夾雜著碎冰似的，又含著刀鋒般銳利。

嚴正偷偷一看他的臉色，嚇得再也不敢多話，趕緊把衣服拿來。

「給朕把鞋穿了！」趙佑樘穿衣服的時候又吩咐。

嚴正低頭給他套鞋子。

趙佑樘頭髮也沒梳，站起來就走。

黃益三還等在門口，見到趙佑樘來，見他披頭散髮的，臉又有點兒發紅，這副樣子也把他嚇到了，什麼話也不敢說，只在前頭領路，其實離得並不遠。

可趙佑樘本來就在暈著，被風一吹，只覺頭更疼了，見黃益三還沒領到，斥罵道：「沒用的東西，光顧著來，不會護著你主子！」

黃益三心想皇后下令，哪兒敢不聽，但也不能反駁，低頭道：「皇上罵的是，是奴才沒用。」

說話間，幾人便到了。

趙佑樘遠遠看去，就見馮憐容正跪在地上，她仍穿著那套騎射服，小小的身影縮成一團，像是落在地上的花朵，被風輕輕一吹就會沒了。在她身邊，還站著兩個孩子。

他心頭的火騰地就燒起來，大喝道：「方嫣，妳在作甚！」

方嫣嚇一跳，回頭才見趙佑樘到了。他雖然穿著明黃色的四龍長袍，可頭髮沒有梳，披在肩頭，從陽光裡走出來，面容半明半暗，一時都瞧不清楚是什麼神情。

方嫣強自冷靜下來。「馮貴妃沒有照顧好皇上，妾身不過是訓斥兩句。」

趙佑樘沈聲道：「朕生病，妳要訓也得訓太醫，訓朕身邊的人，此事與她何干？」

他說著走到馮憐容面前，就把她拎起來，跟拎個小雞似的。

馮憐容看到他，眼淚忍不住掉下來，她根本也不想跪，尤其在兩個孩子面前，可身分在此，她又能奈何？現在他來了，她就好像迷路的孩子終於找到家，一股委屈都宣洩了出來。

兩個孩子也拉著趙佑樘的袖子，他們雖然還小，可也大抵明白是怎麼回事，總是知道自己的母妃被欺負了。

看這一家子緊緊挨著，方嫣咬得嘴唇都出血，忍了忍方才說道：「馮貴妃的責任便是伺候好皇上，今日皇上染病，難道沒有她的錯？妾身身為皇后，訓斥幾句又如何？這也是妾身的本分！」

她是皇后，皇后便是管理後宮妃嬪的，她哪裡做錯？只因馮憐容是他寵愛的人，她就不能管她了不成？

趙佑樘冷笑道：「欲加之罪，何患無詞？若朕這病要怪罪於人，這宮裡所有人都逃不開，」他頓一頓，看向方嫣。「皇后也是如此！」

方嫣臉色一變。「皇上！」

「朕說是妳錯，妳可是不服？」趙佑樘負手道。「朕此去圍場，妳一來不曾叮囑御醫守衛，二來不曾叫朕注意身體，身為皇后，難道不是失職？朕叫妳跪下，妳可敢不跪？」

最後一句聲若鐘鼓，震得方嫣心頭一痛，差點吐出一口血來。她驚叫道：「皇上，您真要妾身……」

她不敢置信，眾人也都面面相覷，趙承煜突然就哇的一聲哭起來。

趙佑樘看著面色慘澹的方嫣，終究還是沒有真要她下跪。畢竟她還是皇后，六宮之主，這個身分也是自己親手給的。

「今日一事到此為止。」趙佑樘微微嘆了口氣，看向方嫣。「子曰：『見賢思齊焉，見不賢而內自省也。』朕看皇后也該一日三省爾身，方擔得起大任！」

方嫣沒有說話，只低垂著頭，一行眼淚流下來，滴入土裡，消失不見。

趙佑樘叫黃益三把兩個孩子帶回去，自己則攜著馮憐容的手回了乾清宮。

方嫣這才抬起頭，眼眸裡燒著大火，若這目光能成實物，她當真想把馮憐容的身體燒出一個大洞來！

馮憐容，以後不是妳死，便是我亡！

她慢慢站起，往坤寧宮而去。

馮憐容跟隨趙佑樘到殿內，滿心惴惴不安，今日之事，必會在宮裡傳開，她雖然為他如此護著自己而高興，可也害怕這結果。

馮憐容微微嘆口氣。方嫣現在定然是已恨透她了，日後相見，便是維持和平都不易。

趙佑樘這會兒頭更暈，坐也坐不穩，馮憐容連忙給他脫衣服、脫鞋子，又給他把被子蓋好。

「是妾身害得皇上出來，若是病重了，妾身不知道如何贖罪……」她哽咽，握住他的手。「皇上得快些好起來。」

趙佑樘的手微微搖了搖。「朕的病沒什麼，倒是妳，將來若再遇到這種事，不是自己的錯，便不用聽從任何人的吩咐。」

馮憐容輕聲道：「這如何成？無規矩不成方圓，妾身知道自己的身分。」

故而這些年，即便趙佑樘再如何寵她，她也都未生出囂張跋扈的心，現在，這麼說的時候，她也是真心實意，可趙佑樘聽了，心裡卻不太好受，之前他沒有見過馮憐容受委屈，但今日卻讓他見到了。

他回想她跪著的場景，只覺心頭隱隱生痛，可這種感覺卻又說不出的令他煩躁，像是沒有一個宣洩的出口。在這一刻，他忽然就想到了他的父皇，不免從心底發出一聲嘆息，慢慢閉上了眼睛。

馮憐容看他眉頭擰起來，像是座小小的山川，便不敢再驚動，只坐在旁邊。

過得一會兒，御膳房送來湯藥，她輕聲喚醒他，看他喝下去，又拿帕子給他擦去嘴角溢出的藥水。

趙佑樘皺著眉頭道：「真苦，也不知道用了什麼！」

馮憐容笑著從托盤裡挾一塊蜜汁糖送他嘴裡。「皇上身體一直都很好，喝藥自然不習慣。」

趙佑樘笑一笑。「那倒是。」

馮憐容看他吃完，又端水給他喝。「有甜味嘴裡也不舒服，皇上喝完這個該睡了，妾身也該告辭了。」

趙佑樘握住她的手搖了搖。「妳回去也好好歇著，今兒騎馬累著了吧？」

不只這個，她還受了方嫣的訓斥，未必不比自己累，如今卻還陪著他、一直在照顧他，臉上甚至一點陰霾都沒有。

馮憐容笑道：「騎馬不累，妾身覺得好玩得很，只可惜那林子沒看完，還有皇上說的抓魚也沒去成。」

「那還不容易，等朕好了，再帶妳去。」他眸色溫柔。「過來。怕不怕朕這病過給妳？」

「不怕，真希望能替皇上生病了。」她側頭看著他，毫不猶豫地親了親他的嘴唇。

這動作把趙佑樘嚇到了，忙往後讓了讓，道：「胡鬧，朕不過隨口一說，這樣真要過著了，快些走吧。」

馮憐容噗哧笑起來。「那妾身走了，皇上得快些養好病呀。」

趙佑樘嗯了一聲。

馮憐容扶他躺下，這便走了，剛走出宮門，就見鍾嬤嬤等在外頭。

看來剛才那樁事被她知道了，馮憐容擺擺手，示意她不要說話，先從乾清宮出去。一直到延祺宮前，鍾嬤嬤才道：「早知道，老奴聽說娘娘回來，就該來迎的，叫娘娘遭這個罪！」

馮憐容抿了下嘴唇，卻也不知該說什麼。她從來就沒想過要與誰爭寵，便是如今得趙佑樘喜歡，好似也只是上天眷顧，可偏偏方嫣不肯放過她，甚至當著兩個孩子的面，要她下跪，捫心自問，她是生氣，也是難過的，故而，趙佑樘來的時候，她才會忍不住哭出來。

可是，這個結又如何解？

「便是嬤嬤來，也於事無補。」

鍾嬤嬤氣得跺腳。「說是這麼說，可老奴在，怎麼也得拚一下，幸好大黃跟大李機靈些，不然不知道皇后想怎麼樣呢！」她說著一頓。「不過今日一事也看出來，皇上還是偏向娘娘的。」

馮憐容心想，這可糟糕了，她更招方嫣的恨呢，以後去請安，也不知要看她多少白眼。

馮憐容頭疼，問鍾嬤嬤：「小羊跟阿鯉如何？」

「大皇子回來後就一聲不吭，像是知道娘娘受氣了，倒是三皇子還好，拉著大皇子在玩蹴鞠。」

馮憐容走到院子，果然見二人在玩。一看到她，兩個孩子就圍上來。

「母妃去父皇那兒了？」趙承衍問。「父皇病好了嗎？」

「哪有這麼快，得過幾日呢。」馮憐容笑道。「你們玩，母妃要洗澡，還得換身衣服。」

她轉頭又看看趙承謨，趙承謨也看著她，烏黑的眼睛流光閃動，微微眨了眨。

「母妃，一會兒咱們一起吃晚飯。」

「好。」馮憐容伸手摸摸他的頭。

景仁宮裡，皇太后坐了一陣子了，之前得知此事，她就十分驚訝，一是沒想到方嫣會沒頭沒腦地去罰馮憐容，二是沒想到最後趙佑樘會親自出面，作為婆婆，她並不想那夫妻倆為此生怨。

皇太后起身去看趙佑樘。

趙佑樘還在睡，可是人並不安穩，也不知道是不是生病的關係，睡覺就像醒著，醒著又像是睡著，看到的夢境是真非真，是假非假。

皇太后進來坐了一會兒，忽然就見他猛地睜開眼睛，深深呼吸了好幾口氣，表情陰沈得可怕。

「皇上……可是作噩夢了？」皇太后趕緊叫人拿水來。

趙佑樘還不知她在，吃了一驚，過一會兒才回過神。「是作夢了。」說著，要起身見過皇太后。

「皇上躺著吧。」皇太后把水遞給他。「哀家是來看皇上的，可不是為打擾皇上休息，要起了，可不是又得著涼？」

趙佑樘喝下幾口水，才覺得喉嚨舒服一些。「已是好一些了，母后不必親自過來。」

「不來不安心。」皇太后面色柔和。「皇上這幾年可從來沒病過，可見是把自己逼太緊了。身為皇帝，雖然朝廷大事要緊，但還是要顧著自己身體，畢竟身體好了，人才有精神。」

「母后說的是，以後朕也不會急於一時。」

二人說一會兒閒話，皇太后剛說到方嫣。「剛才哀家也去過坤寧宮，阿嫣這人是直性子，今兒確實做錯，不該罰馮貴妃，畢竟是皇上帶去的，不過她也是心急皇上的病。」

趙佑樘聽了一句，就知道是在為方嫣求情。他沈默一會兒，想到剛才夢到的事情，馮憐容跪在地上，膝蓋下頭全是碎石，血流下來，鮮紅得怵目驚心，偏偏自己不能走過去，只能遠遠看著，連出個聲都不行，便這樣被驚醒了。

皇太后看他不說話。「皇上……」

「朕知道，母后不必多說了，阿嫣的性子，朕一早也清楚。」

「既然知道，一夜夫妻百日恩，皇上就原諒阿嫣這一次。」

趙佑樘點點頭，不置可否。「總是煩勞母后了。」

皇太后的眉頭皺了皺，更是為方嫣的將來擔心，他並沒有答應原諒，可見對這件事是真的介意，但她也不好多說，這兒子小時候再怎麼乖順，一旦當了皇帝，可以說，便不是那個人了。老來從子，在宮裡也是一個道理。皇太后只得告辭而去。

這幾日，趙佑樘沒有早朝，只叫官員有事上奏疏，等到他痊癒了再行批閱。

同時趙佑楨這會兒也要成親了，皇太后推給方嫣去辦，有點兒戴罪立功的意思。

方嫣最近閉門思過，已冷靜下來，昨兒還去乾清宮探望過趙佑樘，不過二人實在是無話可說。在方嫣看來，她可以退一步，但要她為馮貴妃的事情道歉，這絕不可能，所以二人關係沒有什麼進展。

但趙佑楨的婚事，方嫣還是給好好操持了，該有的都沒有少，還把御廚派過去在靖王府設了二十桌席面。雖然客人不算多，卻都是重要的人物，太皇太后的娘家陳家，皇太后的娘家江家都有人來，還有女方金家的親朋好友，一些走得近的宗室等等，所以這場婚事即便辦得不算特別隆重，可在文武百官中的影響還是不小的。

畢竟這是自開國皇帝那幾個兒子之後，第一個又重新留在京城的藩王，不得不說，這是一個不小的變化，對將來的影響無疑也是巨大，可到底如何，誰也不敢妄下定論。

這日過後，趙承衍聽完課回來，跟馮憐容道：「路上遇到四皇叔，他說昨兒三皇叔成親，他本想帶孩兒一起去的。」

馮憐容笑道：「原本你是該去，只是你年紀還小，他們都是大人，坐一起，你酒都不能喝。」

趙承衍點點頭。

「四殿下可還說別的了？」

趙承衍想了想。「好像說什麼嫂子，看著不大高興，說是不太好看……母妃，嫂子是三皇叔的娘子嗎？」

馮憐容想到趙佑樘說的，有些想笑，看來趙佑楨喜歡的，趙佑梧肯定不喜歡，那麼他將來的妻子可能是要白的、苗條的。

二人正說著，乾清宮就派人來請她過去。

馮憐容忙問：「皇上已經好了？」

小黃門道：「還沒有，仍在喝藥，皇上說請貴妃娘娘過去一起用膳。」

既然還沒病癒，馮憐容也不敢帶孩子們過去，便只叮囑鍾嬤嬤照顧好三個孩子。

趙佑樘此刻正靠在床頭，床邊案几上放了一疊的奏疏，馮憐容進去一看，忍不住道：「皇上怎麼沒休息呢？還在看這個！」

「閒著沒事做。」趙佑樘道。「這不叫妳來了。」

馮憐容坐到他床頭，把他手裡奏疏拿過來。「就算閒著也不能累到，看奏疏多傷神，那些臣子定是又給皇上出難題了。」

趙佑樘笑起來。「說得對，可不是在給朕出難題？不過才幾日，這邊旱災，那邊貪墨的，沒有一天是平平安安。」

「所以才要皇上保重身體呢，景國上下多少事，都得要皇上來操心。」她伸手摸摸趙佑樘的額頭。「倒是不燙了。」

「其實朕覺得已經好了，也就是那群太醫煩人，非得要朕多休息幾天。」趙佑樘突然把馮憐容拉過來。「鞋子脫了上來，就指望著妳解悶。」

馮憐容臉一下子紅了，羞怯道：「這、這不太好吧。」

趙佑樘看她想歪了，他雖大病初癒，可常年不得病的人，也不能剛好就來雲雨一番，他可不想再躺床上，揶揄道：「下棋有何不好？妳倒是說來聽聽。」

「下棋？」馮憐容的眼睛瞪圓了。

「就是下棋。」趙佑樘手一伸就把旁邊案几上的棋盤、棋子拿來，擺在床中間，笑著看著她。「妳剛才想什麼了？」

馮憐容紅著臉道：「沒有，能想什麼。」趕緊脫鞋子上來。

趙佑樘卻一把抓住她，另一隻手環抱過來，結結實實把她給摟在懷裡。

他身上的味道盈滿了她的鼻子，也不知是不是剛洗過澡、換過裡衣，特別清新，馮憐容一嗅，有點兒像蘭花的幽香，還有些皂莢味。

看她跟小狗似的，趙佑樘好笑。「好聞嗎？」

「好聞，真想咬一口。」馮憐容打趣。

「咬還不容易？」他抬起她下頷，低頭就在她嘴上咬了一口。「嗯，挺好吃的，今兒沾了糖料了。」

馮憐容噗哧笑起來，把胭脂當糖呢，她也湊上去舔舔他的嘴唇。「這個也好吃，跟白豆腐似的嫩。」

被她柔軟的舌尖這麼一碰，倒像是羽毛在他心口劃了一下，趙佑樘的眸色深了些，聲音微啞地道：「那得嚐嚐裡面的了。」

他壓下去把她狠狠給吻了一番，過了許久才抬起頭來，果斷道：「下棋！」

馮憐容偷偷一笑，趕緊坐到對面去，她自己也想跟他膩在一起，可難保控制不住。

兩人下了六盤，馮憐容堪堪只贏得一盤，也不知道是不是他看她可憐讓的。她頗有些愧疚，看了這些年的棋譜，棋藝還是一塌糊塗，自己果然是辜負他了。

不過趙佑樘也不在意，原本就是解悶的，他指指棋盤棋子。「都收了吧。」

馮憐容跪著收好，放到案几上。

趙佑樘靠在床頭，繼續看奏疏。

馮憐容無事可做，挨在他旁邊，一會兒看看他的側臉，一會兒又把頭靠在他胸口蹭蹭，結果被她發現他今兒穿的是她親手做的裡衣，這衣襬繡的是四君子圖案，她心裡一甜，暗想得空得再給他做幾套。

趙佑樘突然摸摸她腦袋，問道：「妳真覺得妳哥哥不錯？」

「是啊。」馮憐容不帶猶豫。「妾身的哥哥，在哪個人眼裡都是不錯的，皇上難道沒發現哥哥很能幹？」

作為馮憐容的家人，趙佑樘確實頗多關注，在他看來，馮孟安年紀雖輕，但短短幾年已經顯露出非凡才幹，此時他問馮憐容也是因為馮孟安上了一道奏疏，指出何易的問題所在，且有毛遂自薦的意思。

或者給何易再找個副手？

他想了想，把奏疏放下，跟馮憐容道：「過兩日朕要見一見妳哥哥。」

馮憐容自然關心了，忙問為何。

「給朕辦事。」

那是哥哥要得大用了，馮憐容喜笑顏開。

趙佑樘道：「另外，以後每年中秋、上元，都准妳家人入宮一次，算是朕給妳的獎賞。」

馮憐容被這突然而至的喜訊給弄得暈乎乎的，一年能見兩回，完全超乎她的期待，她撲上去摟住他脖子道：「謝謝皇上，皇上萬歲萬萬歲！」

趙佑樘捏捏她臉蛋。「真就那麼高興？」

「高興！」馮憐容道。「不過是為什麼獎賞妾身？」

她一頭霧水，暗想自己好像也沒有立什麼大功，就算生孩子，那也是好幾個月之前的事情了。

趙佑樘道：「何必非要理由，朕想獎賞便獎賞。」

馮憐容心想，皇帝就是不一樣，什麼都隨他高興。她湊上去，狠狠親了他一口。

三日之後，趙佑樘又開始早朝了，這天召馮孟安來乾清宮。

趙佑樘道：「朕看過奏疏，覺得可行，不過你當真有這等勇氣？何易此人可不易相處，再者，清查土地一事障礙多多，吳大人都已主動辭官。」

馮孟安道：「臣心裡有數，但行不行，光是說，總是看不出來的。」

趙佑樘笑了笑。「也是，明日你便啟程去寧縣。」

寧縣良田萬頃，在此擁有田莊的多數都是皇親國戚，何易便是被攔在這兒，數月沒有進展。

馮孟安領命，回到家中，叫妻子吳氏收拾行李，又去與父母說，自己要去寧縣。

馮澄沈著臉道：「你到底上了什麼奏疏？協查此事的哪個不是三、四品的官員，你只是個主事，皇上竟突然用你？」

馮孟安笑了笑。「是兒子主動請命的。」

「什麼！你想去跟何大人做事？」

「兒子可不是想跟他。」馮孟安挑眉，語氣頗是不屑。「兒子只是為皇上辦事。」

馮澄提醒。「如今容容是貴妃，咱們做事萬不能草率。」他最怕自己被人說成是借了女兒的勢。

不過馮孟安並不避諱這些道：「身正不怕影子斜，再說，他們不過是嫉妒罷了，恨不得家裡也出個貴妃呢。」

馮澄訓誡道：「說是這麼說，你在外頭凡事謙遜些，清查土地不是好做的事情，尤其寧縣……」他頓一頓。「那江家可不是好對付的，到底有皇太后呢，便是何大人這樣的，還不是束手束腳。」

馮孟安道：「他得罪的人多，自是困難重重，誰都想著要壞他的事兒。」

馮澄唔一聲。「那倒是，上回為個糧食的問題，削掉多少官員，剩下的都戰戰兢兢的，唯恐被他盯上，你也要小心些，別去一趟，官帽都沒了。」

「父親放心好了。」馮孟安微微一笑。「我去，便是叫他盯著的。」

這話什麼意思？馮澄不明白，何易這人現在是出了名的挑剔，但凡他覺得不合適的官員，或者幫不了他的，總是會不分青白地報上去。問題是，皇上還很支持他，所以現在很多人敢怒不敢言。

馮澄也看出來了，皇帝這次很有決心，故而這何易手中的權力很大，他是真心擔心自己的兒子。

然而，馮孟安並不怕，也不解釋，他上回那奏疏，可不是真的只為當協理官員，何易此人雖說有些才幹，可他還瞧不上。他本就有自己的意圖。何易，他的作為也就到此了。

最近趙徽妍長得很快，已經可以發出奇奇怪怪的聲音，人也能坐起來，還認識馮憐容，只要見到她，就會咿咿呀呀的，特別高興。

馮憐容抱著她坐在屋裡，此時正是酷夏，沒有比這更熱的天了，要不是那兩座大銅鼎裡盛滿了冰，她這日子可不好過，即便這樣，也還是覺得熱，一刻也離不了銅鼎。

想起當初在家中，也是這樣的夏天，不過拿把蒲扇送些涼風就得了，她自個兒也覺得自己變得可真是嬌貴，難怪說由奢入儉難。

鍾嬤嬤吩咐銀桂：「這冰一會兒得用完了，再叫他們上一些。」

馮憐容還在考慮給趙徽妍起乳名的事情。「想來想去沒個好聽的。」

此時，趙佑樘正好過來延祺宮，把趙徽妍抱來瞧。

小姑娘雖然小，卻已經長得眉清目秀，眼睛水汪汪得跟黑葡萄似的，小下巴還尖尖的呢，想必將來定是個美人兒。

「朕看她白白嫩嫩的，不如叫小兔。」

馮憐容拍手道：「好啊，這名兒可愛。」

趙佑樘把趙徽妍抱起來空中晃了晃。「小兔、小兔，什麼時候叫爹爹啊？」

趙徽妍咯咯地笑，很喜歡這樣。趙佑樘又把她橫抱起來，轉了幾圈，她還是笑得很歡快。

「膽子真大。」他驚奇。

「像皇上。」馮憐容道，一邊讓金桂把趙承謨叫起來。「阿鯉還在睡午覺，他這孩子到夏天更加發睏。」

「既然睏就算了，別叫醒他。」趙佑樘阻止，金桂便沒有去。

馮憐容坐下來，二人看了一會兒女兒，她說道：「這麼熱的天兒，皇上是不是叫孩子們休息幾天？」

她不忍心看趙承衍每次回來都滿頭大汗的，春暉閣沒有那麼多冰給他涼快。

趙佑樘道：「這點兒苦都吃不得，以後怎麼辦？朕這大熱天還不是要早朝，要批奏疏？」

馮憐容嘆口氣。「小羊又不一樣，皇上對太子殿下嚴格些也是常理，小羊何必如此？他哪裡需要學這麼多呀。」

若是別人說這句話，可能他會認為她是別有用心，但馮憐容說出來，定是不一樣。她這是實話實說，完全的心裡話。

趙佑樘忽然就有些煩悶，沈聲道：「有什麼不一樣？都是朕的兒子！今日朕來，正好有件事與妳說。」他頓一頓。「小羊明年便七歲了，到時候要搬去元和殿住。」

馮憐容聽了傷心。「不能再等等？」

「不能，他這年紀是該這樣了。」趙佑樘沒有商量的餘地。

馮憐容也不敢再說，只垂頭看著自己手指，嘴唇慢慢抿起來，本是好看的唇形，成了朵皺掉的花。

趙佑樘瞧她這樣，雖然有些心軟，但到底忍住了。趙承衍不小了，不管如何，都不適合住在這裡，她作為母親也該有個覺悟，將來趙承謨、趙徽妍都是要獨立生活的。

馮憐容沈默了一會兒，才抬起頭，伸手拉拉他袖子。「其實皇上說得也對，就算他再住兩年，以後還是要搬出去的，將來總要娶妻生子呢，住這兒是不行。」

趙佑樘嘆一聲，伸手戳她腦門，忽然猛地頓住。

馮憐容隨他的目光往下一瞧。

好啊，女兒給他尿了一褲子。這還是第一次，往常兩個兒子都不曾這樣做！

她噗哧就笑了起來。

趙佑樘臉一黑。「妳還笑？」

馮憐容先是叫方氏把趙徽妍抱去換衣服，才道：「其實這是常事，妾身養這三個孩子，不知道被尿過多少次。」

「哦？」趙佑樘道。「那是朕抱的次數少了？」

「是啊，皇上。」馮憐容眼睛一轉。「就是少了，故而小兔也是為與皇上親近，不然旁人抱著，這一緊張還未必尿呢。」

「原來是這樣，那小兔是喜歡朕呀。」

「可不是。」馮憐容一邊就讓黃門去拿一套新的來，問趙佑樘。「皇上就在這兒換吧？」

趙佑樘點點頭。這天兒也不用溫水，等到衣服拿來，他隨便沖一沖就換上去。

出來時，馮憐容已經叫人切了西瓜，瓜肉都細心挖了，切成小塊小塊的，吃起來不至於汁水流到手上。

趙佑樘見這西瓜肉鮮紅，光是看就解暑意，連吃了好多下去。

趙承謨這會兒也醒了，揉著眼睛見過父親，馮憐容餵他吃了幾口西瓜，結果最後一勺偏是沒送穩，啪的拍在趙承謨臉上。

趙佑樘噗哧笑道：「怎麼回事，餵個西瓜都不會了？」

「才不是。」馮憐容皺眉。「好像剛才地晃了一下，妾身的手抖了。」

趙佑樘不信。「還找藉口。」他搶過勺子。「朕來餵。」一邊就舀了塊西瓜。

這時候地面倒是真的一震，西瓜從勺子裡滑下來，落在地上，趙佑樘一驚，連忙站起來。

馮憐容笑道：「看吧，妾身才沒撒謊，不過這地怎麼會晃……」

看她還迷迷糊糊的，趙佑樘立即發令，對已經慌亂的眾人大喝道：「都快些出去，地震了，一個都不要留！」又想到趙徽妍，忙令嚴正去抱出來。

他一手拉著馮憐容，一手抱著趙承謨，大踏步走出了正殿。

馮憐容印象裡，這是第一次遭遇地震，腦袋都有些發暈，只奇怪這地怎麼能搖起來，晃得人站都站不穩，心裡也情不自禁湧起極為恐懼的感覺，像是要遭遇什麼大難似的。她緊緊握住趙佑樘的手。

也幸好有他，她總算安定一些，跟著他一路出去，走到寬敞的院子。

這時候，地面震動得更厲害了，就像海浪一樣，人不過是飄在上面的小船，馮憐容嚇得用雙手用力抱住趙佑樘的腰，好像他是她的救命稻草一般。

趙佑樘摟住她，安慰道：「別怕，一會兒就過去了。」

他急著往前看，見到嚴正已經抱了趙徽妍來，這才鬆口氣，但心裡不免也擔憂，這場地震來得太急，只怕現在城外也是一片混亂。

馮憐容這時卻突然叫道：「皇上，小羊、小羊，他還在春暉閣呢！」

她剛才聽到前方的延祺宮裡不停發出哐噹哐噹的聲音，可見是有不少東西摔下來。那春暉閣裡也不是空曠的地方，萬一有東西打到孩子頭上，可怎麼得了！

趙佑樘心頭一跳，但他很快就冷靜下來。「有李大人在，應該不會有事！」

李大人這把年紀的人了，自然知道怎麼護著孩子，而他也清楚地震不過是轉瞬即逝的事情。可馮憐容總是害怕，一顆心七上八下的，可偏偏現在地動山搖，一步都走不了！

趙佑樘知道她擔心，更加用力地擁緊她。他另外一隻手抱著趙承謨，此時側頭看看他，見他小臉上一片平靜，頗有些詫異，輕聲問道：「阿鯉，你不怕？」

趙承謨搖搖頭，他只是好奇這是什麼？為何大家都要跑出來？為何還有人嚇得哭了？如黑色琉璃的眼眸裡滿是疑惑，唯獨沒有害怕。

趙佑樘嘴角挑了挑，這孩子看來很不一般。

與此同時，坤寧宮也是亂成一團，方嫣剛才睡了個午覺出來，還沒來得及喝口水，就天搖地動了。

方嫣嚇得臉色蒼白，她小時候聽家人說過，地一搖，經常會死好多人，那是天災！她腿立時軟了，連呼知春把她扶出去。

殿裡殿外，眾宮人、黃門各自逃命。

李嬤嬤年紀大了，一個沒站穩摔在地上，方嫣看見，又叫知畫去攙扶她，她先同知春往大門口走，誰料到正要踏出去，就聽知畫一聲驚呼，叫道：「嬤嬤！」

可方嫣不敢停留，也沒有回頭看，她直往院子裡去，這種時候，便是要在空曠的地方才安全。

只是這地晃動得厲害，要站住也非易事，她跟知春兩個人被震得摔在地上，就在這一刻，她想到了兒子。她這邊震得如此厲害，那邊自然也是一樣了！可趙承煜那麼小的年紀，如何知道逃走？

方嫣心急如焚，咬牙爬起來。

知春叫道：「娘娘，您小心些！」

「妳還不起來，快些扶我去春暉閣！」方嫣四處一看，眾宮人、黃門也都嚇得蹲著、爬著，她喝斥道：「你們快些隨我去春暉閣，但凡太子有些差錯，本宮要滅你們九族！」

那些人一聽，嚇得渾身發抖，但也就在這時，地震戛然而止。

方嫣一看，拔腿就往外跑，隨身的宮人、黃門連忙也追上去。

因坤寧宮離春暉閣近，方嫣只片刻工夫就跑到春暉閣前，路上就叫起來。「承煜、承煜！你在哪兒？」

花時迎面跑來，行禮道：「娘娘，殿下沒事兒，一早就跑出來了，奴才原本要來稟告娘娘的，沒想到娘娘這麼快。」

方嫣鬆了口氣，只覺渾身無力，坐倒在地上。剛才她多怕趙承煜會出事兒，用盡了全身力氣，現在是一點兒勁道都沒有了。

知春連忙扶住她，方嫣頓了頓才問：「大皇子呢？」

花時道：「也出來了，李大人最先發覺，當時就命奴才們帶主子出來，不過這地震來得快，還是讓太子與大皇子受驚了。」

方嫣又著急。「嚇到了？」才想到還沒見到趙承煜，當下又道：「承煜人呢，你怎麼沒帶過來？」

花時忙就去了。

這會兒趙佑樘與馮憐容也到了，方嫣見到那二人一起，心頭自然惱火，咬了咬嘴唇才上來行禮，馮憐容也見過她。

「孩子們如何？」趙佑樘問。

方嫣道：「幸好有李大人，倒是沒什麼。」

「坤寧宮可好？」趙佑樘又問。

方嫣臉色一變，當時她急著逃出來，聽到知畫的驚呼聲，可是地震結束了，她也沒有來得及回頭看看。「知春，妳快回去一看。」

知春快步走了。

幾個黃門這時領著趙承衍與趙承煜過來，兩個孩子的臉都發白，可見嚇得不輕，一看到母親，各自撲到懷裡哭起來。

馮憐容拍著趙承衍的後背。

「別怕，父皇跟母妃不是來了嗎？」

趙承衍哭道：「母妃，好嚇人，孩兒差點被個凳子砸到，還有這兒……」他把胳膊給馮憐容看，上頭一塊青紫。

趙佑樘立時狠狠瞪了黃益三一眼。

黃益三嚇得一抖，立時跪下來求饒。那時候他動作迅速，可趙承衍被領出來的時候還是撞到了桌角。

趙承衍忙說：「不關大黃的事情，還是大黃抱著孩兒出來的。」

趙佑樘道：「起來吧，下回仔細些！」

黃益三應是。

「李大人呢？」趙佑樘才想起朝廷重臣。

黃益三低聲道：「大李帶李大人去看太醫了。」

李大人雖然脾氣大，可年紀不小，這地震一來，身體也吃不消。

趙佑樘點點頭，看來得讓李大人休息幾日。幸好兩個孩子沒有事情，他總算放心。

兩個母親各自領著孩子回去。

方嫣剛到坤寧宮，知春面色慘白地走過來，一說話，眼淚就流出來了。「娘娘，李嬤嬤……

李嬤嬤死了！」

「什麼？」方嫣大驚。「怎麼死的？」

知春道：「知畫說，被一個花瓶砸到腦袋了，可是那會兒也沒法子扶李嬤嬤起來，知畫只能自個兒逃，後來進去一看，李嬤嬤就……」

方嫣心頭直跳，自從她入宮，李嬤嬤就一直服侍她，已經有十個年頭，平日裡但凡她做錯點兒事，李嬤嬤總會提醒她，可是現在李嬤嬤竟然離她而去！

方嫣大步往裡走，裡頭一片哭聲。

李嬤嬤躺在地上，果然一動不動，知畫看到她進來，連著磕頭，哭道：「娘娘，是奴婢的錯，奴婢那會兒不該自個兒逃了，只要奴婢回頭拖著李嬤嬤出來，李嬤嬤興許就不會死。」

方嫣冷冷盯著她，半晌道：「李嬤嬤確實是妳害死的，妳自個兒去領二十板子！」

二十板子，男人有些都挨不住，別說細皮嫩肉的姑娘家了，那是要死的！

知畫嚇得癱倒在地上，知春忙跪下求饒，她與知畫一起服侍皇后多年，感情是不淺的。

可方嫣並不理會，只牽著趙承煜到側殿，見他睡下了，才起身前往景仁宮。

此刻，景仁宮內，趙佑樘正跟皇太后說話。

皇太后性子冷靜，遇到這等事亦沒有慌張，故而景仁宮裡並沒有出什麼事情，她嘆口氣說：「咱們京都難得地震，這回怕也是因別處才波及到的。」

趙佑樘贊同。「朕也這麼認為，記得在朕七歲時曾發生過一回，那次便是因華縣大震，整個縣毀於一旦。」

十幾年前的大地震，驚動整個景國，皇太后也有很深的印象，忙肅容道：「皇上快些去處理吧，莫耽擱時間了。」

趙佑樘看到皇太后無恙，這便去了。

他才走，方嫣又來請安。

皇太后道：「剛才聽皇上說了，承煜受到驚嚇，如今可好一些？」

「還不知道，之前看到兒媳就哭，睡時也是呆呆的，問過太醫只說無事，妾身便讓他去歇息會兒。」她說著眼睛紅了，嘆息道。「母后，李嬷嬷死了，都是知畫沒照顧好，兒媳已經罰了她。」

皇太后吃驚。「李嬷嬷死了？」

想當年，李嬷嬷也服侍過她，人很聰明，常常勸解她，只那會兒她鐵了心不願與先帝和好，到底也沒有聽李嬷嬷的話，誰想到竟然因這次地震，她便不在了。

皇太后心裡也難過。「就送她回李家葬了，李家那兒，也得撫恤。」

見方嫣答應了，皇太后又叮囑。「這次地震，只怕各宮各殿都壞了東西，妳屆時叫他們報上來，該添補的添補，別的用不太著的便罷了，此次百姓家裡定是損失慘重，咱們也該節儉些。」

方嫣頷首。「母后仁慈，兒媳定然照辦。」

回去時，方嫣半途遇到陳素華，像是要前往坤寧宮。

陳素華看到方嫣，臉上露出欣喜之色，笑道：「妾身見過娘娘。」

方嫣心情並不好，淡淡道：「妳來此作甚？」

陳素華道：「妾身擔心娘娘安危，趕來看看，既然娘娘無恙，妾身這便安心了。」

見她告辭而去，方嫣暗道，也不知真心假意。不過這麼多個貴人，唯有她即刻過來一探，總是花了心思。她想到李嬤嬤，嘆了口氣，立時進去坤寧宮命人把李嬤嬤抬到李家去，又想到皇太后的叮囑，便送了六百兩銀子，算是給李家人的安慰。

乾清宮。

嚴正道：「皇上，四位尚書大人都已入宮，只有楊大人未到，說是身體不適。」

楊大人都要八十，委實是為難他，現在還在為景國效力。趙佑樘派嚴正領了太醫去看，他隨即召見四位尚書。

京都波及甚多，邊郊倒塌了不少房屋，便是京都城，建造不穩的民屋也毀了不少，百姓死傷無數，趙佑樘命戶部立時拿出一筆賑災錢糧，在城內開施食鋪，又命工部協助清理城道，至於刑部、兵部則負責安全事宜，在此期間趁火打劫者一律施以重刑，後又召見兵馬司堂官，命在城外四處巡查。

到得晚上，方知震央在京都西邊的慶縣，慶縣更是慘不忍睹，趙佑樘又連夜召見四位官員，命他們前往慶縣，還派了兩萬官兵前往。這等時候最是容易出亂子，越是民不聊生，越是易出匪徒，他得防範於未然。

這一天，眾人都很忙碌，延祺宮裡也一片狼藉，直到晚上方才勉強打掃完。

馮憐容剛給趙承衍胳膊上塗完藥膏，坤寧宮那裡就派了小黃門來，說是各個宮殿須得報損，日後才好把東西都補了。

鍾嬤嬤很有經驗，一早就點算好，她在這邊說，那邊寶蘭就寫下來，一會兒工夫，滿滿一張宣紙都寫滿了。

馮憐容暗自心疼，這次地震不知道毀壞了多少東西，光是花瓶都好幾個，全都是價值不菲的玉器，還有貴重的玉樹也壞了。

她坐下來，宮裡這等地方尚且都這樣，家裡的屋子肯定沒有宮裡建造的那麼牢固，也不知道會不會倒掉，人有沒有受傷？可這等時候，她哪裡好去讓趙佑樘分心。

「不知道外頭又如何？」馮憐容微微一嘆。

鍾嬤嬤道：「肯定是死了不少人了，當年華縣大震，想必娘娘還小呢，不曾知道，那是死了上千人，整個縣裡不過也才三千人而已，多少人家被毀了。」

馮憐容聽聞，只覺世事無常，天災說來就來，當真是叫人無法應付。

趙承衍也驚懼。「那咱們這次算是好的。」

「是啊，大皇子，咱們只是摔爛些東西，百姓們可能連命都沒有了。」

趙承衍看著馮憐容問：「母妃，那多可憐啊！咱們能幫幫他們嗎？」

馮憐容想想。「送些錢去？以往若有災民，好些人家都施粥的，不過咱們也不好出去，倒是做不了。等皇上有空，母妃問問。」

趙承衍點點頭。

馮憐容吩咐俞氏、方氏領著三個孩子去睡覺。

鍾嬤嬤拿起報損的單子，正要讓大李送到坤寧宮，馮憐容叫住她。「要不有些別報了，只怕宮裡也吃緊。」

「那不行。」鍾嬤嬤道。「不報的話，下回查實，只當是娘娘自己弄壞的，還能得了？全都算在延祺宮頭上，所以必須得報，一樣都不能漏掉，哪怕是碗碟都不行。」

正說著，趙佑樘來了，眾人趕緊上前行禮。

馮憐容倒是沒想到他現在會來，關切地問道：「皇上今兒累了，不早早歇著？」

「妳不是還沒歇著？」

馮憐容笑了笑。「本是要去的，不過忙著點算。」

「哦？」趙佑樘把單子拿來看看。「玉樹都壞了？」

當時為她佈置延祺宮，這玉樹盆景是他頭一個想到的，結果今日竟沒有倖免。

馮憐容同樣惋惜。「是啊，多好看的玉樹，冬日裡沒什麼花，便是看看這個也覺得滿足，現在沒了，妾身也心疼，碎了一地的玉，足足掃了三簸箕出來。」

趙佑樘嘆口氣。「算了，下回朕再送妳一盆。」

馮憐容忙道：「也不要了，誰知道以後還會不會地震。妾身瞧著屋裡還是少些東西為好，剛才就在跟鍾嬤嬤說，少報些上去，其實很多都用不著，也是浪費。」

趙佑樘不同意。「妳有這個心自然好，不過妳是貴妃，宮裡還能簡陋了不成？還是照舊補損，朕不至於連這點都給不起。」他邊說邊往羅漢榻前走。

馮憐容跟在後面道：「妾身是怕外頭震得厲害，損傷慘重，國庫吃不消。」

「還未到這個程度。」趙佑樘坐下來，拍拍旁邊的位置，待馮憐容坐過去，他握住她的手道：「這回是有些嚴重，但景國哪一年沒有水災、旱災，這地震也是一樣，若這個都承受不起，景國早就不行了不是？妳別擔心這些。」

聽得出來，他很是自信，並沒有為此煩惱。

馮憐容的心定了下來，道：「小羊之前還問妾身，咱們能不能幫幫百姓？妾身說到時候問皇上，妾身這兒有些錢財……」

「得了。」趙佑樘打斷她。「朕早發了賑災錢糧，妳這些能起什麼作用？還是自個兒留著。」

「那小羊問了怎麼辦？」

趙佑樘沈吟片刻道：「是他要幫忙，妳看他願不願意給。」

馮憐容哦了一聲，心道，趙承衍確實有些錢，都是這幾年逢年過節長輩們賞的，她要是去說，他肯定會拿出來，不過趙佑樘這麼問，定是想看看趙承衍的心性。

其實又有什麼好猜的？她這兒子是個實心眼，即使說去幫助鍾嬤嬤，他都願意給。

二人說了一會兒，便沐浴過後上床歇息。趙佑樘時常留在這兒，馮憐容早就習慣。

只今日，她卻睡不著，卻又不敢吵到他，所以不能翻來翻去的，只覺憋得難受，等到她二次要往右邊側過來時，趙佑樘忽然問道：「怎麼了，還不睡覺？」

馮憐容嚇一跳，剛才他無聲無息的，她只當他已經睡了。「也沒什麼，這就睡了。」

趙佑樘卻轉過來，把她摟進懷裡，頭低下來咬著她耳垂問：「可是朕今兒沒碰妳，妳睡不踏實？」

馮憐容臉紅了。「才不是呢！」

今日發生這種事，沒有心情同房也是正常的，再說，他肯定也累了。

趙佑樘皺眉。「那是為何？莫非是不舒服？還是，妳瞞著朕什麼？」

馮憐容悶聲道：「是為家人，妾身不知道他們好不好。」

趙佑樘一怔。他今兒確實忽略了此事，可她能說啊，這都要藏著、掖著。他一拍她腦袋，罵道：「妳就不會提醒朕？光是一個人悶著，弄得睡不好，妳傻不傻？」

「不是怕麻煩皇上嘛。」她輕聲道。「皇上已經很忙了。」

「這是兩回事！」趙佑樘道。「妳啊，下次有什麼便說，不說才叫麻煩朕！還得擔心她有什麼事。

「明兒朕派人去問問。」他把她腦袋往下一按，貼在自己胸口。「快些睡。」

誰料到這時候，金桂在外面傳話道：「皇上，皇后娘娘派人來說，太子殿下病了！」

這麼晚，可見病得不輕。馮憐容急忙起來，給趙佑樘穿衣服。

趙佑樘下床道：「妳還是睡著，朕去看看。」

他套上外衣，大步離開了。

——未完，待續，請看文創風364《憐香》3（完結篇）

2015年12月出版

錦繡重生

文創風 355～358

前生端莊嫻熟，卻落得家破人亡，誰也守護不了；
如今既然重生，就算只是個八歲孩子，也要想辦法撐起家族！
她堂堂侯府嫡女，無論前方有什麼阻礙，必要保這一世榮華安順——

深情婉約的兒女情長 磅礡宏偉的宅門恩怨／迷之醉

父母誤中毒計，不久便撒手人寰，哥哥和她孤苦無依……
當江雲昭再次醒來時，發覺自己竟然回到八歲時闔家歡樂的那一天，
可再過一日後，寧陽侯府就將落入衰敗之境！
她必須要在厄運重演之前盡力阻止，但自己只有八歲啊，
該怎麼讓父母、哥哥相信？

2015年11月出版

寡妻怕夫纏

文創風 350～354

她自認心臟夠大顆，萬事處變不驚，
沒談過戀愛就出車禍穿越了沒關係！
一穿越就變成寡婦，還帶個拖油瓶也沒關係！
成日忙著賺錢謀生，還要應付難搞親戚統統沒關係！
但是那無緣相公竟還活著，甚至渴望與她再續前緣?!
這這這……大大有關係啊！

初試啼聲　驚豔四座／灩灩清泉

江又梅辛苦打拚大半生，一場車禍卻讓所有成就統統歸零，
不但上演荒謬的穿越戲碼，醒來還有個五歲男孩哭著喊她娘！
定睛一瞧才發現身處的屋子還真是家徒四壁，隨時都有斷糧危機……
也罷，山不轉路轉，寡婦身分雖悲哀，總比跟陌生男人生活自在，
更何況有個貼心小兒傍身，比前世孑然一身的處境溫暖太多了，
要知道，女強人的字典裡沒有「服輸」兩個字，
憑她聰明的商業頭腦、勤快的設計巧手，還怕翻不了身？
哪怕孤兒寡母日子大不易，她也能為自己、為兒子掙得一片天！

國家圖書館出版品預行編目資料

憐香 / 藍嵐著. --
初版. -- 臺北市 : 狗屋, 2015.12
冊 ; 公分. --（文創風）
ISBN 978-986-328-532-8（第2冊：平裝）. --

857.7 104021385

著作者 藍嵐
編輯 黃鈺菁
校對 林安祺 沈怡君
發行所 狗屋出版社有限公司
地址 台北市104中山區龍江路71巷15號1樓
電話 02-2776-5889～0
發行字號 局版台業字845號
法律顧問 蕭雄淋律師
總經銷 知遠文化事業有限公司
電話 02-2664-8800
初版 2015年12月
國際書碼 ISBN-13 978-986-328-532-8

原著書名 《重生宠妃》，由北京晉江原創網絡科技有限公司授權出版

定價250元
狗屋劃撥帳號：19001626
網址：love.doghouse.com.tw E-mail：love@doghouse.com.tw